本書出版得到國家古籍整理出版專項經費資助

後村先生大全集

第二冊

宋·劉克莊 撰

王蓉貴 向以鮮 校點

刁忠民 審訂

四川大學出版社

後村先生大全集卷之八

詩

送權郡詹通判

鎮静一如無，頒條甫月餘。來惟居傳舍，去不識兵厨。健判風生筆，精祈雨灑車。丈夫何必假，行矣兩輪朱。

再題鍾賢良詠歸堂〔一〕

伏羲以來凡幾年，六經之外凡幾書。人間簡冊渺烟海，君以約法包無餘。往年華轂臨敝廬，舌端霆卷俄電舒〔二〕。平欺賈董等下駟，冷笑服鄭真蠹魚〔三〕。千詢萬叩答如響，捫腹始愧吾空虛。伯高辟易季度走，六論三策何時攄。又言諸子皆丈夫，經笥武庫隨所須。觀君毛骨老猶爾，惜也未見雛與駒。方今主相求極諫，君曷不攜軾轍俱。自云素鄙從横學，尚友洙泗談古初〔四〕。堂堂冕輅豈不好，却慕點也寧非迂。行當端委秉周禮，未可春服從魯儒。

〔一〕堂：原作「室」，據宋刻本、四庫本改。
〔二〕霆：原作「雪」，據宋刻本、四庫本改。
〔三〕真：原作「貢」，據宋刻本、四庫本改。
〔四〕初：原作「詞」，據宋刻本、四庫本改。

送洪使君

雖擁朱轓貴〔一〕，清臞兩鬢霜〔二〕。判花人競誦，詩草士深藏。農飽因蠲賦，州貧爲救荒〔三〕。公歸無媿面，應可見嚴光。

〔一〕轓：原作「幡」，據宋刻本、四庫本及翁校本改。
〔二〕鬢：原作「髻」，據宋刻本、四庫本及翁校本改。
〔三〕爲：原作「因」，據宋刻本、四庫本及翁校本改。

送陳魯叟使君赴廣西漕二首

閫郡留無計，匆匆奪父師。使君三月政，遺老百年思。遠宦生華髮，輕裝載舊碑。海山應有恨，未得謝公詩。

韓杜曾游處，君行得細尋。那知瘴烟裏，忽有福星臨。竭海求珠蚌，搜山採翠禽。定將冰與檗，一洗濁夫心。

永嘉黄九萬見訪

避暑惟高卧，柴門閉不通。子來佩明月，予起濯清風。有墅猶當贈，無城可得攻。靈舒如見問，今作灌園翁。

别宋斌文叔

天下書無數，君專治四書。因留精舍久，遂向舉場疎。山路挑包去，秋風罷講餘。故園荒草合，似欠一番鋤。

熊主簿示梅花十絶詩至梅花已過因觀海棠輒次其韻十首

萬蕊千葩染似紅，停杯無語恨東風。薄寒且爲花愁惱，何況開時值雨中。

紅點霏霏似撒沙，荒園幻作五侯家。自憐改盡青青鬢，無力栽花且看花。

幾樹繁紅映碧灣，羅浮山下見芳顔。分明消得黄金屋，却墮荒蹊野徑間〔一〕。

顛風狂雨阻追攀，欲問春留數日間。過眼紅雲成白雪，到晴祇恐没花看。

梅太酸寒蘭太清，海棠方可入丹青。趙昌骨朽徐熙死，誰寫春風上錦屏。

特以穠纖壓衆芳，癡人癡殺恨無香。問渠嫵媚房櫳裏，何似莊嚴几研傍〔二〕。

共倒殘尊過日西，重來花事想參差。建陽主簿今才子，焉可無詩補杜詩〔三〕。

歸騎何須抵死催，且拈落蕊藉蒼苔。平生酷喜坡長句，筆力今誰可奪胎。

暮雨廉纖似入梅，一春花月欠攀陪。草生後圃深三尺，也道身爲縣令來。

海棠洞下醉忘歸，歲月如馳不可追。想得千株今合抱，此生未卜再遊時。

〔一〕間：原作「開」，據宋刻本、四庫本及翁校本改。

〔二〕研：原作「案」，據宋刻本、四庫本及翁校本改。

〔三〕無詩：原作「無死」，據宋刻本、四庫本及翁校本改。

再和十首

色深乍擣守宫紅，片細俄隨蛺蝶風。到得離披無意緒，精神全在半開中〔一〕。

薔薇難比況金沙，一種風標富貴家。我有公評君記取，惜花須惜海棠花。

千株絳雪照滄灣〔二〕，應笑劉郎帶老顔。尚有少年情味在，戲搜綺語續《花間》。

鳳州宫柳昔曾攀，亦醉瓊花芍藥間〔三〕。獨有海棠心未足，每逢多處必來看。

别園水竹絶幽清〔四〕，花徑繁紅蘚砌青。何處貴游開步障〔五〕，誰家生色畫深屏。

徙倚溪亭惜墜芳，恨無異域返魂香。殘枝併恐風吹去，插在金瓶置坐傍。

忽憶聯鞍過水西，重尋前約未參差。衹愁人議風流罪，屢出看花數賦詩。

淡賞無煩羯鼓催，解鞍便可坐莓苔。莫將花與楊妃比，能與三郎作禍胎。

旋挑野菜拾青梅，又向花邊得暫陪。各選一枝簪白髮，明年知與阿誰來。

君憶東湖不久歸，我思陳跡恍難追。殷勤爲報鶯花説，止有詩情似舊時。

〔一〕全：原缺，據宋刻本、四庫本及翁校本補。
〔二〕株：原作「枝」，據宋刻本、四庫本及翁校本改。
〔三〕瓊：原作「宮」，據宋刻本、四庫本及翁校本改。
〔四〕別：原作「劉」，據宋刻本、四庫本及翁校本改。
〔五〕開：原作「閒」，據宋刻本、四庫本及翁校本改。

水心先生爲趙振文作馬塍歌次韻一首

洛陽牡丹隔萬里，棘荒姚魏扶不起。馬塍近在杭州陌，野人只向詩中識。勻朱傅粉初窺墻，海棠爲屋辛夷房。千林春色已呈露，一株國艷猶閟藏。多情荀令香透袖，俊遊恐落都人後。摇鞭深入紅雲鄉，解衣旋貰黄滕酒。淮南芍藥初過兵，人生何必塞上行。墜裀委壤各有命，肯學凍士鳴不平。移家欲傍園翁住，手開蕪地通蘋渚〔一〕。尋芳栩栩趁蝶飛，逐臭紛紛憐蚋聚。君不見，玄都吟筆妙燕許，詩成却遣世人怒〔二〕。君若拏舟獨往時，我亦荷鋤相隨去。

〔一〕渚：原作「者」，據宋刻本、四庫本改。
〔二〕成：宋刻本、四庫本作「人」。

贈高九萬并寄孫季蕃二首

諸人凋落盡，高叟亦中年。行世有千首，買山無一錢。紫髯長拂地，白眼冷看天。古道微如綫，吾儕各勉旃。

菊磵說花翁，飄蓬向浙中。無書上皇帝，有句惱天公。世事年年異，詩人箇箇窮。築臺并下榻，今豈乏英雄。

題何秀才詩禪方丈

景建談之子，詩禪丈室寬。能將鉛槧事，止作葛藤看。壞衲蒙頭易，玄機得髓難。何因清夜話，分我一蒲團。

挽邵武洪倅

不識監州面，聞名似舊知。空餘商搉恨，竟失合并時。昔作大蘇客，今觀小謝詩。西風丹旐過，一爲士林悲。

挽夔漕王中甫二首

羽書堆裏挾遺編，往古來今盡粲然。白髮晚持川口節，丹旌暑下峽門船。生前多半遊榆塞，身後方纔領木天。老去一雙懷舊淚，誰知滴向建溪邊。

半瓢丹藥一筇枝，萬里西來撫事悲。綬著藏中公事定，劍鳴匣内我年衰。可憐檄筆今零落，尚記綸巾共指麾。身在滄州搔白首，斷腸吟就《八哀》詩。

挽葉潛仲運幹知剛二首〔一〕

雖出自貂蟬〔二〕，清貧雪滿顛。若無槐簡後，一似布衣然。讀久遺編絶，藏深拱璧全。悲乎如此士，不貴又無年。

俱入平蠻幕，同登出嶺舟。交情傾蓋盡，世事闔棺休。客致生芻去，家惟斷稾留。遥知風雨夜，愁絶老參謀。

〔一〕知剛：原無，據宋刻本、四庫本補。

〔二〕自：原作「白」，據宋刻本、四庫本改。

送熊主簿

邑事多商榷，惟詩未暇論〔一〕。母慈催扇枕，父老謾攀轅。新戍謀何地，初程宿某郵。西風有來雁，書札倘相存。

〔一〕詩：原缺，據宋刻本、四庫本補。

送徐夏叔

昔與長君親，今方識少君。極知皆造理，何止並能文。讀罷湘中雪〔一〕，吟開嶽頂雲。老余才思竭，搔首念離群。

〔一〕罷：原作「照」，據四庫本改。

和答北山

北山當代文章祖，孔思周情幸未泯。弟子力疲心尚在，先生齒宿意逾新。今無斲鼻成風手，古有埋腰立雪人。不向師門勤稽首，一生懷抱對誰伸。

挽樓暘叔二首

白首臨凋瘵，齏鹽似舊時。僅持一麾止，安用五車爲。庫有留州賦，家無葬地資。空餘清儉字，長使郡人思。

平生所歷最崎嶔，不覺周南歲月深。拙宦元無金潤屋，悼亡新有雪盈簪。凄凄德曜齊眉桉，草草黔婁覆首衾。曾忝郡民漸教化，眼看雙旐一沾襟。

勞農二首

江浙膏腴動渺然，惟閩磽薄少平川。可憐老子扶凋邑，絶似吾民墾瘠田。稍喜一犁翻宿雨，聊爲三爵禮高年。太平主相調元氣，春在桑畦麥壠邊。

畫檐一夜雨飄蕭，際曉陰霾掃碧霄。有日暫看旗脚展〔一〕，無風初覺鼓聲調。紛紛竭作趨南畝，稍稍新妝出北橋。白髮長官塵土煞，尚能覓句補風謡。

〔一〕暫：原作「漸」，據宋刻本、四庫本及翁校本改。

答惠州曾使君韻二首

聞説使君風度峻〔一〕，神仙謫墮在人間。只今坐嘯凝香處，帝賜羅浮作鎮山。

先賢平易以觀詩，不曉尖新與崛奇。若似後儒穿鑿説，古人字字總堪疑。

〔一〕聞說：宋刻本、四庫本及翁校本皆作「瀟灑」。

送參議滕告院挂冠〔一〕

由來恬退士，史冊亦稀疎。唐有楊少尹，漢惟疏大夫。翁能辭禄去，我欲殺青書。今世無名筆，誰爲寫作圖。

〔一〕「送」下原有「李」字，據宋刻本、四庫本删。

挽建昌詹使君二首 乂民

南渡鈞樞後，宣和節義門。依然寠人子，不似貴公孫。苦李無誰採，甘棠在處存。遥知宦遊地，巷哭更招魂。

稍喜佩銅魚，邅廻四紀餘。早無人料理，晚有鬼揶揄。把酒言猶在，凝香夢竟虚。斯人竟如此，恐坐太清臞。

和葉尚書解印二首

郡人不識疾呼聲，甘雨和風徧一城。歲久偏多遺愛事，天高未察借留情。舟行精舍漁歌晚，家近華亭鶴唳清。莫比歸雲并倦翼，先生此念素來輕。

倦入承明聽履聲，朱轓今復厭專城。盪胸太華供吟興，照眼伊川洗宦情。蓴鱠何慙高士決〔一〕，琴龜不減昔賢清。未應便葺東山墅，出處方關世重輕。

〔一〕「蓴鱠」原作「蒓膾」，「決」原作「沒」，據宋刻本、四庫本及翁校本改。

送葉尚書奉祠二首

先生清夢繞林泉，黃紙除書拜地仙。報答吾君吾相了〔一〕，徜徉某水某邱邊。事光白傅求閒後，銜似温公約史年。温公領崇福祠十五年。笑向故山猿鶴説，古來晚節幾人全。

身於七邑最孤寒，每辱黃堂刮眼看。乍可郡無九年蓄，要令民受一分寬。公閑去伴种司諫，我懶思尋靖長官。曾出龍門稱弟子，感知惟有寸心丹。

〔一〕了：原作「子」，據宋刻本、四庫本及翁校本改。

挽盧母黃太孺人 少逸之妻

太孺賢聲衆論推，府君經學里人師。牛衣隱約能偕老，螢火淒涼自課兒。疇昔黃虀曾百甕，只今丹桂已雙枝。烏呼盧母哀榮甚，何必人題墓上碑。

寄熊主簿

一出懸知計已非，更堪留滯未成歸。即今白首負松菊，何處青山無蕨薇。不恨老從中歲至，但悲事與素心違。當齋寂寞生秋草，幾度臨風憶杜微。簿廳有當齋，取會計當之義，朱文公書扁。

寄徐夏叔

曾識徐卿二子奇，秋來往往夢瓊枝。明時莫作沈湘賦，暇日應題望嶽詩。主愛客卿寧忍舍，兄嗟予季若爲思。湖南歲歲多迴雁，頻寄書歸慰別離。

贈趙醫立之

世醫多孟浪，趙子獨專精。術穩常無誤，能高素有名。方書真爛熟，裘馬極鮮明。自笑貧兼病，將何贈宋清。

與北山陳龍圖

小兒膽大説文章，螢火難争兩曜光。侍講先生今寂寂，龍圖老子尚堂堂。鄰無羊仲并求仲，家有元方與季方。想見瘦梅疏竹下，深衣如雪髩鬚蒼。

答陳龍圖

耆舊凋零盡，吾猶及太丘。豈云清易挹，自是廣難周。尚絅煩翁教，書紳到老休。何由陪几杖，共看海山秋。

和趙吉州三首

學者當窮理，工詩豈美名。不能裨采訪，徒自取譏評。責己希韋孟，休官慕尚平。如今成病鶴，垂首噤無聲〔一〕。

憔悴東陽令，區區謾自疲。斷無問牛智，寧受放魚欺。儉陋交游笑，低平父老知。向來子元子，髣髴是吾師。

今代廬陵牧，蒼生屬意深。胸中絲補衮，肘後藥成金。僕自操齊瑟，公宜和舜琴。篝燈精舍裏，何日共論心。

〔一〕垂：原作「重」，據宋刻本、四庫本及翁校本改。

挽傅諫議三首

昔事先皇帝，堂堂立玉墀。進懷伏蒲疏，退誦考槃詩。哀郢遺言切，憂周素髮垂。它年耆舊傳，此筆屬諸誰。

今上龍飛始，先生驛召頻。頗聞曾草疏，終不就蒲輪。勘破邯鄲夢，抽回洛社身。也令千載下，知世有全人。

憶昔南山寺，微言叩未終。晚猶温薦語，病尚寄書筒。駿厩誰收我，藁陵合殉公。春風溪上淚，還與海潮東。

寄二徐

珍重渠家大小君，分明二陸是前身。遥知洛下傾城看，錦樣文章玉樣人。

答留通判元崇

不見龍驤與驥馳，紛紛蟲篆鬥蛛絲。君侯傑出南方者，老僕終當北面之。憶玉樹枝勞遠夢，熏薔薇水讀來詩。自慙眼力非關令，紫氣浮空懵不知。

以王家酒寄陳北山得二絶句誚酒味不如舊日之勁峭用韻二首

先生詩酒令俱嚴，一掃哇簧與市簾〔一〕。户大才高今吏部，故應笑少更嫌甜〔二〕。

醇醪易入醉人鄉，勁酒難逢醒者嘗。王媪區區真小黠，隨時增損甕中方。

〔一〕掃：原作「婦」，據宋刻本、四庫本改。

〔二〕少：原作「小」，據四庫本改。

和北山一首

幅巾高蹈挹洪崖，閑灑銀鈎著玉杯。文律不論先漢後，詩源遠自國風來。却愁小子方攻冉，未必吾師肯鑄回。極欲去修床下拜，扁舟歸夢繞南臺。

送建安鄭尉

路人能説尉，一似建溪清。寸錦不攜去，束書相伴行。無心干舉將，有面見賢兄。應笑東陽令，淹留白髮生。

答范叔範

闊矣別離久，颯焉顔髮蒼。殷勤大范子，問訊老劉郎。渴睡添新懶，清談減昔狂。今無望氣者，寶劍且深藏。

送楊休文

寂寞鰥翁擁縣齋，吏傳刺字睡驚回。自從黄鶴仙人去，誰遣青牛道士來。適夢羽人良有以，共吟石鼎愧無才。殷勤問訊西山老，何日山中伴訪梅。

答羅天驥

乃祖曾呑鳳，郎君豈後身。頗聞精選理，何必慕唐人。玉塵王夷甫，烏絲呂洞賓。客談溪墅勝，終擬卜比鄰。

太守林太博贈瑞香花

一樹婆娑整復斜，使君輟贈到田家。自慚甕牖繩樞子，不稱香囊錦傘花。小借煖風爲破萼，旋澆新水待抽芽。丁寧童子勤封植，留與甘棠一樣誇。

再和

壞徑泥深古檻斜，居然幻作貴遊家。小亭自課童鋤草，空室俄驚女散花。便覺麝囊無遠韻〔一〕，頻挑蟻蠹有新芽。紫薇紅藥催公去，獨許詩留野老誇。

〔一〕囊：原作「褱」，據宋刻本、四庫本改。

三和

吏散庭空戟影斜，吟篋飛到野人家。隋珠和璧難酬價，禪榻茶甌忒負花。譜欠名人爲品藻，詩因尤物始萌芽。近公匹似熏班馬，苟令風流未足誇。

四和

吟諷攀翻到月斜，衆驚奇寶聚貧家。高才盍視宮中草，退士聊看屋角花。未必園丁諳樹性，更愁墨客笑蓳芽。畫堂金鼎熏蘭麝，豈有天然韻可誇。

五和

幾點朝來小雨斜，未應造物妒山家。陡驚春報千秋信，擬問天留數日花。寫物祇今須老筆，染根何處有靈芽。彩雲過眼真如夢，著意追摹豈好誇。

六和

拙筆蕪詞字半斜，情知見笑大方家。故教吉甫獨哦句，除却微之誰別花。勾引親朋須果核，提防風日損根芽。玉津應制需公等，林下樵歌敢自誇。

七和

短𥶲小草墨痕斜，句法來從和靖家。吟賞豈無神助筆，護持疑有物司花。莫因山鳥啼榕樹，便憶河豚飽荻芽。多少邦人沾賸馥，願碑遺愛永傳誇。

和趙南塘離支五絕

側生海畔遠難將，風日尤能變色漿。借問驛馳丞相府，何如輋致道山堂。

却貢無因送上天，漫山如錦但堪憐。羅浮所産真奴隸，只爲曾逢玉局僊。

十顆千錢品最珍，北人鮐背未濡唇。若生京洛豪華土，買斷丹林肯筭緡。（皺玉盛時顆值百錢。）

輦轂嘗新着價高，土人棄擲等弁髦。不嗔園客工偷竊，絕喜天公享老饕。

風韻能令百果低，難將盧橘鬥新奇。品題自合還詩祖，模寫何須覓畫師。

築城行

萬夫喧喧不停杵，杵聲丁丁驚后土。徧郫開田起窖竈，望青斫木作樓櫓。天寒日短工役急，白棒訶責如風雨。漢家丞相方憂邊，築城功高除美官。舊時曠野無城處，而今烽火列屯戍。君不見，高城齾齾如魚鱗，城中蕭疎空無人。

開壕行

前人築城官已高，後人下車來開壕。畫圖先至中書省，諸公聚看稱賢勞。壕深數丈周十里，役兵大半化爲鬼。傳聞又起旁縣夫，鑿教四面皆成水。何時此地不爲邊，使我地脉重相連。

運糧行

極邊官軍守戰場，次邊丁壯皆運糧。縣符旁午催調發，大車小車聲軋軋。霜寒晷短路又滑，擔夫肩穿牛蹏脱。嗚呼！漢軍何日屯渭濱，營中子弟皆耕人。

苦寒行

十月邊頭風色惡，官軍身上衣裘薄。押衣勑使來不來，夜長甲冷睡難着。長安城中多熱官，朱門日高未啓關。重重幃箔施屏山，中酒不知屏外寒。

國殤行

官軍半夜血戰來，平明軍中收遺骸。埋時先剥身上甲，標成叢塚高崔魏。姓名空掛陣亡籍，家寒無俸孤無澤。烏虖諸將官日穹，豈知萬鬼號陰風。

軍中樂

行營面面設刁斗，帳門深深萬人守。將軍貴重不據鞍，夜夜發兵防隘口。自言虜畏不敢犯，射麋捕鹿來行酒。更闌酒醒山月落，綵縑百段支女樂。誰知營中血戰人，無錢得合金瘡藥。

寄衣曲

征夫去時衣紵葛，征夫未回天雨雪。夜呵刀尺製寒衣，兒小却倩人封題。上有淚痕不教洗，征夫見時認針指。殷勤著向邊城裏，莫遣寒風吹腠理。江南江北一水間，古人萬里戍玉關。

大梁老人行

大梁宫中設氈屋，大梁少年胡結束。少年嘻笑老人悲，尚記二帝蒙塵時。烏虖！國君之讎通百世，無人按劍決大議。何當偏師縛頡利，一驢馱載送都市。

朝陵行

國家諸陵陷河北，盗發寶衣斧陵木。或言陵下往來人，夜聞翁仲草間哭。何年却遣朝陵官，含桃璀璨登金盤。悲哉！人家墳墓各有主，誰修永昌一抔土。

破陣曲

黄旗一片邊頭回，兩河百郡送欵來。至尊御殿受捷奏，六軍張凱聲如雷。元戎劍履雲臺上，麾下偏裨皆將相。腐儒筆力尚跌宕，燕山之銘高十丈。

邨居書事四首

有客相逢説坎離，葫蘆中藥不容窺。叩頭無力營丹竈，聊奉先生一醉資。

新剃闍梨頂尚青，滿邨看説《法華經》。安知世有彌天釋，萬衲如雲座下聽。

卜叟囊書繫肘邊，兒童尊信等神仙。立談算盡平生事，問到封侯拜相年。

刮膜神方直萬金，國醫曾費一生心。可憐髽髻提籃者，也有盲人問點針。

後村先生大全集卷之九

詩

挽陳北山二首

雖拜龍圖號，自稱檗澗翁。生難招此老，死可見文公。斷簡功夫久，深衣笑語終。空餘藏稿在，虹氣貫山中。

握筆臨池慣，殘書映雪勤。今寧無古篆，宋復有唐文。荒草周顒宅，空山董相墳。何時攜斗酒，一酹墨溪雲。

送五六弟赴四明倉官 戌

子去爲倉氏，人應重客卿。須憐春簸苦，勿羡釜鍾贏。羊貴脾神厄，葠佳肺氣平。親闈最關念，頻寄雁傳聲。

挽龔汀州〔一〕二首

早日曾廬墓〔二〕，中年懶建牙。的無金遺子，僅有笏傳家。窮巷觀時事，叢祠閲歲華。天乎清白吏，名位止斯耶。

所守老尤剛，清風凛不亡。洞房無粉黛，堊室屏緇黄。東閣遵遺令，南山獻吉藏。百年耆舊盡，里社轉凄凉。

〔一〕州：原作「洲」，據宋刻本、四庫本改。

〔二〕早：原作「半」，據宋刻本、四庫本改。

送戴復古謁陳延平

倉部當今第一流，艱難有詔起分憂。城危如卵支羣盗，膽大於身蔽上游。應是孔明親治事，豈無子美可參謀。君行必上轅門謁，爲説披蓑弄釣舟。

挽外舅林明道二首

鬧處功名少，閑中歲月長。漢曾招綺季，魯僅有靈光。玉雪生難涴，淵冰死未忘。兩州殘父老，懷惠各悲凉。

少小親函丈，而今白髪生。居然明我穢，久矣愧翁清。川逝悲賢淑，山頽惜老成。年來得痞疾，相挽不能鳴。

柬陳寺丞築城

事變相尋智亦新，爛泥堆起石嶙峋。斷無餘力謀蒸土，頗有傍觀哂置薪。自古虚心容議者，即今枵腹役耕民。姑尤聊攝皆齊境，莫遣郊封有詛人。

答楊羿〔一〕

一生忠孝發於詩，不爲桃根與柳枝。柬本流傳容有僞〔二〕，箋家穿鑿苦求奇。偶全要領慙輕典，虚嘔心肝悔少時。澤畔纍臣搔白首，孤吟不敢累親知。

〔一〕羿：宋刻本作「癸」。
〔二〕本：原作「李」，據宋刻本、四庫本改。

挽方岳倅

昨解巴陵紱，將尋洛社盟。璧埋真可惜，玉立尚如生。舊轍冰天遠，新塋雪瀨清。惟應帶來鶴，解作斷腸聲。

梅雨隳城自和前韻〔一〕

叠石黏灰事尚新，忽因霑漬減嶙峋。晉陽昔僅存三板，瓠子今誰助束薪。恃陋竊憂難禦寇，加工却恐倍勞民。狂生亦豈前知者，曾是邊城荷杵人。

〔一〕和：宋刻本、四庫本及翁校本皆作「用」。

跋某人詩卷

元祐賦律古，熙寧經義新。請君忙改藝，詩好誤終身。

城壞復修又賦

補罅扶傾手段新，舉頭千尺又嶙峋。主謀何止堪尸祝，妄議真當抵鬼薪。見説傳更增邏卒，已聞犯夜少奸民。小偷不辨公輸械〔一〕，遥望須驚彼有人。

〔一〕辨：宋刻本、四庫本皆作「辧」。

留山間種藝十絶

梅

鄙事關人智淺深，漆堪成器褚堪衾〔一〕。自憐到死猶迂闊，純種梅花作墓林。

菊

羞與春華豔冶同，殷勤培漑待秋風。不須牽引淵明比，隨分籬邊要幾叢。

松

一生着數落人先，白髪栽松故可憐。待得伏苓堪採掘〔二〕，此翁久已作飛仙。

蘭

蕭艾敷榮各有時，深藏芳潔欲奚爲。世間鼻孔無憑據，且伴幽窗讀楚辭。

桃

歲歲春風花覆墻，摘來紅實亦甘香。當時若種瑶池木，却恐河清未得嘗。

桂

讒言自昔架空虛，薏苡非珠偶似珠。半夜庭中金屑滿，老夫明日費分疏。

柚

兩樹亭亭薜砌傍，未論包貢奉君王。世無班馬堪熏炙，且嗅幽花亦自香。

笑花

春風滿面喜津津，縱有嗔時不忍嗔。尚恐傍觀安注脚，笑他何事與何人。

末利

一卉能令一室香，炎天尤覺玉肌凉。野人不敢煩天女，自折瓊枝置枕旁。

芭蕉

攬醉妨眠挾雨聲，碧叢宜看不宜聽。而今一任蕭蕭滴，華髮鰥翁徹夜醒。

〔一〕 褚：宋刻本、四庫本皆作「楮」。

〔二〕 苓：原作「莵」，據四庫本改。

寄題邵武死事胡將祠堂

士各全軀命，惟侯視死輕。張巡鬚盡怒，先軫面如生。短刃猶梟寇，空拳尚背城。新祠簫鼓盛，人敬比神明。

寄題沙縣死事祝將祠堂 文蔚之子

淮右多良將，吾猶識祝侯。虎生能肉食，豹死有皮留。鐵漢爲揮涕，冰翁與雪仇。童侯獲賊，剖心以祭。標名忠義傳，榮甚復何求。

挽王簡卿侍郎三首

先帝初更化，公曾以諫聞。身雖遷柱史，袖尚有彈文。晚境圖成佛，它山預作墳。那知非變幻，止在石橋雲。

末著尤奇特，杯行忽坐亡。無香分侍女，有硯遺諸郎。長樂旌旗改，平泉竹石荒。公今呼不應，浮議果何傷。已矣孤知己，顏蒼鬢髮稀。雖曾參話柄，終未契禪機。尚欲扁舟訪，俄傳隻履歸。無因拜公墓，稽首懺前非。

題高九萬菊磵

胡公飲菊潭，八十冠貂蟬。高叟飲菊磵，六十雪滿顛。胡公死無名，高叟生無權。權隨糞土盡，名與穹壤傳〔一〕。劉生勸高叟，世事不兩全。飢且食落英，渴且斟寒泉。快吟三千篇，多活五百年。

〔一〕與：原作「隨」，據宋刻本、四庫本及翁校本改。

挽陳師復寺丞二首

已奏囊封墨尚新，又攜袖疏榻前陳。小臣憂國言無隱，先帝如天笑不嗔。闕下舉幡空太學，路傍卧轍幾遺民。愚儒未解天公意，偏壽它人夭此人。

歲晚滄洲築草堂，却將逢掖換軒裳。市朝共歎鳳高翥，世俗或疑麟不祥。童子舉扶猶忼慨，門人要經各淒涼。殘經無復相鐫切，遺墨常留几案傍。

別高九萬

花翁徒步悲詩境，菊磵舂糧哭復齋。衆客食魚彈鋏去，幾人白馬素車來。尋思舊事成三歎，斷送諸賢入八哀，信矣兩生俱烈士，有金當爲築高臺。

贈建陽醫士楊椿老二首

當年琴調絶平平，妄意先賢宰武城。邑有澹臺猶未識，始知令尹欠聰明〔一〕。

晚愛聃書意味長，無身始與患相忘。殘年頗覺飢難忍，未敢貪君不死方。

〔一〕欠：宋刻本、四庫本及翁校本皆作「未」。

挽潘柄

復齋之客潘夫子，生死相從未忍分。薛守頗曾參道潔，志完何可欠承君。魯生邀飲猶同去，龐嫂來呼已不聞。葴舍一卮真永訣，老無脚力拜翁墳。袁溉字道潔，薛常州季宣從之學《易》〔一〕。

〔一〕宣：原作「宜」，據宋刻本、四庫本改。

贈輝書記二首

野老柴門不慣開，有僧飛錫自天台。前身莫是寒山子，攜得清詩滿袖來。

棒喝機鋒捷似飛，推敲事業費尋思。師歸定被叢林笑，腹裏無禪却有詩。

答黄鏞

少年妄意假韶鳴，憂患欺人兩鬢星。此去真當盟社友，向來不合誑山靈。百年如夜何由旦，萬古惟天只麽青。若到桐城逢舊友，爲言多醉少曾醒。

答陳珽主簿

主簿佳公子，何曾染綺紈。果能磨鐵硯，真可輭銅盤。君壯雷驚蟄，吾衰月缺團〔一〕。《太玄》云：月闕其團，不如開明於西。家貧無寶貝，珍貺欲酬難。

〔一〕團：原作「圓」，據宋刻本、四庫本改。

寄題南康胡氏春風堂

芋魁菜甲必同食，石田茅屋不忍析〔一〕。有時對牀聽風雨，有時共燈窺簡冊。大兄獨抱古人道，羣季各修弟子職〔二〕。一門和氣常如春，紫荆花開庭草碧。宛然生在舞雩時，又若坐於明道側。吾嘗三復《棠棣》詩，周公千載有慙色。共梨分棗有幾何，摘瓜煮豆堪太息。區區錐刀未足讓，伯夷遜國採薇喫。君能聚族真卓行，我亦爲兄愧涼德。暮年有意觀廬山，因作春風堂上客。

〔一〕析：原作「折」，據宋刻本、四庫本及翁校本改。

〔二〕各：原作「名」，據宋刻本、四庫本及翁校本改。

送孫明府 兄弟繼爲邑宰

三年於赤子，摩拊極殷勤。令尹留方寸，吾民受一分。宛如小滕國〔一〕，突過大馮君。四境風謡美，諸公必採聞。

〔一〕滕：原作「勝」，據宋刻本、四庫本改。

答陳璘司户

丞相詩高妙，諸孫亦復奇。惠連康樂弟，子美審言兒。三舍猶當避，偏師未易支。老來怯酬唱，欲速反成遲。

辛卯滿散天基節即事六首

老作黄冠返舊山，尚支驛料破衙官。孤臣毫髮皆君賜，獨坐風廊不覺寒。

門廡無人殿未開，白頭散吏久徘徊。年年歲歲千秋節，長占群官第一來。

聞説都人競出嬉，御街簫鼓倍年時。相公入奏天顔喜，半夜揚州送捷旗。

約己隆親禮不同，鈞天無謙錫臣工。太皇勳德侔高帝〔一〕，陛下謙恭似孝宗。

野衲云云祝聖躬，亦拈拂子演宗風。恨渠僻陋無聞見，不識光公與杲公。

小臣無狀掛丹書，還著青袍兩載餘。物色依然如碧鶴，階銜久矣削緋魚。

〔一〕勳：原作「動」，據四庫本改。

挽王華甫提刑二首　兄作《行狀》

丱角從諸老，麻衣客五侯。風雲疑反手，江海不回頭。寂寂生堪笑，皇皇死未酬。空餘老知識，門户著餘愁〔一〕。

何必求佳傳，家庭論自公。潁濱碑玉局，曲阜狀南豐。轡遠方追電，筝調每值風。深知有遺恨，不見捷旗紅。

〔一〕門戶著餘愁：宋刻本、四庫本作「閉戶著窮愁」。

還黄鏞詩卷

曾伴靈芝湖上吟，當年一悟至如今。源流不亂知歸趣，篇什無多見苦心。貫虱功夫須切近，膾鯨力量要雄深。暮年誰可談兹事，盍有郵郿且自斟。

徐懋功餉酒用其韻

少時酒伴盡豪雄，歲晚瓶罍一併空。方歎獨醒吟澤畔，忽勤分餉到籬東。鯤鯨有量真溟涬，蜾蠃無知妄異同。老矣此身何處著，便應埋向醉鄉中。

答陳琯修職

陳氏源流遠，吾猶及紀羣。昔惟知伯氏，今又識郎君。後學尊師友，先賢賤藝文。滄洲書冊在，努力緝前聞。

挽陳孺人

咋吊空闈淚未收，忍聞紼翣向斯邱。不爲尚子了家事，似與龐公圓話頭。天下斷無膠可續，人間最有劍難求。潘郎文筆尤宜誄，想見新碑字字愁。

壬辰春上冢五首

城南

一閉幽堂十九年，萬松手種已參天。懶隨人乞郭東祭，自與母耕綿上田。試問拂雲施鶴表，何如藉地薦豚肩。此身只合安閭里，長爲先君掃墓阡。

西樓

溪草林花爭碧紅，傷心黄壤閟芳容。短松明月易陳跡，斷雨殘雲難覓蹤。伊昔老盆常共酌，即今敗絮倩誰縫。臼間一斗陳倉粟，薄暮歸來獨自舂。

郭西 高大父

自古佳城屬吉人，郭書王讖豈能神。掃松稍喜衣冠衆，薦芰何妨俎豆貧。委巷起家真世德，分山葬友等天倫。側傍即是黄香塚，冥漠之中尚卜鄰。黄翁季野名士也，死而無子，大父葬之於高祖墓傍〔一〕。

中峙〔二〕

憶昨隆乾致太平，諸賢聳聽鳳先鳴。奏篇不愧登瀛選，拂袖難留出晝行〔三〕。當日伯夷兄弟瘦，至今楊震子孫清。定知千載蓋陵路，尚有行人酹董生。

壽溪

水如綬帶山如抱，畫手難摹一段奇。松下可澆三奠去，墓傍安用萬家爲。虹來昂首寧非瑞，蛟徙無蹤若有知。丱角釣游今白髮，重尋陳跡不勝悲。曾大父臨終，有虹入室，墓前昔皆深潭，蛟所窟宅也。

〔一〕大：原無，據宋刻本、四庫本補。
〔二〕﨑：原作「潯」，據宋刻本、四庫本及翁校本改。
〔三〕難：原作「誰」，據宋刻本、四庫本及翁校本改。

訪李鋼草堂不遇〔一〕

細路縈紆入野田，遥瞻竹樹已欣然。青苔地滑跌盧老，蒼耳林深迷謫仙。不羨玉堂在天上，徑須茅屋占雲邊。極知謝客非爲亢，貪看林花聽澗泉。

〔一〕李鋼：原作「陳綱」，據宋刻本、四庫本改。

題陳遂卿隱居

早日稱雄翰墨林，暮年里巷且浮沈。諸公自負遺賢愧，處士元無謗國心。杜牧《送薛處士序》：處士之名，自負也，謗國也。子佩子衿輸少俊，某邱某水揀幽深。明時莫作逃堯計，忽有弓旌底處尋。

綿亭林逸人扁所居室曰藏暉求詩

先生讀《易》注《參同》，築室雲山第幾重。昔遇壺丘疑見怪，今於老子信猶龍。方靈有物司丹竈，符驗無妖血劍鋒。只恐欲藏藏未得，世人往往或知蹤。

題白渡方氏聽蛙亭

塘水拍隄科斗生，想君亭子俯幽清。黄梅雨足野田潤，牡麴煙收邨落晴〔一〕。莫信人嫌無理鬧，頗疑渠有不平鳴。畫堂方喜聽琴阮，誰愛天然律吕聲。

〔一〕落：宋刻本、四庫本作「墅」，翁校本作「野」。

贈鍾主簿父子

旗鈴接迹向西馳，丹桂靈椿並一時。競説郎君能跨竈，頓令老子欲笞兒。妙年不患錐無穎，前輩曾言木就規。相國晏公原楚産，何須千里遠求師。

寄趙簡叔知宗

造物方將貴此翁，煌煌三印屈盤紅。㦬天不受珠犀涴，表海新兼鈇鉞雄。詩滿名山留妙墨，舶歸外國説清風。何當把臂登雲榭，共看鯨波浸碧空。

贈豫知子

隔膜能知人肺肝，瞭如燭照與龜鑽。敏於一行推棊子，妙似堯夫測牡丹。道是鬼來疑太黠，驀然仙去覓應難。身今槁木寒灰樣，慙愧巫咸仔細看〔一〕。

〔一〕慙：原作「暫」，據宋刻本、四庫本及翁校本改。

簡叔和詩再寄一首

棄置而今成禿翁，君恩量給太倉紅。著鞭縱落諸公後，揮麈猶堪一世雄。花月三千篇絶唱，海天九萬里罡風。胸中本自無冰炭，況讀君詩益掃空。

寄章貢姚別駕

贛江當日血成川，誰肯身馳不測淵。尺檄約降諸峒靜，單車禽畔一城全。帶刀俗染維新化，横槊詩刊第幾編。相與元龍譏世事〔一〕，亦憐疎拙老林泉。

〔一〕譏：宋刻本、四庫本作「談」。

三寄簡叔

屢有詩貽田舍翁，燈花常至夜深紅。莫嫌雲樹文章冗〔一〕，稍喜冰銜職任雄。健吏安知元結事，貪夫愧死伯夷風。得君厚禄吾何患，從此樽中酒不空〔二〕。

〔一〕冗：原作「重」，據宋刻本、四庫本及翁校本改。
〔二〕從：原作「彼」，據宋刻本、四庫本及翁校本改。

寄章貢姚使君

虔在江西尤鉅麗，極知君相選侯難。昔多法吏懷州紱，今少詩人上將壇。斂戍官兵申折洗〔一〕，放衙谿洞報平安。衰頽欲納轅門謁，却怕崆峒臘雪寒。

〔一〕申折洗：原缺，據宋刻本、四庫本補。

蔣邁説易

新圖別義初拈出，四座皆驚昔未聞。定是胸中通象數，或於夢裏見羲文。向來夫子編三絶，近世名儒説七分。自笑腐生尊古注，可能挾冊便從君。

讀金鑾密記

仗下千官走似麕，倉皇誰扈屬車塵。禁中陸九艱危共，殿上朱三苦死嗔。當日横身抗歧汴，暮年避地客甌閩。小窗細讀《金鑾記》，始信《香奩》屬别人。《香奩集》和凝作，非致光也。

哭鄭君瑞長官二首

自解銅章後，終身耻折腰。偶然安舊隱，非不戀清朝。薪水纔能給，弓旌未易招。墳山梅似雪，猶足配清標。

史著陶潛卒，何妨爵秩卑。竟無乞米帖，止有采薇詩。舊友誰爲誄，新阡尚欠碑。中年哭同志，孤立可勝悲。

獲硯

二硯温如玉琢成，信知天地有精英。馬肝紫潤尤宜浴〔一〕，鴝眼青圓宛似生。未愛潘郎呼作友，便教米老拜爲兄。今年几案多奇獲，應是窮儒命漸亨。

〔一〕浴：宋刻本、四庫本及翁校本皆作「沐」。

再獲一硯自和一首

三硯聯翩買券成，絶勝玉杵聘雲英。拊摩無粟向肌起，塗抹有花從筆生。韞匵每愁逢暴客，傾囊或笑費方兄〔一〕。古來事業由勤苦，不信磨穿道不亨。

〔一〕方：原無，據宋刻本、四庫本及翁校本補。

蔡偉叔講通書

蔣君易學高無助，蔡子重來講杏壇。絳帳先生移席聽，青衿學士堵墻觀。舉揚霽月光風易，箋注先天太極難。穩坐虎皮揮麈尾，豈知春雨客氈寒。

遺編

短髪蕭蕭老日侵，遺編未敢廢研尋。薰蕕理慾迷通義，衮斧忠邪害恕心〔一〕。篤信聖賢常事左，稍知治亂每憂深。人生有腹當盛酒，誰遣吾儕著古今。

〔一〕恕：原作「怒」，據宋刻本、四庫本改。

一念

一念才萌帝已臨，豈容纖芥自欺心。夜猶養氣操存熟，晨偶科頭警懼深。趺宕少曾希管葛，斂藏晚欲學柴參。小窗稍覺春宵冷，自設篝爐置楮衾〔一〕。

〔一〕楮：原作「褚」，據宋刻本、四庫本改。

貧居自警三首

昨者匆匆擲印歸，六年岑寂閉柴扉。歲荒奴僅拾殘穗，日晏婢方羹苦薇。寧渴莫賒鄰近酒，儘寒不著借來衣。中年但祝身强健，要卧松風坐釣磯〔一〕。

赤粟黄虀味最深，此生不恨老雲林。鬼神每瞰高明室，天地皆知暮夜金。夸士燃臍猶狗貨，先賢覆首或無衾。一瓢千駟同歸盡，莫爲浮雲錯動心。

客過吾廬語至晡，旋營鹽酪刈薪芻。酒兼麟脯不時有，飯與魚羹何處無。荆公云：何處無魚羹飯喫？力學勿忘家世儉，堆金能使子孫愚。俗兒未識貧中樂，妄議書生骨相臞

〔一〕松風：原倒，據宋刻本、四庫本及翁校本乙。

寒食清明二首

寂寂柴門邨落裏，也教插柳記年華。禁烟不到粵人國，上冢亦携龐老家。漢寢唐陵無麥飯，山蹊野徑有梨花。一樽徑藉青苔卧，莫管城頭奏暮笳。

過眼年光疾彈丸，桐花半拆燕初還。漢宫有燭朱門煖，墨突無烟白屋寒。寧復門鷄陪戲社，頗思携鶴訪孤山。今年秫與金同價，偶得茅柴且盡歡。

上巳

櫻笋登盤節物新，一筇踏遍九州春。似曾山陰訪修竹，不記水邊觀麗人。豪飲自憐非少日，俊遊亦恐是前身。暮歸尚有清狂態，亂插山花滿角巾。

村墅

邨墅溪亭處處嬉，新年海岱悉清夷。盜平四海無驚柝，虜去三邊有捷旗。子美間關離亂際，堯夫生死太平時。從今一洗窮愁語，多賦看花飲酒詩。

進德

進德工夫有淺深，一毫間斷即差參。醉無謬誤明持敬，怒亦中和見養心。爲善豈須朋友責，積勤常若父師臨。向來歲月悠悠過，垂老方知痛自箴〔一〕。

〔一〕垂老：原缺，據宋刻本、四庫本補。

答梁文杓

二梁太學同袍舊，晚識郎君亦儁才。柳永詞堪腔裹唱，劉乂詩自膽中來。老夫一榻何曾下，吾子扁舟作麽回。見説桐城方調卒，未應能築禮賢臺。

哭章泉二首

自有簞瓢樂，何須璧帛迎〔一〕。後凋仁者壽，獨往聖之清。古不稱千駟，今猶重兩生。吾衰久無泪，一慟爲耆英。

小扉通水竹，幽絶少比鄰。家似巢棲者，詩非火食人。於今無宿士，若昔有先民。彊作徵君誄，居然語未親。

〔一〕何：宋刻本、四庫本及翁校本皆作「那」。

贈馬相士二首

嫗貌何妨至輔臣，猴形亦有上麒麟。伏波眉目空如畫，不是雲臺佩劍人。唐人嘲歐陽詢云：誰令麟閣上，畫此一獼猴？

荀卿粗了心形者，蒯徹安知背面哉。別有精微書不載，待君見了季咸來〔一〕。

〔一〕咸：原作「成」，據宋刻本、四庫本及翁校本改。

余爲建陽令遣小吏王堪爲西山翁之役翁留之仙遊山房招鶴亭之上令抄道書久之若有所悟棄家不歸後六七年訪予田間敝裘跣足真爲道人矣自言欲謁翁於桐城作五詩送之

向來刀筆充書佐，歲晚衣巾學道流。畢竟賢於人一著，醉中夢裏忽回頭。

拂袖歸來久閉關，道人剥啄訪平安。要知對面劉居士〔一〕，即是翻身靖長官〔二〕。

去去尋師莫遠尋，蓬萊何處海深深。山房幸有栖身地，且讀西山《夜氣箴》。

聞説周仙有後身，出山不爲兩朱輪。白雲丹竈俱無恙，憑汝殷勤謝主人。

或盤碧漢唳青霄〔三〕，幾載山中伴寂寥。今日鶴來翁已出，他年却恐費翁招。

〔一〕居士：原作「高尚」，據四庫本改。
〔二〕翻：原作「前」，據宋刻本、四庫本改。
〔三〕霄：宋刻本、四庫本作「宵」。

和南塘食荔歎

君欲和詩無匆匆，唱首天下文章公。今年荔子況倍熟，亭亭錦蓋張高空。猿偷鴉啄牧童採，林間殘顆猶殷紅。在昔唐家充歲貢，吟諷何止杜陵翁。南窮交州西蜀土，快馬馱送如飛龍。絳裳冰肌初照眼，玉環一笑恩光濃。惟閩以遠幸免涴，一顆不到温泉宮。自從陳紫無真本，皺玉晚出尤稱雄。邇來鷄舌擅瑰瑋，贊香譽味萬喙同。麟臺仙人親題品，天爲此果開遭逢。乃知微物似有數，聲價亦與時污隆。列聖儉德被華戎，微如淮白不敢供。奈何置驛奉私室，安得木鐸觀民風。山蹊谷塹日力窮，血肩跰足馳筠籠。請公移此《食荔歎》，置在薰風殿閣中。

後村先生大全集卷之十

詩

送真西山再鎮温陵

父老香花夾路催，朱幡那忍更徘徊。弓張至此尤宜弛，珠去安知不復回。海上有艘堪致粟，洛中無篚勝生財。泉人畢竟修何福，消得西山兩度來。

水僊花

歲華摇落物蕭然，一種清芬絶可憐。不許淤泥浸皓素，全憑風露發幽妍。騷魂灑落沈湘客，玉色依稀捉月仙。却笑涪翁太脂粉，誤將高雅匹嬋娟。

葵花二首

植物雖微性有常，人心翻覆至難量。李陵衛律陰山死，不似葵花識太陽。
下了江南奏凱回，曹公鞅鞅未忘懷。争知野老門庭冷，旌節無心忽自來。

題鄭寧文卷 西山作跋

昔侍西山講席時〔一〕，頗於函丈得精微。書如《逐客》猶遭絀，辭取横汾亦恐非。筝笛豈能諧雅樂，綺紈原未識深衣。嗟余老矣君方少，勤向師門叩指歸。西山先生編《文章正宗》，如《逐客書》之類止作小字附見。内詩歌一門，初委余裒集，余取《秋風辭》，西山欲去之，蓋其議論森嚴如此。鄭君試以此意求之可也。

〔一〕席：原作「習」，據四庫本改。

悼阿駒七首

吾老方期汝亢宗，愛憐不與衆雛同。豈知希世千金産，止作空花賺乃翁。

長兄開卷每隨聲，大母繙經亦諦聽〔一〕。眉目分明無夭法，恐緣了了與惺惺。

北轍南轅有返期，吾兒挈手去何之。夢中玉雪來懷抱，愁絶鄰鐘唤醒時。

隔日猶能唤女兄，兒於孝友殆天成。直須見汝蓮花上，纔得胸中一點平。

富貴威權得自由，收融二子殺楊修。閑人於物無恩怨，那得倉舒只麽休。

眼有玄花因悼亡〔二〕，觀書對客兩茫洋。情知泪是衰翁血，更爲童烏滴數行。

人生憂患本無涯，强取瞿聃語自排。吾母白頭尤念我，吞聲不敢惱慈懷。

〔一〕大：原作「天」，據宋刻本、四庫本改。

〔二〕有：四庫本作「見」。

鄭寧示邊報走筆戲贈

曾客驃姚與伏波，慣騎生馬擁琱戈。金臺有命終須築，鐵硯無功亦且磨。見説帛書來汝洛，又傳氈帽迫淮河〔一〕。只今西北多機會，吾子南歸意若何。

〔一〕又：原作「人」，據宋刻本、四庫本及翁校本改。

挽劉學諭

徐尤溪鹿卿之婦翁，豊城人，名履。

少游鄉校至華顛，常以虀鹽養浩然。科舉法行無譽士，邱園禮廢有遺賢。劉蕡下第人稱屈，李漢編文後必傳。聞道諸郎皆秀孝，拂雲華表看他年。

送陳户曹之官襄陽二首

斑

丞相曾参督府謀，郎君今復贊邊籌。彼哉金谷飲長夜〔一〕，去矣玉關防盛秋。尺度豈能拘快士，功名斷不在中州。習池水滿隄花豔，安得相陪賦遠遊。

幕府秋風事日生，參軍匹馬戴星行。起爲楚舞何其壯，吟退胡兵在此行。且喜峴山碑有跋，不愁《江表傳》無名。老儒那復封侯夢，止願躬耕看太平。

〔一〕「彼」字原缺，「長」原作「今」，據宋刻本、四庫本補、改。

盱士張季携所注三略訪西山先生既跋其書余復題二絶於卷尾

張生快士非拘儒，袖出一編相斫書〔一〕。撲虱拍蚊吾不忍〔二〕，斷蛇刺虎子何麤。

千里從師細講評，横渠昔亦謁高平。自從受得《中庸》了，止説《西銘》不説兵。

〔一〕斫：原作「研」，據宋刻本、四庫本改。

〔二〕拍：原作「捫」，據宋刻本、四庫本改。

送湯伯紀歸番禺〔一〕

華宗所産必人英，久見諸賢説父兄。荀氏晚添文若出，楊家又有敬之生。進堪負荷斯文責，退亦流傳後世名。身老荒邨無可恨，獨於佳友尚關情。

〔一〕禺：宋刻本、四庫本作「陽」。

病後訪梅九絶

夢得因桃數左遷，長源爲柳忤當權。幸然不識桃并柳，却被梅花累十年。鄴侯《咏柳》云：「青青東門柳，歲晏必憔悴。」楊國忠以爲譏己。

先生歲晚被人疑，梅畔渾無一字詩。明月清風愁併案，野花啼鳥怕隨司。

區區毛鄭號精專，未必風人意果然。犬彘不吞舒亶唾，豈堪與世作詩箋。

和靖林間欬嗽時，一邊覓句一邊飢。而今始會天公意，不惜功名只惜詩。

老子無糧可禦冬，强鳴飢吻和寒蛩。舍南舍北花如雪，止嚥清香飽殺儂。

與梅交絶幾星霜，瞥見南枝喜欲狂。便欲佩壺携鐵笛，爲花痛飲百千場。

一聯半首致魁台，前有沂公後簡齋。自是君詩無警策，梅花窮煞幾人來。

春信分明到草廬，呼兒沽酒買溪魚。從前弄月嘲風罪，即日金雞已赦除。

菊得陶翁名愈重，蓮因周子品尤尊。從來誰判梅公案，斷自孤山迄後邨。

陪西山遊鼓山

先生廊廟姿，非直藩翰才。南州彩旗留，北闕丹詔催。重臣方暑行，停驂小徘徊。客中載枚鄒，物外尋宗雷。遂窮天海觀，一豁風雲懷。眷言此靈山，判自宇宙來〔一〕。登臨幾朱輪，滅没隨風埃。堂堂蔡與趙，繼者其誰哉。共惟勳業侔，況乃名節偕。伊余忝載筆，適値祖帳開。雖陪叔子游，獨抱湛輩哀。餞詩堪覆瓿，不敢鐫蒼崖。

〔一〕判自：宋刻本、四庫本及翁校本皆作「自判」。

鼓山用餘干趙相韻

城郭區區一聚埃，江山如此信佳哉。挾龍相國騎箕去，招鶴仙人弭節來。試問炊粱成短夢，何如煨芋撥殘灰。危亭更着文公扁，日落山空未忍回。

題真仁夫畫卷

草木黄落，水雲莽蒼〔一〕。孤舟卸帆，凍雁失行。昔余遠遊，沿灘泝湘。堠長店疎，僕痛馬僵。行李蕭然，有詩滿囊。今其老矣，寧志四方〔二〕。撫卷追思，歷歷不忘。

〔一〕莽蒼：原作「蒼茫」，據宋刻本、四庫本改。
〔二〕志：原作「至」，據宋刻本、四庫本改。

題龍眠十八尊者

嘗聞天台境，肉身往無從。仁夫示此圖〔一〕，恍惚游其中。應真一一若舊識，或踞怪石臨飛淙。山鬼投牒何敬恭，天女問法尤丰茸。盆魚鬐鬣等鋮粟，放去夭矯拏空濛。山深無人地祇出，被服導從侔王公。前驅摯獸後夔魍，徐行殿以一瘦筇。巉巉蒼壁謖謖松，下有老宿眉雪濃。石橋滅没雲氣斷，似是鬼國非天宫。層冰融結挾怒瀑，毒虺噴薄含腥風。至人於此方入定，壞衲冪首枯株同。等閑一坐六十劫〔二〕，汝技有盡吾無窮。書生往往談性命，怵以禍福猶兒童。倒持手版口勸進，對此寧不面發紅。我知龍眠筆外意，要與濁世鍼盲聾。退之云釋善變幻〔三〕，愷之謂畫能神通。幻耶神耶兩莫詰，與子持叩西山翁。

〔一〕夫：原作「未」，據宋刻本、四庫本及翁校本改。

〔二〕坐：原作「首」，據宋刻本、四庫本及翁校本改。

〔三〕云：原缺，據宋刻本、四庫本及翁校本補。

米元章有帖云老弟山林集多於眉陽集然不襲古人一句子瞻南還與之説茫然歎久之似歎渠偷也戲跋二首

大令云亡筆不傳，世無行草已千年。偶然遺下《鵝群帖》，生出楊風與米顛。

二集一傳一不傳，可能寶晉勝坡仙。蘇郎不醉常如醉，米老真顛却辨顛。世傳米老有《辨顛帖》〔一〕。

〔一〕米老：原倒，據宋刻本、四庫本乙。

跋周忘機畫一首

周郎詞藝妙天下，似是詩家非畫家。寧與嵇公寫《琴操》，不爲盛尹作梅花。

題林户曹寒齋 取鄭介夫「積雪冒寒齋」之句

舉世争馳勢利場，君於冷處看人忙。不營摩詰散花室，只設蘇州聽雨床。種果園林無虎守，勘書窗几有螢光。直須唤起西塘老，來向齋中伴石塘。

呈黄建州

當年虎穴挺身臨，匹馬平欺萬緑林。余欲關弓常掩涕，汝能賣劍即回心。歌廉民已嗟來暮，微管吾安得至今。欲謁鈴齋參嫡派〔一〕，管蠡何敢測高深。

〔一〕嫡：原作「滴」，據宋刻本、四庫本改。

過建陽二首

溪上重來兩鬢絲，豈知拙政久猶思。旄倪欲見葉公面，香火共存朱邑祠。争勸令君持酒琖，不容老子閉車幃。誰言俗薄今非古，我與斯民各秉彝。白布幘𥜽雪滿顛，扶携傴僂拜車前。皆言庾氏相因粟〔一〕，猶是君侯不飲泉。自古活民須有備〔二〕，即今去客愧無權。愚公老矣癡如故，長把心燈望後賢。

〔一〕相：原作「祖」，據宋刻本、四庫本改。
〔二〕古：宋刻本、四庫本作「昔」。

過章戴二首

魯叟新阡何處尋，橋邊感舊獨沈吟。一生欲唾姦諛面，千古難磨道義心。溪昔放魚晴鱍鱍，門今羅雀冷涔涔。發潛賴有西山筆，何日碑成勒碧岑。橋下魚萬計，君所放也。

曾向明時説李邕，又聞名在聘賢中。憶言鵖吻施茅屋，忍見龜趺立柏宫。杯酒昔常陪賀老，隻雞終待哭喬公。情知客淚先難制，鄰笛那堪咽晚風。君爲閩漕，欲請予爲屬，既而曰：「茅屋施鵖吻乎！」遂止。

答李泉州元善

平生陳無己，白首欠吟債。未嘗見馬吕，况肯交章蔡？附熱生可鄙，中寒死亦快。吾方尚此友，巾車與同載。前瞻有膺滂，却顧有融泰〔一〕。要當堅一壁，詎可立兩界。恕乎行誼虧，希也名節壞。使君惠良箴，下走敢不拜。懷哉道義交，異彼姑息愛〔二〕。

〔一〕融泰：原缺，據宋刻本、四庫本補。

〔二〕彼：原作「此」，據宋刻本、四庫本改。

送趙信州二首

君於朝列號名流，信在江東亦望州。保抱彼民思父母，齎咨吾輩惜交游。香凝應物吟詩榻，虹貫元章載畫舟。澗上泉邊今寂寞〔一〕，豈無遺稿待搜求。

貧者惟言可贈行，臨分握手盡交情。馬於轡力窮時駭，鷗向機心動處驚。齊士豈無堪客禮，蔡人便遣作牙兵〔二〕。遥知陌上羅敷女，競看雙旌出勸耕。

〔一〕泉：原作「東」，據宋刻本、四庫本改。

〔二〕遺：四庫本作「可」。

題趙子固詩卷

紫芝仲白俱仙去，晚秀唯君擅士林。字肖率更親手作，詩疑賈島後身吟。九成合奏音方備，三染爲纁色始深。老去尤於朋友篤，未忘几硯琢磨心。

題湯伯紀程文

詔書選後宫，衆女競媒致。拂鏡濃畫眉，臨風高挽髻。朝猶東鄰居，夕已金屋貴。彼姝絶代姿，綽約乘雲氣。箴史合古趣，佩服與今異。宜哉瘖瘵求，惜也憔悴棄。君門深復深，歲遣花鳥使。

和高九萬雪詩

添盡綿衣體未和，小窗奈此苦寒何。極知上竺仙人喜，不道長安貧士多，窮巷都無晨噪鵲，邊城應有夜驚鵝。君才堪續《梁臺賦》，早晚樓船濟汴河。

答曾無疑校勘

詩到黄初字永和，半生西望遡明河。已招學士來儒館，更遣山人拜諫坡。李渤、种放。四庫舊書存有幾，五朝遺老苦無多。傳聞將講臨雍禮，小駐驪駒白玉珂。

題袁秘書文藁

場屋聲名淳紹初，同時一輩曉星疎。舉人尚説前鄉貢，天子亦呼行秘書。出蜀詩堪編杜集，涉湘文可補騷餘。中朝典冊須鴻筆，何必燃藜照蠹魚。

題廬陵羅生詩卷

門巷蕭然人跡少，華裾客子袖文過。織千機錦非常巧，熏一銖香已覺多。持贈白雲情厚矣，暗投明月愧如何。桃花水煖鱸堪鱠，恨不相攜買短蓑。

陳夫人哀詩 同父之女

龍川天下士，女子節尤奇。孟母遷鄰訓，共姜誓己詩。生無封國分，没有表阡時。曾識雙珠樹，聊爲補些辭。

挽連夫人 陳侍郎公益之母　代洪侍郎作

渡江門户已華簪，嫁得黔婁作藁碪。疇昔曾爲賓截髮，暮年親見子腰金。瀧阡新刻豐碑妙，防墓重封宿草深。憶與夏卿聯禁路，些辭題罷一酸辛。

參預陳公挽詩二首

人歎摛毫妙，天知補衮忠。力猶挽元氣，身已御長風。家譜侔洪氏，官稱似范公。獨憐蒓鱸莫，不得至苕中。

聖主初調瑟，煩公數寄聲。已來周大老，尚致魯諸生。末至餘尊盡，西歸隻履輕。中年知己淚，銷得幾回傾。

又二首

代洪給事作

世道方憑藉，云胡不憖遺。重如鎮喬嶽，寬可納須彌。鵷閣開無日，蕺陵窆有期。嗟余衰久矣，告第乏雄辭。

不謂斯人夭，堂堂在目中。曾參黄面老，肯戀黑頭公。性理天淵徹，榮華露電空。獨餘章奏在，聖主記遺忠。

送王實之

欲去還留每自憐，竟爲吾子着先鞭。孤忠盡見萬言疏，十口同登一葉船。屈法相全煩聖主，上書俱貶愧前賢。南歸定過西山下，細把行藏告墓阡。

重餞趙信州分韻得寢字

近甸騷屑餘，當宁焦勞甚。剖符寄非輕，弄印擇已審。盎然春風和，解此寒色凛。吾聞守四鄰，豈必衛堂寢。惡馬易調伏，小鮮難烹飪。臘前況屢白，秋杪定一稔。我侯但凝香，彼州自奠枕。英英尚書郎，餞詩麗如錦。驪珠忽滿軸，繼者皆曹沈。顧予如病鶴，欲鳴聲復噤。寧論鬼揶揄，行以親來諗。南歸掣齋鈴，儻留故人飲。

鄭丞相生日口號十首

陌上塵飛敕使來，親傳天語賀元台。門庭如水無珍獻，惟有黄花伴壽杯。

王吕紛更尚治安，史韓椓伐始凋殘〔一〕。迺知元佑調弦易，却是端平變局難。
金塢銅山二紀中，可無玉雪洗貪風。從今中外多廉吏，家有《錢神賦》一通。
小范登庸面稍腴，惟公不以位爲娱。宅家亦有臨朝説〔二〕，丞相都因國事臞。
汲黯淹留守相間〔三〕，平津千載有慙顔。惜渠不見端平相，召了西山召鶴山。
忤旨攖鱗不自安，明朝密啓與遷官。百僚舉笏私相語，相國胸中得許寬。
曠懷未許衆人窺，細行猶堪百世師。廣厦千間無地起，靈臺一片有天知。
轉了頭聽屨乞歸，已將傳舍視黄扉。江湖不欠魚羹飯，直爲君恩未拂衣。
篚苞不復入修門，民力微蘇物漸蕃。見説海邊停鮝局，介鱗亦被相君恩。
不用占蓍更訊龜，功成尚有赤松期。由來壽與仁相貫，季主君平未必知。

〔一〕伐：原作「代」，據宋刻本、四庫本改。
〔二〕有：四庫本作「自」。
〔三〕汲：宋刻本、四庫本皆作「舒」。

出宿環碧

逐客挑包水榭中，忽聞乾鵲噪東風。若非閩嶠安書至，即是襄州吉語通。

環碧寒甚移宿客邸

香歇朝衣懶更熏，夢殘宮漏遠難聞。漫郎不稱青綾被，退士唯堪白布裙。

桐廬舟中即事

車前彎帽同聲散，關外華簪一揖休。惟有浙江潮好事，肯隨逐客到嚴州。

朱買臣廟

翁子平生最苦貧，晚將丹頸博朱輪。老儒五十無章綬，歸去何妨且負薪。

江山道中

純棉未覺中年煗，薄酒難禁二月寒。可惜一溪桃李樹，貪程不得過橋看。

徐偃王廟

仁暴由來各異施，秦徐至竟孰雄雌。君看驪岫今無墓，得似柯山尚有祠。

漁梁

淺溪忽漲尋常水，朽樹猶開千百花。有酒可沽魚可買，造門莫問是誰家。

馮唐廟

當饋而今渴將材，豈無梟俊尚沈埋。不曾薦得雲中守，也道身從省户來。

新蓬二領

路入雲端一綫微，行人竊笑僕交譏。空囊非有連城璧，作麽攜從間道歸。

春陰

春陰欺得病夫身，偶值晴天一欠伸。客舍無誰相管領，半檐紅日苦留人。

宿小寺觀主僧陞座一首

静處尤宜策睡勛，徑投禪榻炷爐熏。恰爲胡蜨春遊美，忽吼華鯨曙色分。僧袒右肩方説法，我聾左耳若無聞。平生不作桑間戀，草草挑包下白雲。

田舍即事十首

去年羸粟尚儲瓶，又見新秧蘸水青。野老逢人説慙愧，長官清白社公靈。

村落爭看烏角巾，略談北事向南人。百年只有中州樂，世世無爲塞下民。

古來觀社見春秋，茜袂銀釵盡出遊。欲與魯人同獵較，可憐身世尚它州。

蹴鞠鞋尖塵不涴，臂鷹袖窄樣新裁。社中年少相容否，也待鮮衣染鬢來。

鄰壁嘲啾誦學而，老人睡少聽移時。它年謹勿如張禹〔一〕，帝問牀前謬不知。

田舍諸雛各雅馴，男兒盍有藝資身。古來醫卜皆名世，莫學文章點涴人。

條桑女子兩鬟垂，車馬過門未省窺。生長茅檐蓬户裏，安知世有二南詩。

草草衣裝挈自隨，壻貧畢竟與眉齊。絶勝京洛傾城色，鎖向侯門作侍兒。

兒女相攜看市優，縱談楚漢割鴻溝。山河不暇爲渠惜，聽到虞姬直是愁。

溪上漁郎占斷春，一川碧浪映紅雲。問渠定是神仙否，艤去如飛語不聞。

〔一〕勿：原作「物」，據宋刻本、四庫本改。

寄題趙廣文南墅

博士才名賀白流，詎應早計到菟裘。宮中未索《清平調》，海上聊爲汗漫遊。隱几飽看山變態，開軒惟對竹清修。買鄰有志嗟無力，肯與羊曇共賭不。

寄和湯仲能

憶昨挑包返故鄉，意君束帶侍明光。一書似坐窮爲祟，百計無如去最長。蟻穴夢殘何足記，蓋陵願在莫須償。即今臺閣多收召，定有名公雪孝章。

送湯季庸監獄〔一〕

季氏真奇士，聲名亞長君。尚難友裘牧，何敢吏朱雲。江國無生業，沙場有異聞。臨歧各珍重，世故屬紛紜。

〔一〕嶽：原作「獄」，據四庫本改。

送徐鼎夫用盧陵通守博士戴文韻

一春風雨郡齋寒，荒了麻姑老子壇。余嘗主仙都玉局觀。吏抱文書排闥至，客携詩卷退衙看。愁來鏡裏絲難染，老去胸中錦已殘。若棹扁舟見安道，爲言歲晚習申韓。

次韻王元度二首 袁倅之子

流落而今兩鬢秋，暮年出處愧前修。敢云余補韓公處，極喜君來謝客州。奇甚寶鐔騰紫氣，清於玉瓚薦黃流。後生不作先賢遠，便合相推出一頭。

向來綺語禍機深，幾效靈均欲自沈。周廟人曾銘在背，管城子已秃無心。今誰伯樂能酬價，後有鍾期必償音。老矣尚須君警策，昔人一字答千金。

送趙叔愚赴潯州理掾

未奉三雍對，聊爲五筦行。鄉書踰嶺少，詩思入湘清。遠宦身差穩，中州事日生。向來幾離別，此別最關情。

離郡五絶

自傷臨郡淺，有愧在民深。稽首文公廟，由唐直至今。

既收其印綬，猶送以車船。回首柱下史，江邊更可憐。

昨日專城守，今朝失國人。乾坤如許大，無地著孤臣。

赫赫戎衣定，區區叩馬非。如何孤竹子，嫌粟不嫌薇。

丘筆鄭克段，軻言象愛兄。回天力不足，削地罰猶輕。

後村先生大全集卷之十一

詩

寄徐直翁侍郎二首

銳惰皆由氣所爲，浩然不屈是男兒。未知重入修門後，何似初攀折檻時。已有客貽《絶交論》，豈無人取《送行》詩。勿令一種求疵者，妄議君侯鳳德衰。

憶昨紛紛衆喙鳴，怪君噤齘久無聲。得非家客留廷尉，或是闈人沮仲卿。白璧微瑕終古在，黄金橫帶霎時榮。從來公議無情甚，莫遺蒙齋獨擅名〔一〕。

〔一〕擅：原作「受」，據宋刻本、四庫本及翁校本改。

和仲弟十首

懶窺户外問晴陰，静向窗前閲古今。江國事稀聊袖手，鈞天夢斷久灰心。

慈母清齋奉竺乾，平生功行默通天。遥知静坐修禪觀，永晝爐中一穗煙。

即今江表尚恬熙，忘却前回飲馬時。淝水豈無風鶴助，平凉莫受犬羊欺。

樓頭吹徹幾寒梅，推枕穿衣曉帳開。蟻鬬蝸争求予決〔一〕，老夫身世自難裁。

一春檐溜不曾停，滴破空堦蘚暈青。便是兒時對牀雨，絶憐老大不同聽。

行徧高臺到曲池，閑將白髮照清漪〔二〕。未應官舍無幽事，亦有臨流嘯咏時。

少工文字老安施，不但才慳力已疲。無復滴泉來上綆，惠連入夢偶成詩。

弟兄雖幸忝朱輪，各是人間五十人。只合共娱千歲母，可能少補二州民。

雁回杳杳渾無報，鵲語啾啾似有憑。忽得遠書看百過，眼昏自起剔殘燈。

千古堂堂一孔明，尚咨幼宰訪州平。諸君應悉惓惓意，老子寧希赫赫聲。

〔一〕決：原作「没」，據宋刻本、四庫本及翁校本改。

〔二〕清：原作「晴」，據宋刻本、四庫本及翁校本改。

丁酉重九日宿順昌步雲閣絶句七首呈味道明府〔一〕

傍邑曾爲劫火塵，獨兹猶是太平民。兒時所歷經三紀，便唤溪山作故人。

老子癡頑耐遠游，平生腹不貯閑愁。今年天錫登高地，身在雲峰最上頭。

小休緑樹濯清泉，垢盡身輕意欲仙。豈必魯儒知此樂，舞雩風止在溪邊。

九月南州菊未黄，芙蓉取次獻新妝。不妨折取繁紅插，四海皆知兩鬢霜。

只了年年作逐臣，衣冠繿縷面埃塵。偶逢令尹留連我，不畏狂生點涴人。

先倩清風埽水軒，更呼流月照金樽〔二〕。定知明府歸侵夜，縣郭留燈未閉門。

長君論事天爲動，季子居官水似清。雙眊不能鈔諫草，偏聾尚可聽琴聲。途中得茂實封事，目昏字小，不能傳録。

〔一〕本題共七首，前六首誤入卷一九第十八頁，第七首誤作本卷《端嘉雜詩二十首》之第二十首，據宋刻本、四庫本乙。

〔二〕流月照：宋刻本、四庫本作「凉月倒」。

友人李先輩丑父嘗以夷成詩二帙示余莫知爲何人所作心甚愛之過延平客有袖詩一章見訪始知夷成者蓋葉君之别號也鬚髮皓然矣詩與人皆可重因用其韻爲謝〔一〕

筋力都非少壯時，不煩攬鏡覺吾衰。展禽出仕曾三已，表聖歸休有四宜。飽閲交情悲世道，差强人意賴君詩。此生到死慙三士，本自難招況易麾。端平初元召審八士，余預焉，唯張洽、趙端頤、范炎三君子力辭不至。

〔一〕此篇至後《次韻實之二首》之第一首原編次於本卷之末，據宋刻本、四庫本移此。

丁酉九月十四日黄源嶺客舍題黄瀛父近詩

不但行吟又卧披，掩編因有感於斯。競爲蛙蚓號鳴態，烏覩龍鸞夭矯姿。損挹嫌人稱大好，琢磨容我指微疵。自慙學識非匡鼎，安敢陪君共説詩。

次王元度韻

占盡靈烏顧盡雲，君恩寬大放歸閩。一區二頃生緣薄，萬緒千條素髮新。鐵馬即今徵戰士〔一〕，金雞何日赦纍臣。殷勤説向西飛雁，多謝交遊與吏民。

〔一〕今：原作「令」，據宋刻本、四庫本改。

送范守仲冶二首

二年田里内，民不識追胥。官府絶無事，使君惟讀書。儉於住家日，臞似下車初。太末方凋弊，公行不可徐。

放逐諳時態，惟侯意味長。醴爲狂客設，羹許老人嘗。南國留棠舍，西郊閉草堂。臨歧先作惡，未可倚剛腸。

挽趙漕簡叔二首

雖擁軺車貴，蕭然似布韋。家依僧舍住，俸買古琴歸。海内勝流盡，民間廉吏稀。空餘詩卷在，展玩一沾衣。

恰訝書題少，俄驚訃問臨。死方拋筆研，貧不涴珠琛。大劫難隳節，浮雲肯動心。悲哉《廣陵散》，舊譜有誰尋。

曹路分贈詩次韻二首

古來詩律推曹氏，不數河梁與董逃。唐季三家松最勝，荆公選唐百家詩，曹鄴一首，曹唐二首，曹松十三首。建安七子植尤高。短檠尚課兒精選，老筆真堪僕命騷。極欲留君橫槊賦，舟人苦報粤江濤。

用曹帥侍郎韻贈曹路分〔一〕

曹侯書滿腹，非以劍防身。馬上檄猶速，橐中詩不貧。虜情工變詐，時論主和親。旗鼓何時建，方知國有人。

〔一〕贈：原無，據四庫本補。

永嘉曹君贈詩次韻一首

開卷沈吟首屢搔，想提詩律比戎韜。清於學士茶烹雪，壯似將軍弩射潮。再茜三繅由染漬，勺泉卷石可深高。蝸廬自笑無卮酒，不得澆君道路勞。

余大父著作嘗以所得沈元用給事歙硯遺水南林府君後七十年林氏子大鼎以端硯遺余答以小詩

隆乾手澤稀疎甚，數帖悽其在水南。但看吾翁遺歙石，固應之子餉端巖。丁寧後裔藏爲好，羞愧先民寶不貪。自笑老猶耽筆硯，少年莫也肯同參。

挽鄭子敬都承二首〔一〕

重入修門兩鬢絲，延和累疏竭忠規。立朝頗慕汲生戇，謀國不知晁氏危。老去故人能有幾，古來君子例無時。傳聞近事堪悲慨，說向重泉亦皺眉。

向來俱觸相君嗔，里社追隨二十春。尚記殘編燈下共，忽看華表路傍新。行車不忍過三步，臨穴應難贖百身。歲晚空山風雨橫，奠芻歸去倍傷神。

〔一〕承：原作「丞」，據宋刻本、四庫本改。

次韻實之二首

孤臣去國四經春，跡遠安知罪尚新。早亦曾譏秦氏者，晚爲與議濮園人。懶隨光範干時宰，且伴田家賽社神。醉倒不能愁世事，倩他煙柳替含顰。

向來歲月半投閑〔一〕，莫歎朝朝苜蓿槃。身後芬芳聊自誑，眼前腥腐飽曾餐。蟲雞一笑何須較，魚鳥相疏恐被彈。清議自爲儒者設，未應羈束老黄冠。

〔一〕此首及其後《再和》、《三和》原本皆誤置卷一九第十七頁，據宋刻本、四庫本乙。

再和

借屋城中又一春，桃符萬口説清新。向來曾上慶歷頌，老去甘爲元祐人。健論真堪驚諂子，固窮不肯媚錢神。吾評此士西塘比，後進紛紛謾效顰。

與君未得便安閑，邊警偏能惱澗槃。草地棗紅猶索鬭，田家稻白可能餐。誰將鐵縆横江鎖，莫靠琵琶出塞彈。處處衝梯樓上舞，不應諸老自巍冠。

三和

主聖時清萬宇春，禽魚花草各懷新。如何丹鳳樓中手，未作金雞竿下人。家有寧馨堪跨竈，囊無阿堵可通神。客談江北狼煙息，暫展雙眉不用顰。

厨人無職主君閑，春日惟供菜滿盤。山下鴟肥聊共飽，堂中羊美得常餐。徧嘗憂患肱三折，已過光陰指一彈。老去有巾宜漉酒，笑他楚客切雲冠。

挽戴丞

戴氏多人物，君尤月旦推。能傳后倉禮，亦擅叔倫詩。故里懸車早，名場解褐遲。他年端有恨，椿桂不同時。

題永福黄生行卷

廢詩二十餘年矣，忽讀來詩眼暫明。處士梅曾如許瘦，化人酒莫過於清。蛬鳴競起爲唐體，牛耳誰堪主夏盟。事闊語長殊未竟，蹇驢作麼問歸程。

送方清孫參學〔一〕

僕負輕裝主倚轅，交游握手若爲言。須求沂水風雩樂，勿愛沙河夜市繁。曩日士曾宗郭泰，他時我欲傳何蕃。殷勤待折津亭柳，老怕春寒不出郵。

〔一〕參：原作「太」，據宋刻本、四庫本改。

挽南塘趙尚書二首

起掌端平制，蕭蕭素髮新。更生宗室老，太白謫仙人。貴矣行施馬，悲哉筆絶麟。誰爲篆華表，題作宋詞臣。

自從水心死，麈柄獨歸公。於《易》疑程氏，惟《詩》取晦翁。一箴家有本，孤論世無同。不復重商榷〔一〕，騎鯨浩渺中。

〔一〕榷：原作「確」，據宋刻本改。

次韻實之春日二首

向來文字擅中朝〔一〕，流落而今賦大招。才子左遷超屈賈，相君高蹈友松喬。山行或與樵爭席，澗飲聊將掬代瓢。借使終身無一事，亦令千載仰孤標。

梅醆朝衣塵滿靴，曾穿細仗對延和。角巾久已尋初服，錦帳何須戀舊窩。能讀書人天下少，不如意事古來多。半生寂寂因迂闊，垂老方驚歲月蹉。

〔一〕來：原作「未」，據宋刻本，四庫本改。

再和二首

滎陽相昔獨當朝〔一〕，曾忝弓旌第一招。無力不能救房琯，有書安敢托洪喬。如聞徒步輕千駟，未覺堂厨勝一瓢。鄧禹封侯子陵釣，君看二者孰風標。

少小從軍事袴靴，秪今廟算主通和。寇來復去兔三窟，民散未收蜂一窩。建炎有盜名一窩蜂。病覺風光於我薄，老知書冊誤人多。罪言著就深藏取，自笑狂生壯志蹉。

〔一〕㷀：原作「煢」，據宋刻本，四庫本改。

三和二首

豈有絲毫補聖朝，去來擾擾費麾招。不能履屐供群謝，未暇綸巾擁二喬。着老萊衣侔服冕，食於陵粟勝操瓢。臣之少也猶疎懶，何況頭今插素標〔一〕。陶詩：「素標插人頭。」

長劍拄頤刀納靴，得如曝背趁陽和。買鄰祗用百萬價，好事争爲十二窩。異日史臣應有考，同時朝士欲無多。與君死守西山學，莫遣人譏末路蹉。

〔一〕「素」原作「表」，又詩末小注原無，據宋刻本、四庫本改、補。

四和二首

夢魂久不到清朝，縱遣巫陽未易招。塞北今惟一韋叡，江南前此幾陳喬。扶顛箇箇無長策，排悶時時引大瓢。它日松根深掩骨，何須竹帛有名標。
朱門畫鼓舞宫靴，應笑狂夫似采和。露坐一生無步障，春遊是處有行窩。紹興讜議誰當續〔一〕，元祐全人本不多。辦取九年同面壁〔二〕，未應末後話頭蹉。

〔一〕讜：原作「黨」，據宋刻本改。
〔二〕辦：原作「辨」，據宋刻本、四庫本及翁校本改。

五和二首

尚記諸賢聚本朝，當時君相急旁招。簫韶九奏鳳諧樂，金彈一聲鳳下喬。强項昔曾攀殿檻，饑腸今欲把僧瓢。早知不得文章力，却悔從初奪錦標。
頽然一榻懶巾靴，二月東風尚未和。雀鬭屋檐來作宿，蜂含窗紙去爲窩。牢愁余髪五分白，健思君才十倍多。欲訪東皋賢鼻祖，幾回路與醉鄉蹉。

六和二首

那復薰衣事早朝，杖藜時赴野人招。謀身不善交韓吕，度世猶堪訪賀喬。杖有百錢尋酒琖，家無一物止詩瓢。君看莘渭三王佐，何以夷齊萬世標。

生怕將軍手涴靴，安能柔輭舞靈和。艱虞夷甫方謀窟，老懶堯夫少出窩。時事絫棋如許急，春愁抽繭未爲多。終南一徑非常捷，自是吾徒問路蹉。

別張季

昔謁西山過里中，談兵論易氣如虹。若非遇彼負苓者，必是傳於墜履翁。至竟白袍無諂屈，何曾黄策有英雄。秋風定訪蒙齋否，爲説馮唐老更窮〔一〕。

〔一〕窮：原缺，據宋刻本、四庫本補。

挽淮東丘升撫幹

子美曼卿流，遠携書劍遊。惜攀丹桂晚，勇赴白檀秋。尚喜前籌壯，聊紓左衽憂。時危奇士夭，無淚可供愁。

五月旦日雞鳴夢袖疏墀下先君問言何事答曰猶素論也先君太息稱善聞追班聲驚寤以詩識之

夢中候對殿東廂，邂逅先親問答詳。碓磨不能移素論，曝芹終欲獻清光。觸屏訓詥生猶臭，攀檻傳名死亦香。君父臨之安所避，凌晨起坐涕淋浪。蔡京云：「如劉安世，碓搗磨磨，止説元祐是。」

和張使君一首

里巷傳呼府座來，柴門草户亦榮哉。相忘金鲫忽然躍，慣見白鷗渾不猜。墨客堵墻觀落筆，花神步水出行杯。定知入奉吾丘計，萬一君王訪草萊。

題趙别駕委齋

乍看華扁費尋思，徐叩微言極坦夷。無可奈何安命者，吾非惡此欲逃之。萬羊賦禄渠前定〔一〕，二鳥蒙恩彼一時。總被委齋參透了，不求符竹止求祠。

〔一〕羊：原作「言」，據宋刻本、四庫本改。

次張使君韻

欲架茅堂久不成，蕭然身世託專城。日無車轄非常静，月有餐錢未是清。髡首向來輸白粲，短衣老去斸黄精。絶憐不及梁間燕，歲歲新巢巧自營。

讀邸報二首

並驅華轂適通逵〔一〕，中路安知判兩岐。邪等惟余尤甚者，好官非汝孰爲之。纍臣放逐無還理，陛下英明有悟時。聞向蕭山呼渡急，想追前事亦顰眉。

瑶編對秉初修筆〔二〕，粉署同攜夜直衾。虎既蒙皮甘搏噬，鶴因創羽久呻吟。盡歸一網機猶淺，横説三綱害最深。想到鄮山多暇日，輒書無惜細研尋。

〔一〕華：原作「輦」，據宋刻本、四庫本改。

〔二〕初：原作「分」，據宋刻本、四庫本改。

自和二首

横身久塞楊朱路，灑泣俄悲墨子岐。陋矣射鈎而中者，壯哉鳴鼓以攻之。侍讀自無還府分，梅詢晚年指其足曰：「是中有鬼，使我不至兩府。」中丞還有僦船時。舒亶去國，雇客舟歸。八風舞罷君恩歇，贏得閒愁上兩眉。

貴豪渠已重金帶，貧病儂猶舊布衾。鍾阜解仇無宿憾，荆公與吕吉甫解仇。荆江感事有新吟。山谷有《荆江書事》十絶，建中初所作。早知餘耳交難保，晚覺王何罪未深。白首還鄉應閉户，斷無保社肯追尋。

和實之讀邸報四首

祝鮀非是佞，莒僕未爲凶。鬼谷從横舌，終南詭秘蹤。斷無麟在藪，獨有鼠穿墉。千古誰儔匹，依稀似敬宗。

穿鑿强揮麈，跳梁勇執弓。矯誣天亦怒，驅逐國爲空。笑裏刀常有，盟邊甲已衷。拾遺端可拜，誅佞筆生風。張萬福拜拾遺王仲舒等於延英門下。

外觀殊偉岸，内禀極憸柔。欲取漢清議，盡投唐濁流。鬼車鳴甚惡，猛虎死方羞。芳臭須臾判，哀哉不善謀。

一抨初駭聽，雙淚漫求哀。極口誣賢者，甘心譽彼哉。其人嘗引管仲見擊。早知豺不食，安用鴆爲媒。試問高陽里，迎車幾兩來。

再和四首

狐鳴工作祟，鴉噪每爲凶。魯觀初尸罪，丘門永削蹤。謀身真有窟，鑿趾欲無墉。鑿墉之趾以益其高〔一〕。力擊延齡去，堂堂似亢宗。

舊知偏下石，遠避亦傷弓。流落周南衆，蕭條冀北空。萬言徒飾詐〔二〕，雙淚却由衷。王績何曾醉，劉蕡本不風。

噬人侔虺毒，害物比猫柔。李義府柔而害物，號人猫。清議姑驅逐，寛恩未放流。劍誅張禹佞，扇障褚淵羞。諫筆非私忿，惓惓爲國謀。

伏闕何其壯，登舟得許哀。人多稱快者，上豈少恩哉。惡草無留種，夭桃不待媒。九重天遠佞，寧放鄭儋來。

〔一〕墉：原作「塘」，據宋刻本、四庫本改。

〔二〕徒：原作「思」，據宋刻本、四庫本改。

挽李卿僖老二首

苦説兵才少，臣非怯塞垣。上思前語驗，人嘆左遷寃。老大雲中寺〔一〕，風寒國北門。故交頭白盡，空爲賦《招魂》。

人物今衰少，惟侯智勇兼。悲風起關塞，斜日薄崦嵫。老子無從涕，諸賢不及髯。知心唯蜀李，應爲發幽潛。

〔一〕雲：原作「雪」，據宋刻本、四庫本改。

挽鄭貢士偁

少日鳴秋賦，中年讀古書。寧遊魯侯泮，不詣漢公車。鄭老先生行，申公八十餘。何妨鳳雛小，玉潤亢門閭。

梅州楊守鐵菴 取東坡稱元城爲鐵漢

北客由來憚入南，僕家諫議飽曾諳。誰云瘴霧非吾土，曾有魁躔住此菴。身重豈容眉斧伐，時危猶要脊梁擔。公歸未必懷陳跡，留與州人作美談。

梅州重建中和堂

中和堂昔隳於火，今剪荒榛再落成。博士尊師重演説，史君存古不更名。漸摩伋學三風熄，流布褒詩五瘴清。天子金聲兼玉振，會徵耆大與兒生。

題張簿尉槎溪集

王去非侍郎爲作序，言括有何才翁隱是溪，坡公爲書留槎閣。

千載枯槎無主名，才翁子晦各偷撑。分明博望昇天訴，不許人間別姓争。故番禺帥廖公子晦亦號槎溪。

陳景升頃遺余化度寺碑甚佳闕後三行歸自龍溪始爲余補足記以絶句

端平曾歎闕三行，淳祐重來爲補亡。收拾一碑勞十載，此生凡事不須忙。

端嘉雜詩二十首

幅裂常包割地羞，掃平忽雪戴天讎。穹廬已喋完顔血，露布新函守緒頭。

聞説關河唾掌收，擬爲跛子看花遊。可憐逸少興公輩，説着中原得許愁。

由北圖南有混并，自南取北費經營。從今束起書生論，噉飯看人致太平。

不及生前見虜亡，放翁易簀憤堂堂。遥知小陸羞時薦，定告王師入洛陽。放翁《絶筆詩》云：「王師北定中原日，家祭無忘告乃翁。」

少年意氣慕横行，不覺蹉跎過一生。便脱深衣籠窄袖，去參留守看東京。

鞏洛山川幾過兵，漢家初遣使修陵。可無神物呵貔虎，直護香煙到柏城。

蚩尤桀黠於堅者，勒固奸雄奈虎何。剩製赭袍添曲蓋，中原假帝不勝多。

鞠躬解作華人語，辮髮來持虜帳書。秖合索綯牽畜狗，不煩伐鼓享鶢鶋。

倴僝將軍約早回，楚材相國更頻催。江東將相真如虎，去報胡雛莫過來。

全衆回軍未可非，反旗鳴鼓亦兵機。不知三帥揚鞭際，誰爲君王殿後歸。

勢窮斯變變斯通，局面初更便不同。西北怕他小老子，東南有箇太平翁。紹興間宫中呼秦太師爲太平翁。

一番旗鼓建行臺，勇者投軀富輂財。邊將不消横草戰，國王秖要撒花回。

不妨割肉餧豺狼，和約依然墮渺茫。未必與吾盟夾谷，且宜防彼刼平凉。

蠲除一倍臺符下，權借三分督檄傳。賴已奪麾耕壠上〔一〕，不然伏鑕狗軍前。

説向丁男與小姑，各勤耕績了軍需。莫教塞北同文軌，却爲江南減賦輸。

胡來如鬼去如風，哨騎何曾待棗紅。峴首一春無使至，興元六月在圍中。

擁旄佩印各榮華，已貴無官可復加。若不掃門丞相府，必曾養馬侍中家。

蘇衛滅胡同拜爵，裴韓平蔡亦聯鑣。秖今光範門前客，大半河陽幕下僚。

元子置人防壁後，穰侯搜客到車中。鴆杯定不疑羊傅，匕首何曾害魏公。

秺侯世世襲蟬冠，庾氏人人築將壇。但見門中俱貴盛，誰憐陛下最孤寒〔二〕。

〔一〕賴已奪麾耕壟上：原缺，據宋刻本補。

〔二〕原本第二十首實爲《丁酉重九日宿順昌步雲閣絶句七首呈葉味道》之第七首，已移於前（本卷），此首則據宋刻本補。

後村先生大全集卷之十二

詩

洛陽橋三首

周時宫室漢時城，廢址遺基剗已平。乍見橋名驚老眼，南州安得有西京。

嬴氏曾驅六合人，蔡侯只用一州民。立犀豈不賢川守，鞭石何須役海神。

面跨虚空趾没潮，長鯨吹浪莫漂摇。向來徒病川難涉，今日方知海可橋。

泉州南郭二首

閩人務本亦知書，若不耕樵必業儒。惟有桐城南郭外，朝爲原憲暮陶朱。

海賈歸來富不貲，以身殉貨絶堪悲。似聞近日雞林相，祗博黄金不博詩〔一〕。

〔一〕祇：原作「不」，據宋刻本、四庫本及翁校本改。

同安

城不能高甫及肩，臨風搔首一懷賢。當時矮屋今存否，曾着文公住四年。

龍溪道中

曠土茫茫無主名，朱門惟恐籍分明。老農猶記淳熙事，太息文公志未行。

木綿鋪

庵遠人稀行未休，風烟絕不類中州。何須更問明朝路，纔出南門極目愁。

靈著祠

甘寧關羽至今傳，名將爲神自古然。生不封侯三萬户，死猶廟食數千年。

韓祠三首

柳祠韓廟雙碑在，孔思周情萬古新。不信二公俱絶筆，別無詩可送迎神。

一宵魄類徙南溟，靡待仙官敕六丁。宗閔與紳空並世，可憐不似鰐魚靈。

萊相竹今供戍卒，武侯柏亦付胡兒。南來猶有昌黎木，神物千年尚護持。

留衣菴

老子今年五十三，諸方參了又重參。誰能遠禮文殊佛，且訪顛師海上菴。

潮惠道中

春深絶不見妍華，極目黄茅際白沙。幾樹半天紅似染，居人云是木棉花。

循梅路口四首

贛客紛紛露刃過，斷無徼吏敢譏訶〔一〕。身今自是牢盆長〔二〕，較爾能賢得幾何。

導吏倉忙乞調兵，未應機動遣鷗驚。傳聞老子單車至，慚愧偷兒讓路行。

鈔法如弓未愈張，可堪於此更求詳。祇應新執牙籌者，拾得研桑肘後方。

三十年來邊宿兵，大農無計飽連營。元來有箇浮鹽策，南渡諸賢未講明。

〔一〕徼：原作「檄」，據宋刻本、四庫本改。

〔二〕牢：原作「勞」，據宋刻本、四庫本改。

白雲菴

太行以北海豐南，我與粱公各有慚。兒五十餘親八十，可堪來宿白雲菴〔一〕。

〔一〕可：原作「何」，據四庫本改。

叱馭菴

所立未如温太真〔一〕，詎宜跬步暫忘親。乃知峻坂驅車者，有愧高堂扇枕人。

〔一〕立：原作「玄」，據四庫本改。

將至海豐

漁鹽舊俗慣恬熙，兵火新民脱亂離。石路樹陰三十里，今猶髣髴太平時。

東坡故居二首

嘉祐寺荒誰與葺，合江樓是復疑非。已爲韓子騎麟去，不見蘇仙化鶴歸。
惠州副使是新差，定武端明落舊階。盡遣秦郎晁子去，只攜《周易》《魯論》來。

豐湖三首

岷峨一老古來少，杭潁二湖天下無。帝恐先生晚牢落，南遷猶得管豐湖。
小朱侍郎生較晚，龍眠居士遠難呼。不知若箇丹青手，能寫微瀾玉塔圖。
作橋聊結衆生緣，不計全家落瘴煙。内翰翻身脱犀帶，黄門勸婦助金錢。

羅湖八首

平生不作賈胡留〔一〕，怪底江邊未發舟。瀧吏不須前白事，更忙定要看羅浮。
中州無地堪投足，垂老攜家泛瘴江。不愛朱丹畫車轂，且貪紫翠入船窗。

歲晚南游訪稚川，苔封丹竈尚依然。不知的在山中否，萬一歸來説《内篇》。

潁水箕山未脱然，直須斷盡世間緣。野人曾被朱轓涴，不作天仙作地仙。

異境微茫在半霄，仙人隨手下相招。老來尚有君親念，未敢相陪過鐵橋。

衡岳仙都迹已陳，雲臺玉局勑猶新。暮年擬乞冲虚觀，長向山中祝聖人。

浪迹人間狀似顛，草書壁上筆如椽。吾評二士皆奇怪〔二〕，未是真仙亦鬼仙〔三〕。觀中有白玉蟾字，并懷黄天谷。

五更海底擁金輪，咫尺蓬萊不遠人。欲知蘇詩臨絶頂，可憐漢節尚隨身。

〔一〕留：原作「晉」，據宋刻本、四庫本改。

〔二〕怪：原作「忙」，據宋刻本、四庫本改。

〔三〕真：原作「神」，據宋刻本、四庫本改。

扶胥三首

一陣東風掃曀霾，天容海色豁然開。何須更網珊瑚樹，祇讀韓碑也合來。

暘谷扶桑指顧間，馮夷得得報平安。爲言博望乘槎至，莫作師襄擊磬看。

前祭京師奉祝詞〔一〕，尊嚴不比百神祠。臺家今歲籌邊急，黃帕封香已過時。

〔一〕詞：原作「祠」，據宋刻本、四庫本及翁校本改。

兼船

鬻筴飛芻瘴海瀕〔一〕，扇遮不斷庾公塵。而今更遣兼琛節，羞寫冰銜寄故人。

〔一〕筴：原作「夾」，據宋刻本、四庫本改。

兼諸司二首

白頭忽有印纍纍，符牒如山退食遲。但見旋添庭下事，不知頓減集中詩。

只是從前疏拙身〔一〕，而今結駟昔懸鶉。伯鸞老去無遺恨，獨憶同操井臼人。

〔一〕前：原作「來」，據宋刻本、四庫本改。

唐子西故居二首

一州兩仙客〔一〕，無地頓奇材。方送端明去，還迎博士來。

無盡頗縱横，晚方攻蔡京。猶稱賢宰相，應爲客先生。

〔一〕仙：宋刻本、四庫本作「遷」。

風旛堂二首

告子早不動，先師四十餘。乃知盧行者，暗合秀才書。

夜夜各趺坐，朝朝同打齋。不知那箇子，曾夢祖師來。

羊城使者廟

山川殊壯麗，井邑亦繁雄。獨有羊城廟，蕭然瓦礫中。

江南五首

已報行營入，猶夸僭壘堅。何曾陵谷變，但見市朝遷。
鋹也騃孺子，井蛙徒自尊。如何南武帝，面縛向夷門。
具艦逃安往〔一〕，焚巢潰不支。區區一州力，不足辱王師。
宣勸猶疑鴆，龍顏笑引觴。絡鞍奉明主，執梃長降王。
身是假皇帝，國由内太師。僞朝舊宮殿，歷歷有遺基。

〔一〕具：原缺，據宋刻本、四庫本補。

即事十首

香火萬家市，烟花二月時。居人空巷出，去賽海神祠。
東廟小兒隊，南風大賈舟。不知今廣市，何似古揚州。
俗情重蒲飲，故事按舟師。莫倚無山越〔一〕，閑將作水嬉。

占斷百花白，摘來三伏凉。着身素馨國，茍令未爲香。

瓜果踶拳祝，睺羅撲賣聲。粤人重巧夕〔二〕，燈火到天明。

名荔絶甘冷，與莆争長雄。不逢蔡公譜，埋没瘴烟中。

吾生分裂後，不到舊京遊。空作樊樓夢，安知在越樓。

突薪初不戒，綆缶始言功。累甓爲墻壁，前人智未工。

復關無雅操，涉洧有遺音。未可繩三尺，檳榔當委禽。

沐髮眠常晏，濡脣飲不多。誰云五瘴毒，常備四時和。

〔一〕莫：原作「無」，據宋刻本、四庫本改。

〔二〕巧：原作「乃」，據宋刻本、四庫本改。

藥洲四首

非有干時策，聊爲避地圖。昔人補勾漏，老子管仙湖。

役民如犬馬，國破作降俘。往往湖中石，宣和艮嶽無。

怪怪奇奇石，誰能辨醜妍。莫教贊皇見，定輦入平泉。

觀寺臨湖上，亭臺出柳間。都忘來五嶺，將謂在孤山。

登城五首

尉佗故秦吏，堪執鄽侯鞭。箕踞問使者，吾方帝孰賢。

已作南夷長，那爲北面臣。未忘真定冢，畢竟是華人。

漢人稱勁粤，累世不加兵。狂卒才三百，如何便縋城。

漫費人蒸土，常如物潰堤。傍疑爲息壤，下恐有蟠泥。州治後。

郭外皆鯨浸，區中等蠔窠〔一〕。若無西鴈翅，客子奈愁何。

〔一〕蠔：原作「蝗」，據宋刻本、翁校本改。

城南

瀕江多海物，比屋盡閩人。四野方多壘，三間欲卜鄰。

題蕭令山則文編二首〔一〕

繭紙銀鈎寫一通，殷勤投贈愧空空。轍環晚乃交吾子，稛載方將富此翁。著論未容符獨步，操琴欲與愈争雄。兒童錯認眉間喜，疑有珠犀滿篋中。

咄咄人皆怪老夫，奈何此客去難呼。招温處士爲羅否，待穆先生設醴無。我有青芻堪秣馬，君言白髪久占烏。人生蟬冕腰金印，未抵斑衣膝下娱。

〔一〕蕭：原作「肅」，據宋刻本、四庫本改。

題唐察院詩卷二首

細讀公詩屢絶編，心知妙處口難傳。言言箴儆堪垂世，歷歷行藏自譜年。但覺朱絃餘倡歎，不煩玉斧更雕鐫。小儒可是通身膽〔一〕，擬爲坡仙注大全。

不見林夫與子方，坦翁健筆亦堂堂。孝親誠有終身慕，忠愛君無一飯忘。銘座六章韋作佩，入臺五字鐵爲腸。未應徑欲投吟社，諫草長留御榻傍。

〔一〕身：原作「行」，據宋刻本、四庫本改。

次黃殿講鳴珮亭

誰引扶胥水入城，循除終日愛琮琤。天風何許環珮響，秋色自然竽籟聲。盡洗珠犀寧受涴，少留琴鶴未須行。他年父老傳都漕〔一〕，名與濂翁一樣清。

〔一〕漕：四庫本作「下」。

廣州勸駕 庚子權郡

番禺文物於今盛，閩浙彬彬未足誇。丞相宅曾住南郭，鼎魁坊止在東家。好陳董子三篇策，莫看唐人一日花。珍重詔書相勉意，士先器識後詞華。

廣州都試 時攝帥

自昔番禺統府雄〔一〕，君恩暫許領元戎。不羞短髮垂肩白，且愛前旌照眼紅。筆久不靈妨草檄，臂新無力怯開弓。即今超距多梟俊，安用輜車載此翁。

〔一〕統：原作「績」，據宋刻本、四庫本改。

燈夕呈劉帥二首

士女如雲服珥鮮，暫陪獵較亦欣然。清於坡老游杭市，儉似乖崖在劍川。使指何功煩卜夜〔一〕，遨頭此念可通天。粵人擁道千層看，不見猊鞍三十年。

陌上遊人趁管絃，豈知君相尚籌邊。細聽野老交談處，猶記兵端未動前。草市收燈如許早，端門瞻蹕定何年。書生晚抱憂時志〔二〕，歸晝殘灰理舊編。

〔一〕煩：原作「須」，據宋刻本、四庫本改。

〔二〕抱：原作「把」，據宋刻本、四庫本及翁校本改。

次韻二首并呈倉使

晚霧徐收月色鮮，承明物態尚依然。斷無颶母起吹海，應有蚌胎還媚川。遠俗恬熙猶樂土，孤臣流落漫憂天。夜歸聽得輿人語，且願新年勝舊年。

歸念常如危柱絃，春來夢繞白雲邊。不知新雪添頭上，但見繁星滿目前。即事有詩聊記節，救時無策但祈年。二公語妙堪傳遠，嚴杜何因可共編。

余哭蟾子潮士鍾大鳴有詩相寬次韻〔一〕

愁眉暫展賴君詩，欲以先知覺後知。歷引竺乾寬此老，未甘嬴博窆吾兒。寄阿藍若俄經昔，祔短松岡會有期。欲訪巫咸何處在，憂來自向理中推。

〔一〕潮：原作「朝」，據宋刻本、四庫本改。

再和

彭聃俱未離乎死，況汝孩提未有知。自昔丈夫憐少子，即今王母惜孫兒。探環尚記曾遊處〔一〕，建鼓應無再見期。三紀七揮兒女淚，孰尸壽夭莽難推。

〔一〕尚：原作「曾」，據宋刻本、四庫本改。

蒲澗寺

齊人陳迹此流傳，班史蘇詩豈必然。故老皆言家即寺，癡兒誤入海求仙。莫將劉項分羹鼎〔一〕，來浣巢由洗耳泉。欲採菖蒲無覓處，且隨簫鼓樂新年。

〔一〕羹：原作「美」，據宋刻本、四庫本改。

越臺

南帝當年此築臺，稱雄亦豈偶然哉。謾通異國求陽燧，不道偷兒飲漆盃。能使越人存舊迹，始知秦吏有奇才〔一〕。衹今黄屋歸何處，但見牛羊夕下來。

〔一〕吏：原作「史」，據宋刻本、四庫本改。

次韻劉帥出郊一首

競逐朱轓載酒行，熙熙物態與人情。浴沂我欲尋儒服，涉洧公方厭鄭聲。試問冶容遨夜市，何如赤脚饁春耕。故山瓜圃應無恙，老去深知愧邵平〔一〕。

〔一〕邵：原作「少」，據宋刻本、四庫本改。

次韻李倉春遊一首〔一〕

秋馬從今漸可行，林鳩未好便呼晴。敢云使者乘軺傳，聊爲君王式耦耕〔二〕。有一日留憂職曠，無三宿戀覺身輕〔三〕。此生不復持高論，願友臺佟與尚平。

〔一〕遊：原無，據宋刻本、四庫本補。
〔二〕式：原作「代」，據宋刻本、四庫本改。
〔三〕戀：原作「迹」，據宋刻本、四庫本改。

挽崔丞相三首

先帝謀元帥，煩公護蜀淮。軍皆歌范老，民各像乖崖。北顧猶關慮，西歸已卷懷。早令扶日月，寧不掃氛霾〔一〕。

麻卷揚庭久，蒲輪就道遲。虛傳楊綰用，不奈蔡謨辭。祝柱從渠誚，摧梁得許悲。流傳千載下，猶足勵清規。

昔侍瓊花宴，回頭二紀餘。嵇康作書懶〔二〕，魏勃掃門疎。尚意開黄閣，安知尾素車。蕭然旋馬第，人指相君居。

〔一〕氛：原作「風」，據宋刻本、四庫本改。

〔二〕康：原作「庸」，據宋刻本、四庫本改。

陸賈二首

田横死士今亡矣，陳豨從車安在哉。獨有尉佗尚黄屋，故應兩費陸生來。

酈烹未久蒯幾烹，陸子優游享令名。南帝稱臣橐金返，更推餘智教陳平。

浴日亭

歸客飄然一葉身，尚能飛屐陟嶙峋。危亭下瞰嵎夷宅，積水上通河漢津。叱馭爲臣前有志，乘桴從我更無人。暮年筆力全衰退〔二〕，甘與韓蘇作後塵。

〔一〕衰：原作「裹」，據宋刻本、四庫本改。

又追和坡韻一首

亭傍喬木拂雲天，亭下高桅泊晚灣。白是張騫曾泛水，青疑徐福所求山。羊城隔霧愁回首，鯨浸收風喜見顔。却笑金烏并玉兔，辛勤出没雪濤間。

白鶴故居

天稔中原禍，朝分黨部争。當年誰宰相，此地著先生。故國難歸去，新巢甫落成。如何鯨浸外，更遣打包行。

唐博士祠

博士位尤卑，投名入黨碑。今觀名世作，多在謫官時。太史沅湘筆，儀曹永柳詩。新祠綿蕞爾，未盡復遺基。

六如亭

吳兒解記真娘墓，杭俗尤存蘇小墳。誰與惠州耆舊説，可無抔土覆朝雲。

再題六如亭

余既修廢墓，立仆碑，或者未解此意。明年北歸，賦此解嘲〔一〕。

昔人喜説墜樓姬，前輩尤高斷臂妃。肯伴主君來過嶺，不妨扶起六如碑。

〔一〕小注原無，據宋刻本、四庫本補。

十五里沙

只見如山白浪飛，更堪動地黑風吹。渺茫直際九州外，汹涌常如八月時。河伯豈能窮海若，靈胥僅可嚇吳兒。惜無散髮騎鯨友，共了南游一段奇。

道中讀孚若題壁有感用其韻

淮雪江風裂面寒，往來萬里一征鞍。三千客謾曾彈鋏，十九人誰肯捧盤。自古英才多頓挫，只今世運尚艱難。空餘敗壁龍蛇字，黄鵠高飛不復還。

後村先生大全集卷之十三

詩

送項使君季約二首

世有凝香樂〔一〕，君侯總未知。清齋燈火夕，閉閤荔支時。郡小留難住〔二〕，民愚去始思。兩年案頭筆，一字不容私。

但見兩眉顰，何曾一饌珍。節如僧更苦，家比郡尤貧。琴鶴均爲贅，尊罏頗切身。蕩山有來雁，莫惜寄聲頻。

〔一〕世：原作「出」，據宋刻本、四庫本改。

〔二〕郡：原作「群」，據宋刻本、四庫本改。

送王梅州二首

州境與潮鄰，徐行止浹旬。瘴鄉均一氣，鹽子亦吾民〔一〕。日晏風烟斂，兵餘户口貧。定將田里事，閉閤細條陳。

禍始自三槍，菑猶被一方。帝將安渤海，君肯薄淮陽。老手何憂斷〔二〕，新眉尚費粧。漢庭褒郡最，蚤晚入爲郎〔三〕。

〔一〕亦：原作「一」，據宋刻本、四庫本改。

〔二〕斷：原作「斷」，據宋刻本、四庫本改。

〔三〕蚤：原缺，據宋刻本、四庫本補。

癸卯上元即席次陽使君韻二首〔一〕

初陽收久雨〔二〕，淳祐第三春。聊與衆行樂，稍欣農食新。俱蒙青帝力，莫問紫姑神。座上遨頭作，流傳遍郡人。

縱觀姑遊目〔三〕，殷憂欲碎心〔四〕。馬嘶淮浸惡，鵑叫蜀怨深。玉座方停箸，椒塗亦脱簪。好爲《諫臣論》，莫作《醉翁吟》。

〔一〕陽：宋刻本作「揚」，四庫本作「楊」。
〔二〕收：原缺，據宋刻本、四庫本補。
〔三〕遊：原作「猶」，據宋刻本、四庫本改。
〔四〕碎：原作「醉」，據宋刻本、四庫本改。

辛卯春日

甫報弓旌召，俄聞彈射攻。匹如飲甘露，諸不能受人惡言如飲甘露者，不名爲有力大人。語見佛書。又似斬春風。雲夢伊吞輩〔一〕，須彌納箇中。故山多芋栗，不必問狙公〔二〕。

〔一〕伊吞：宋刻本、四庫本及翁校本皆作「吞伊」。
〔二〕公：原作「松」，據宋刻本、四庫本改。

挽林焕章二首

昔在端平際〔一〕，臨朝想老臣。但聞轅固召〔二〕，不見伏生行。霜柏無寒暑，朝華有悴榮。由來天所靳，上壽與高名。

束帛徵諸老，深衣立一儒。鄉人偕獵較，童子共風雩。屑屑羞來往，兢兢迨舉扶。自慚衰竭久，書墓覺詞蕪。

〔一〕平：原作「早」，據宋刻本、四庫本及翁校本改。

〔二〕聞：原作「問」，據宋刻本、四庫本及翁校本改。

送趙阜主簿

罷税無兼局，蕭然古廨寒。士稱爲善類，民説是清官。力薄難推轂，身輕易起單。竹林逢大阮，試爲問平安。

挽游勉之侍郎二首

不假横金貴，居然比玉温。諸公從上雍，一老立東門。伯氏推難弟，先師有嫡孫。耆英凋落盡，舊事向誰論〔一〕？

昔在高陽里，曾登夫子堂。武城愧言偃，畏壘化庚桑。病臂書全闕，驚心鑑忽亡。平生芻一束，道遠不能將。

〔一〕論：原作「問」，據宋刻本、翁校本改。

挽唐伯玉常卿二首

身自無安處，昇州更廣州。逐教子方去，死到了翁休。鳳至虞廷喜，麟亡魯野愁。憂時兼悼友〔一〕，白却九分頭。

久欲攜尊鯽〔二〕，呻吟去未能。甫封陶母墓，俄弔董生陵。言立何曾死，騷招更不膺。那須論宿草，身盡淚方冰。

〔一〕悼：原作「道」，據四庫本改。
〔二〕尊：原作「尊」，據四庫本改。

送居厚弟堂稟二首

俱被光華遣，同歸寂寞濱。吾災因抱槧，子咎在埋輪。記憶煩明主，招徠到遠臣。要須留晚節，他日白先人。

怕與親朋別，那堪送子行。天威難倏罵，秋暑勿貪程。若見知名士，爲言不慧兄。孤危托君相，耕釣畢殘生。

居厚不果行次韻二首

物色來林下，安排起海濱。居然蒙錦穽，幸未駕蒲輪。非我瑕疵汝，云誰毀譽臣。只愁從此去，未易致虞人。

祖帳方涓吉，公車已尼行。若非露消息，未免迫期程。水菽姑娛母，茅柴且酌兄。未應天禄閣，便欠一更生。

聞居厚得祠復次韻二首

諸賢談稷下，孤士卧漳濱。母亦爲投杼〔一〕，兒宜勿斷輪。無須留逐客，有些吊纍臣。一室纔容榻，奚煩問疾人〔二〕。

稍欣公議白，又報嘖言行。上漫招東馬，人方毁李程。迎來新觀主，伴取老師兄。漢士方雲合，何須魯兩生。

〔一〕杼：原作「抒」，據宋刻本、四庫本及翁校本改。

〔二〕煩：原作「門」，據宋刻本、四庫本改。

贈蜀士盧石受二首

蜀郡盧夫子，沉冥不偶時。幽深病梨賦，奇怪磔鼜詩。古有嚴并李，今無曠與夔。何當短檠下，歷歷叩群疑。

井絡纏兵慘，瞿塘下棹輕〔一〕。命寧一錢直，腹載五車行。姑覽無諸跡〔二〕，休聽望帝聲。世無韓十八，誰識玉川生。

〔一〕塘：原作「堂」，據宋刻本、四庫本改。
〔二〕姑：原作「始」，據宋刻本、四庫本改。

送陳霆之官連州〔一〕

郡接湖南境，孤城若箇邊。茆寮愁問宿〔二〕，峽石善驚船。官小無迎吏，詩工有續編。古人高妙處，不過覽山川。

〔一〕霆：原作「廷」，據宋刻本、四庫本改。
〔二〕愁：四庫本作「誰」。

挽林承奉

性與聃書合，平生實儉慈。鹿門妻采藥，蟾窟子攀枝。君可先賢傳，吾慚幼婦碑。衰年窘才思，呵凍課哀詩。

挽姚漕貴叔〔一〕

昔建經離亂，煩公出拊循。魯宮恢故宇，蔡卒即吾人。薏苡何傷我，甘棠尚在民。悲哉元日召，當宁記名臣。

〔一〕貴叔：原作「督叙」，據宋刻本、四庫本改。

挽開國陳寺丞二首

昨御祥琴後，多傳言語通。虚令占列宿，不料奏悲風。華表孫從祖，生芻婿弔翁。九原一無憾，全璧見先公。伯也不可作，叔兮猶典刑。公車玉堂薦，書室鶴山銘〔一〕。久上通侯印，新誉太祝廳。衰年親舊少〔二〕，吟罷涕先零。

〔一〕室：原作「空」，據宋刻本、四庫本改。
〔二〕親：原作「新」，據宋刻本、四庫本改。

挽王居之寺丞二首

元老登庸晚，同年召用初。惜哉武公耄〔一〕，甚矣董生迂。汾曲廬旋返，平津閤寖疎。空令雙鬢白，猶待兩輪朱。

憶昔陪真率，華居甫落成。坐賓來墮幘，侍女出彈箏〔二〕。無復吳趨曲〔三〕，空餘楚些聲。九泉見忠簡，應問老門生。

〔一〕惜：原作「昔」，據宋刻本、四庫本改。
〔二〕侍：原作「待」，據宋刻本、四庫本改。

〔三〕無：原作「吳」，據宋刻本、四庫本改。

挽方蕣貢士

秋賦曾賓送，春卿偶脱遺。離羣嗟老境，同隊記兒時。終制從家禮，高懷見墓碑〔一〕。亦如陶處士，自作誄兼詩。

〔一〕碑：原作「裨」，據宋刻本、四庫本改。

題永嘉黄仲炎文卷二首

書坊黄冊誘兒童，朝取封侯夕拜公。賈董奇才無地立，歐蘇精鑒與人同。安知李膺龐門外〔一〕，不覺劉幾入彀中。早晚君王求極諫，莫教豪傑泣途窮。

龍泉筆絶文章熄，此作居然可貴珍。激處黜嫌董生緩〔二〕，新來却笑退之陳。假令覆瓿無知者，尚可藏山待後人。外物區區均糞土，祝君愛取不貲身。

〔一〕鷹：原作「薦」，據宋刻本、四庫本改。
〔二〕緌：原作「綏」，據宋刻本、四庫本改。

和吴教授投贈二首

三徑荒凉手自開，旋移花木剪蒿萊〔一〕。休休豈不緣迂惰，屑屑何爲費往來。明主祇今蒐墜典，故人大半客翹材。纍臣方卧漳濱疾，錯夢鈞天聽樂迴。

衮衮登瀛更上坡，且容老子釣烟波。鳳麟自合呈祥瑞，鳧雁何曾繫少多。時有耦耕人共語，亦無問字客相過。倒囊欲答驪珠贈，奈此家徒四壁何。

〔一〕木：宋刻本、四庫本皆作「竹」。

和張簡簿尉韻〔一〕

舊案依稀在柏臺，寄聲杭本莫翻開。騎驢導從兩騶挾〔二〕，羅爵門庭幾客來。務觀可堪供史草，補之不會作宫梅。男兒盍建横行策，免使君王歎乏材〔三〕。

〔一〕簡：原無，據宋刻本、四庫本補。
〔二〕「導」原作「遵」，「黥」原作「點」，據宋刻本、四庫本改。
〔三〕乏：原作「之」，據宋刻本、四庫本改。

用王去非侍郎韻二首送林元質提幹秩滿造朝并呈侍郎二首〔一〕

戍滿歸來薇亦剛〔二〕，策名不覺十年强。素無沂國三場志，曾有西山一瓣香。晁董未能免科舉，孔顔才可語行藏。要爲天下奇男子，寧論區區國與鄉。

叔季滔滔未見剛，每聞健論意差强。向來曾劾燈籠錦，老去聊凝畫戟香。世運横流安所止，聖朝未舍豈容藏。幾回欲上鈴齋謁，衰病無因可去鄉。

〔一〕質：原作「盾」，據宋刻本、四庫本改。
〔二〕戍：原作「成」，據宋刻本、四庫本改。

送李用之察院赴潮州二首

烏府名臣暫擁麾，霜稜聊復變春熙。行人猶謂驄當避，聖世初無鱷可移。粤俗相攜看上日，韓祠配食付他時。極知不作周南滯，禁闥須君補闕遺。

昔在番禺䰖筴時，瞽言不敢計從違。固知國有三空患，又欲民無再榷譏。篘裹爲生尤瘠薄，牙籌所積恐纖微。公卿文學方矛盾，應待囊封決是非〔一〕。

〔一〕待：原作「侍」，據宋刻本、四庫本及翁校本改。

賀王實之得第二子

矐翁活計未全迂，老驥新生汗血駒。攀桂肯輸郎罷否，分梨還讓阿兄無。應陳俎豆爲嬉戲，想見詩書被抹塗。「塗抹詩書如老鴉」，玉川子《添丁詩》。報與厨人多釀酒，王家例合有三珠。

送方蒙仲赴省

童年揹距已專場，何況而今益老蒼。天網恢然罩鸞鵠，朝陽鳴矣革蜩螗。士誰與賀争同進，衆亦推弘詣太常〔一〕。可惜祠官無氣力，不能搢笏誦阿房。

〔一〕推弘：原作「惟宏」，據宋刻本、四庫本改。

書事二首

潘柄，考亭門人；陳均，福公族子。皆年七十餘而客死。

謙之紼翣迎歸福，平甫灰釘送返莆〔一〕。空累兩家營後事，僅留四壁遺諸孤。學徒誰是單傳者，史藁曾經乙覽無。貧富皆當終牖下，招魂何處有神巫。

二士平生極好脩，簞瓢之外尚何求。暮年更傍誰門户〔二〕，故國寧無某水丘。華簀殊非愛曾子，短衾自可覆黔婁。小車處士差安穩，十二行窩取次游。

〔一〕甫：原作「福」，據宋刻本、四庫本改。

〔二〕傍：原作「榜」，據宋刻本、四庫本改。

送葉士巖二首

曾約還轅訪爵羅，幾廻下榻佇經過〔一〕。待先生敬雖如此，與老人期奈後何〔二〕。走馬看花消許急，殺雞爲黍誤儂多。吳中故舊還相問，一臂偏枯兩鬢皤。

向來參請徧諸方，恍惚如癡亦似狂。雪與膝平猶未退，斤從鼻過了無傷。拈花弟子知誰悟，撼樹羣兒不自量。極欲爲君露消息，天寒日短話頭長。

〔一〕下：宋刻本、四庫本皆作「掃」。
〔二〕與老：原倒，據宋刻本、四庫本乙。

甲辰春日二首

買牛搜粟向鑾烟，衰病安知璧偶全。使者召歸曾四輩，臣之得罪又三年。柳劉漏語誰云爾，絳灌憐才定不然。縱使有泉堪洗耳，先生此愧若爲湔。

學問過時已悍堅，文章垂老未精專。薰琴何患無賡載，秋扇明知有棄捐。舊讀温尋渾不記，新吟鍛鍊久方圓。此生幸不當詞翰，免被人嘲上水船。

題小室二首

已向深林卓小庵，是中僅可著禪龕。士師何止三無愠，中散居然七不堪。一去重華那復得，方當盛漢勿多談。近來弟子俱行脚，誰伴山僧面壁參〔一〕。

阡陌東西山北南，半生常帶散人銜。何曾雲夢芥八九，一任狙公芧四三〔二〕。閣上大夫投欲死，甕間吏部寢方酣〔三〕。可憐子駿無家法，下見先人面有慚。

〔一〕伴：原作「畔」，據宋刻本、四庫本改。

〔二〕「狙」原作「狚」，「芧」原作「茅」，並據宋刻本、四庫本改。

〔三〕甕：原作「饔」，據宋刻本、四庫本改。

送表弟方時父

棄置空村飽世情，高軒乃肯顧柴荆。韓生殷浩貧親戚〔一〕，李益盧綸外弟兄。兩鬢蕭疎驚老大，一燈明滅話平生。刺桐花下逢予季，多致詩人未害清。

〔一〕生：宋刻本、四庫本作「甥」。

葉桂發助教從李用之祕監於潮陽李持節使廣部葉辭歸福唐小詩話別〔一〕

賀監空多惜別情，木綿花得似三荆。打包便是參禪客，垂橐何須使鬼兄。小郭今寧無趙子，四門古亦有歐生。歐陽詹爲四門助教。南轅不涉貪泉境，歸去詩腸徹底清。

〔一〕持節：原作「侍郎」，據宋刻本、四庫本改。

寄題建陽馬氏晚香堂

自鋤空壙汲潺湲〔一〕，占斷清溪第幾灣〔二〕。傍九日開侵歲晏〔三〕，居千花殿覺天慳。飧英飲露平生事，遺臭流芳一念間。菊不負君君負菊，年年秋不在家山。

〔一〕壙：宋刻本、四庫本作「曠」。

〔二〕占：原作「石」，據宋刻本、四庫本及翁校本改。

〔三〕傍：原作「榜」，據宋刻本、四庫本改。

贈施道州二首

施先生學有源流，家自長安徙益州。疇昔建牙當一面，祇今失國託諸侯。身僑嶽麓無生計，日斷岷峨起暮愁。聞道漢廷須黼黻，蜀珍那得此淹留。

胡塵突過劍門關，西顧於今尚未寬。早晚相如通僰道〔一〕，倉皇子美問長安。拮据自笑營巢拙〔二〕，枘鑿明知合轍難〔三〕。縱有望鄉樓百尺，淡烟衰草莫憑欄。

〔一〕莢：原作「棘」，據宋刻本、四庫本改。
〔二〕笑：原作「笁」，據宋刻本、四庫本改。
〔三〕枘：原作「衲」，據宋刻本、四庫本改。

送楊彦極提刑二首

閩蜀相望萬里遥，敢圖斗壘屈魁杓〔一〕。南州處士蒙殊禮，魏府牙兵不更驕。邦伯如今安得結，國人它日會思僑。瓣香垂去猶精禱，果有甘霖溉旱苗。

繡斧翩翩向福唐，百城斂衽避風霜。夢廻桑下初何戀，手植棠陰故未忘。判筆有神皆可録，抄書無數即行裝。從今病叟牢扃户，莫望嚴公訪草堂。

〔一〕敢：原作「秋」，據宋刻本、四庫本及翁校本改。

題陳霆詩卷

讀他人作多遺恨，君似連城璧少瑕。楮葉國工如許刻，菖蒲靈物偶然花。今無摩詰攜同宿，後有荆公選百家。不惜矮窗殘燭下，與將朱筆擷菁華。

夢方孚若二首

仙鬼微茫果是非，不如遼鶴有歸期。鑄成范蠡嗟何及，繡出平原未必知〔一〕。歌扇舞裙風雨散，野田荒草古今悲〔二〕。可憐一覺寒窗夢，猶記聯鞍出塞時。

痞寐中原獨着鞭，往來絶域幾餐氈。封侯反出李蔡下，成佛却居靈運先。八百里烹饗軍𠕎〔三〕，九千縑輦作碑錢。衹今誰是田横客，回首荒邱一慨然〔四〕。

〔一〕出：宋刻本、四庫本作「作」。

〔二〕悲：原作「分」，據宋刻本、四庫本及翁校本改。

〔三〕𠕎：原作「肉」，據宋刻本、四庫本及翁校本改。

〔四〕慨：原作「茫」，據宋刻本、四庫本及翁校本改。

哭孫季蕃二首

歲晚湖山寄幅巾，浩然不見兩眉顰。看花李益無同伴，顧曲周郎有後身。禄厚殷勤營葬地〔一〕，隱君歡喜得吟鄰。唐人《題李白墳》云：「誰移耒陽冢，來此作吟鄰。」看來造物於君厚，判斷風光七十春。

每歲鶯花要主盟，一生風月最關情。相君未識陳三面，兒女多知柳七名。自有菊泉供祭享，不消麥飯作清明。老身獨殿諸人後，吟罷無端雪涕横。

〔一〕禄厚：宋刻本、四庫本作「厚禄」。

懷曾景建二首

造物生才自昔難，此君夭矯類龍鸞。聖賢本柄藏椰子，佛祖機鋒寓棘端。疇昔諸人多北面，暮年萬里著南冠。傷心海内交游盡，篋有遺書不忍看。

曾有春陵逐客篇〔一〕，流傳哀動紫陽仙。安知太白長流處，亦在重華野葬邊。碎板一如坡貶日〔二〕，蓋棺不見檜薨年〔三〕。誰云老眼枯無涕，聞説臨川即泫然。蔡季通貶道州，君餞之云：「四海朱夫子，徵君獨典刑。青雲《伯夷傳》，白首《太玄經》。有客憐孤憤，無人問獨醒。瑶琴空鎖匣，絃斷不堪聽。」晦翁喜之，手書其詩。君亦貶死道州，異矣。

〔一〕「春」原作「舂」，「逐」原作「遂」，據宋刻本、四庫本改。

〔二〕坡：原作「坂」，據宋刻本、四庫本改。

〔三〕檜：原作「棺」，據宋刻本、四庫本改。

内翰洪公舜俞哀詩二首

憶昔端平典册新，三麻九制筆如神。内庭唤作真學士，晚輩推爲老舍人。垂死遺言尤苦口，平生諫疏最攖鱗。建功不作於潛死，誰爲君王説厚倫。

回首揚州一夢餘，故交已直玉堂廬。寒暄未省通君實，窮薄空煩誦《子虚》。甚愧丈人於甫厚〔一〕，孰云夫子不回如。君除中舍，舉余自代。殘年無復陪精論，開合平生幾幅書。

〔一〕文：原作「文」，據宋刻本、四庫本改。

送李漕用之二首

斜飛慶歷皇華遠，捷出熙寧使指新。但記歐公更此職，不知趙濟是何人。爲常平劾富公者。剡章偏及孤寒士，奮筆先誅聚斂臣。自嘆暮年衰颯甚，羨君老手獨埋輪。

漢廷鹽鐵議交攻，有詔姑惟舊法從。聞道嶺南歌聖主，一如河北感仁宗。向舒自是堪王佐，桑孔安知富大農。他日公歸奉清問〔一〕，可無鯁論贊烹封。

〔一〕清：原作「請」，據宋刻本、四庫本改。

答謝法曹

二詩簡淡掃穠華〔一〕，作者幾無以復加。璧十五城方定價，桃三千歲一開花。《選》《騷》意度卑唐體，晉宋文章讓謝家。莫道老夫今耄矣，平章此事不應差。

〔一〕淡：原作「没」，據宋刻本、四庫本改。

次王實之家塾韻

新敞朱甍映碧岑〔一〕，高門誰識慶源深〔二〕。時郊已解傳家學，石禮皆堪直禁林。介甫、和甫。七葉文章真有種，二郎官職本無心。庭前玉樹成蔭未，着手栽培昉自今。王銙云：「未有七葉之中，名德重光，爵位相繼，人人有集，如吾門者。」

〔一〕「甍」原作「囊」，「岑」原作「吟」，據宋刻本、四庫本改。
〔二〕源：原作「元」，據宋刻本、四庫本改。

喜湯伯紀登第

老覺人間無一忻，怪來乾鵲耳邊聞。休嗔窮鬼揶揄我，絶喜春官摸索君。疇昔先生有高第，即今後死與斯文〔一〕。不應也躍看花馬，忘却江天樹與雲。

〔一〕即：原作「耶」，據宋刻本、四庫本改。

三月二十一日泛舟十絶

少游欸段何從借，伯厚雞栖未易求。看取後村翁簡徑，百錢聊税一漁舟。

退之歲晚南溪上，把釣聯詩得幾廻。便與烏衣羣從約，及身强健更頻來。

向來平勃頗相知，使粤歸來歲月移。只以一篙爲導從，亦無劍馬可相隨。

橋低水漲過船難，旋拆船篷復旋安。未免屈蟠篷底坐，誰教君愛切雲冠。

弟兄玉映更珠聯，豈減元暉與惠連。却笑漢人無具眼，羡他李郭作神仙。

眉州嶼隔雪濤中〔一〕，聞此山川髣髴同。但是至人游息地，邦人處處作離宫。

雖沉璧馬計安施，倏忽桑田變渺瀰。説與神通君看取，潮頭不到艮山祠〔二〕。

溪北溪南一雨通，山村佳處便掀篷〔三〕。老身不怕無安處，著在漁翁保社中。

稚子呼牛婦饁耕，早秧水足麥風清〔四〕。老農喜極還垂涕，白首安知再太平。

本朝耆舊數吾宗〔五〕，老監軒昂洛社中。後五百年人定説，過江復有戴花翁。

〔一〕州：宋刻本、四庫本皆作「洲」。

〔二〕祠：原作「詞」，據宋刻本、四庫本改。
〔三〕便：原作「更」，據宋刻本、四庫本改。
〔四〕秋：原作「秋」，據宋刻本、四庫本改。
〔五〕者：原作「考」，據宋刻本、四庫本改。

三月二十五日飲方校書園十絶

纔入中年會面難，安知白首此團欒〔一〕。不妨時駕柴車出，只作初騎竹馬看。

伯兄廼漢司徒掾，季子亦唐行秘書。只願荊花常爛熳，莫令瓜蔓稍稀疏。

自古根深枝葉蕃，百年喬木到今存。只留諫草傳家世，莫著軺車辱户門。褚彦回以軺車給從弟炤，炤大怒，曰：「著此辱門户。」

西舍嗚笳索賦詩，東家拽石請書碑。眼中除却壺山外，多是新知少舊知。

呼來不許望清光，麾去奚堪作省郎。莫是後身劉快活〔二〕，插花重入少年場。

石室千年不復開，庭花無語入蒼苔。石間舊客惟枚叟，白髮重將屐齒來。

空留薛石仆斜陽，不見奇章與贊皇〔三〕。何必雍門彈一曲，蟬聲極意説淒凉。

百年如電又如風〔四〕，昨日孩提今日翁。乍可生前稱醉漢，也勝死後謚愚公。

早退分明勝一籌，年行六十復何求。東門瓜與南山豆，誰道君恩薄故侯。
後有良工識苦心，今無善聽孰知音。老來字字趨平易，免被兒童議刻深。

〔一〕此：原無，據宋刻本、四庫本補。
〔二〕活：原作「治」，據宋刻本、四庫本改。
〔三〕章：原作「車」，據宋刻本、四庫本改。
〔四〕又：宋刻本、四庫本作「復」。

題江貫道山水十絶

世間平遠景，萬幅在洪家。晚至番君國，方知不是夸。野處有樓名萬幅平遠。
一棹微茫裏，孤亭紫翠間。恍疑涉彭蠡，又似訪廬山。
江險不容極，禹功胡可忘。向來小龍子，衮冕食千羊。
夾立朝羣玉，濃粧列萬笄。中州不敢頓，抛在瘴雲西。
茆山千萬疊〔一〕，不得見天全。帆出扶胥口，無山只有天。
雪冒禹碑石，雲埋泌草堂。早知抱遺恨，悔不挾乾糧。

半夜黄天蕩，樓船雪浪中。當年草檄客，今日負樵翁。

太武求溲處〔二〕，支祁著鎖邊。淮風晨裂面，淮浪夜驚船。

展卷嗟邱也，東西南北人。昔還行脚債，今作卧遊身。

一匹好束絹〔三〕，天寒家未温。儘教兒拆繡，閑管婦無褌。

〔一〕疊：原作「壘」，據宋刻本、四庫本改。

〔二〕溲：原作「搜」，據宋刻本、四庫本改。

〔三〕束：宋刻本、四庫本作「東」。

後村先生大全集卷之十四

詩 雜詠一百首

萇弘

宗周危可憫，萇叔死非難。臣血三年碧，臣心一寸丹。

柳下惠

不怨窮并佚，能安小與卑。何須立奇節，展季即吾師。

樂毅

忿懟及韓駟，荒唐入郢鞭。樂生端可拜，寧死不謀燕。

屈原

芈姓且爲虜，纍臣安所逃。不能抱祭器，聊復著《離騷》。

賈誼

寄聲謝絳灌，勿毁洛陽人。歲晚《治安策》，諄諄禮大臣。

虞翻

孝廉已稱帝，賓佐盡封侯。不道投荒客，交州白了頭。

顔魯公

鬼質内持衡，胡雛外握兵。一朝臨白刃，乞米老儒生〔一〕。

〔一〕儒：原作「孺」，據宋刻本、四庫本改。

李白

幸自忤將軍，那堪觸太真。世無郭中令，誰贖謫仙人。

陸贄

飲食晚由竇，門庭誰敢闚。禁中無急詔，不記奉天時。

劉蕡

貂璫竊大柄，韋布獻孤忠。牓出惟風漢〔一〕，無名在選中。

右十臣

〔一〕惟：原作「無」，據四庫本改。

尹伯奇

不愁兒足凍，第恐母心傷。所以子范子，惟彈一履霜。

宜臼

莫親於父子，天性有時移。竟以婦爲厲，空令傅作詩。

申生

君父如天地，雖逃安所之。可憐共世子，死不恨驪姬。

曾子

親劬何以報，子職貴乎勤。梨本非難熟，瓜殊未易耘。

伍尚

伍奢呼二子，一至一奔焉〔一〕。逃父吾無取，讎君亦未然。

〔一〕至一奔：原作「子奔奔」，據宋刻本、四庫本改。

扶蘇

詔自沙邱至，如何便釋兵。君王令賜死，公子不求生。

東海王疆

聖經非拒父，古誼有傳賢。據以兵求勝，疆能智自全。

姜詩

晨興風色惡，日晏汲歸遲。寧與閨中訣，莫令堂上飢。

王祥

禮律通稱母，寧分繼與親〔一〕？乃知履霜子，絕似卧冰人。

〔一〕寧：原作「能」，據宋刻本、四庫本改。

寧王

智出建成上，賢於子糺多。至今稱讓帝，當日喚寧哥。

右十子

伯夷

木主來西土，檀車濟孟津。只應千萬世，瞻仰首陽人。

嬰臼

賢矣兩家臣，存孤極苦辛〔一〕。後來有曹馬，亦是受遺人。

〔一〕存孤：原倒，據宋刻本、四庫本及翁校本乙。

王　蠋

稷下空多士，誰爲國重輕。列臣七十二，死者一書生。

魯仲連

六國鈞南面，甘爲北面臣。向微生一叱，幾帝虎狼秦。

豫　子

紛紛荆聶輩，猶有利而爲。智氏已無後，先生欲報誰？

龔　勝

已設床臨牖，何須綬著身。遂令移鼎賊，知愧飾巾人。

陶淵明

卜築堪容膝，休官免折腰。寧書處士卒，不踐寄奴朝。

甄濟

唐德雖中否，猶能愧畔臣。書驅汙賊者，往拜詐喑人。

何蕃

城去曾聯疏，宣收亦舉幡。向令無太學，安得有何蕃？

司空圖

節將飛飃去，牙郎賣弄餘。唐臣不負國，惟有一尚書。

右十節

許由

一聞堯禪後，洗耳急歸休。鄰叟嫌泉濁，牽牛飲下流。

沮溺

皇皇問津者〔一〕，藐藐耦耕人。不識吾夫子，寧非古逸民。

〔一〕問：原作「聞」，據宋刻本、翁校本改。

荷蓧丈人

客云自孔氏，不覺喜逢迎。止宿見二子，孰云無世情。

接輿

上古聞巢父，衰周有楚狂。由來豪傑士，不必待文王。

四皓

去避坑焚禍，來成羽翼功。留侯不自語，驅使紫芝翁。

兩生

尚恐公污我，何妨史失名。深衣與短製，同召不同行。

嚴光

幸自沉溟去，無端物色求。簑衣亦堪釣，何必披羊裘。

梁鴻

肅宗漢明主，猶惡《五噫》詩。一旦拂衣去，世人那得知。

龐公

採藥棲遲穩，然萁簒奪危〔一〕。景升不愛子，却念德公兒。

〔一〕「萁」原作「箕」，「危」原作「去」，據宋刻本、四庫本改。

汾亭釣者

太公輔西伯，嚴子客東京。獨有汾亭者，無人得姓名。

右十隱

荀卿

歷歷非諸子，駸駸及聖丘。乃知焚籍相，亦自有源流。

穆生

決去先生勇，懷安二子憨。向令猶在坐，楚市赭衣三。

伏生

偶脱驪山厄，龍鍾九十餘。誰知漢掌故〔一〕，傳得不全書。

〔一〕掌：原作「散」，據宋刻本、四庫本改。

轅固

面折公孫子，堂堂負直聲。安知上前議〔一〕，乃復有黄生〔二〕。

〔一〕議：四庫本作「論」。

〔二〕乃：宋刻本、四庫本作「那」。

申公

縮臧不自保〔一〕，强致老先生。魯邸今朝罷，蒲輪昨日迎。

〔一〕臧：原作「戍」，據宋刻本、四庫本改。

兒寬

茂陵輕樸學，寬對乃欣然。口謾談三代，《書》纔説一篇。

劉向

竊弓俱奮臂，窺鼎迭磨牙。同姓餘中壘，昌言抑外家。

周堪

舊傑臣學淺〔一〕，晚召主恩深〔二〕。莫鑒蕭張否，重來遂病瘖。

〔一〕傑：原作「僭」，據宋刻本、四庫本改。

〔二〕召：原作「昭」，據宋刻本、四庫本改。

鄭司農

新箋傳後學，古訓發先儒〔一〕。不擬狂年少，燈前駡老奴。

〔一〕訓：原作「詩」，據宋刻本、四庫本改。

王通

當時三晉地，已有聖人生。不曉河汾氏，爲隋策太平。

右十儒

孟之反

棄甲争先去，收兵殿後回。但云馬不進，應自聖門來。

曹沫

數戰數敗北，寧非將略疏。收功一七首〔一〕，安用讀兵書。

〔一〕匕：原作「己」，據宋刻本、四庫本改。

廉頗

浪説三遺矢，猶堪一據鞍。君王不自試，耳目信人難。

李牧

説客爲秦諜，君王信郭開。向令名將在，兵得到叢臺。

白起

太息臣無罪，胡爲伏劍鋩。悲哉四十萬，寧不訴蒼蒼。

蒙恬

絶漠功雖大，長城怨亦深。但知傷地脉，不悟失天心。

魏尚

塞外傳烽急，雲中調守難。誰爲帝言者，白髪老郎官。

李廣

飛將無時命，庸奴有戰勳。誰憐老衛尉，身屬大將軍。

馬援

土室不堪處，其如瘴毒何。暮年欵段馬，有愧少年多。

劉琨

除却祖孫外，餘皆在下風。老奴口耳小，安得肖司空。

右十勇

廣成子

不能戰涿鹿，聊復隱崆峒。揮手謝軒帝〔一〕，毋煩順下風。

〔一〕帝：原缺，據宋刻本、四庫本補。

彭祖

活得如彭老，憂愁八百春。頻爲哭殤叟，屢作悼亡人。

老子

了不見矜色，晬然真德容。先生新沐髮，弟子嘆猶龍。

列子

肉身無羽翼，那有許神通。會得泠然意，人人可御風。

徐甲

白骨因誰活，青牛與爾俱。未酬再生德，更索積年逋。

王子晉

宿有驂鸞約，飄然遡碧霄〔一〕。不爲君主邑，却伴女吹簫。

〔一〕霄：原作「宵」，據宋刻本、四庫本改。

安期生

子羽徒扛鼎，其如欠轉圜〔一〕。不能決王霸，聊去作神仙。

〔一〕圜：原作「圓」，據宋刻本、四庫本改。

劉安

忽棄國中去，疑爲方外遊。早知守都厠，何似莫仙休〔一〕。

〔一〕似：原作「以」，據宋刻本、四庫本改。

梅福

忽去爲吴卒，深逃安漢公。翻身天地外，脱屣市朝中。

孫思邈

藥品用昆蟲，遂虧全活功。至今仙未得，只在蜀山中。

右十仙

瞿曇

世傳漢明帝，始夢見金身。曷不觀《列子》，西方有聖人。

維摩

面色削瓜黄，眉毫覆雪長。安知四天下，只在一禪床。

善財

放勛訪吾叔，魯叟問弘聃。所以此童子，諸方亦遍參。

達摩

直以心爲佛，西來説最高。始知周孔外，別自有英豪。

盧能

明鏡偷神秀，菩提犯卧輪。更將舊衣鉢，占斷不傳人〔一〕。

〔一〕占：原作「石」，據宋刻本、四庫本及翁校本改。

馬祖

若非大氣魄，只是小機鋒。老子一聲喝，學人三日聾。

德山

此老手中棒，輕輕也有瘢。佛來與三十〔一〕，某甲莫須餐。

〔一〕十：原作「日」，據宋刻本、四庫本改。

支遁

若以色見我，幾於貌失人。林公少鬚髮，澄觀欠冠巾。

澄公

值亂行何適，隨緣住亦安。能將石虎輩，只作海鷗看。

誌公

寺甲於江左，身迎入禁中〔一〕。如何浄居殿，餓殺老蕭公。

右十釋

〔一〕迎：原作「逃」，據宋刻本、四庫本及翁校本改。

衛姜

俱着錦衣裳，憑誰辨緑黄。可憐君耄矣，賢嬖不賢姜〔一〕。

〔一〕不賢：原作「不實」，據宋刻本、四庫本改。

阿嬌

甫聞阿嬌進，又報衛娘留。莫倚金爲屋，重重只鎖愁。

烏孫公主

玉座吞聲別，氈車觸目悲。如何漢公主，去作虜閼氏。

平后

歆已作佐命〔一〕，雄甘爲大夫。獨餘黃室主，不肯面新都。

〔一〕已作：原倒，據宋刻本、四庫本乙。

辟司徒妻

倉皇問君父，忠孝兩關心。絶勝杞梁婦〔一〕，惟知哭藁砧。

〔一〕梁：原作「良」，據四庫本改。

冀缺妻

昔有二人貧，耕田與負薪。朱妻恚求去〔一〕，郤婦敬如賓。

〔一〕恚：原作「志」，據宋刻本、四庫本改。

黔婁妻〔一〕

夫節獨高古，妻賢傳至今。既爲加美謚，復不用邪衾。

〔一〕黔：原作「默」，據四庫本改。

齊人妻

不敢怨夫子，徒悲誤妾身。安知同穴者，乃是乞墦人。

儒仲妻

彼雖飾容服，吾穉業耕鋤。不以貧慙富，賢哉婦儆夫。

廬江小吏妻

尊嫜有嚴命，妾不獲從夫。去去猶回首〔一〕，諄諄別小姑。

右十婦

〔一〕去去：宋刻本作「夫去」。

召南媵

貴賤有定分，勤勞無怨心。若令逢呂武，亦化作姜任。

李夫人

恍惚疑如在，纏綿愛未休。明知已仙去，猶欲出神求。

馮昭儀

獸不能加害，傾身障赬紅。安知丁與傅，他日鷙於熊。

班婕妤

妾命薄如紙，君恩冷似冰。生當事長信，死願奉延陵。

蘇秦鄰妾

主命亦危矣，媪謀真拙哉。煩君賜妾杖，嗔妾覆君杯。

樊通德

粧束姑隨世，風流亦動人。等閑擁髻語，千載尚如新。

銅雀妓

誰謂曹瞞智，回頭玉座空。向來臺上妓，盡入洛陽宮。

房老

殘香猶在笥，舊曲尚書裙〔一〕。不及新歌舞，樽前奉主君。

〔一〕尚：原作「常」，據宋刻本改。

緑珠

向來金谷友，至此散如雲。却是娉婷者，樓前不負君。

柳家婢

忽見牙郎態，吁嗟悔失身。不虞小婢子，曾是柳家人。

右十妾

後村先生大全集卷之十五

詩 雜咏一百首

毛遂

兩國争衡際，諸君袖手觀。羣然著珠履，誰肯捧銅盤。

荆軻

把袖謀幾售，開圖計忽窮。空遺千古恨，不中祖龍胸。

項羽

頓無英霸氣，尚有婦兒仁。聞漢購吾首，持將贈故人。

陳勝

辛苦傭耕久，飢寒謫戍餘。竟令秦失鹿，首爲漢驅魚。

博浪壯士

殿上俄流血，沙中竟脱身。乃知燕刺客，有媿漢謀臣。

朱家

貴不見渠面，危曾活爾身。奈何施一飯，便責翳桑人。

田横

南面稱孤貴，西京謁帝卑。誰能如李密〔一〕，更望一台司。

〔一〕能：原作「知」，據宋刻本、四庫本及翁校本改。

劇孟

向令從七國，是自列陪臣。太尉空稱賞，非知劇孟人。

孫策

魚服俄離網，龍泉忽缺鋩。却將江左業，分付紫髯郎。

周戴

戴昔劫名士，周嘗暴里人。少年一蕩子，晚歲兩忠臣。

右十豪

鬼谷子

遺書今羽化，傳者匪真書。此老縱横祖，儀秦得緒餘。

二衍

雖以賓師待，幾於妾婦然。不羞君割地，謾對客談天。

韓非

韓子流於慘，聃書妙造微。百年同一傳，誰是復誰非。

莊子

夸大帝傳由，形容跖侮邱。僅饒聃禦寇，共載一虛舟。

侯嬴

白髮夷門老，能興晉鄙師。魏王備它盗，曾不備如姬〔一〕。

〔一〕「魏王」二句，原作「王曾備它盗，不備魏如姬」，據宋刻本、四庫本改。

范睢

不待精神契，惟憑頰舌求。暮年薦燕客，差勝似穰侯。

蘇秦

常産常心論，平生不謂然。晚知蘇季子，佩印爲無田〔一〕。

〔一〕田：原作「由」，據宋刻本、四庫本及翁校本改。

田光

北面老先生，人間事飽更。不聞求樂氏，但見薦荆卿。

茅蕉〔一〕

蕉子如天膽，秦王似虎嗔〔二〕。如何刀几上，活得解衣人。

〔一〕蕉：四庫本作「焦」。按：諸書記此人，或作「蕉」，或作「焦」，然以作「焦」者爲多。
〔二〕虎：原作「屋」，據四庫本改。

蒯通

酈生方横死，蒯徹亦陽狂。設不逢劉季，同趨一鼎湯。

右十辯

墨翟

墨子城無恙，公輸械有窮。要須能壁立，未可恃梯攻。

樗里子

石馬殘陵下，金凫出藏中。誰云樗里子，卜墓近秦宮。

陳平

巧言愚冒頓，厚賂餌閼氏。秘計言之醜，剛云世莫知。

鼂錯

危鼂知不免，削楚慮空長。東市哀朝服，西京號智囊。

楊修

老賊有肝鬲，多爲德祖窺。誰令預籌事，更與共觀碑。

倉舒

全活嚙鞍吏，平章秤象船。丕乎真有幸，舒也竟無年。

荀彧

殺身明逆順，濡足救危亡。未必荀文若，甘爲操子房。

劉備

華容蘆荻裏，一炬可無遺。歎息劉玄德〔一〕，平生見事遲。

〔一〕玄德：原作「元穗」，據宋刻本、四庫本改。

杜預

征南滿腹智〔一〕，實似小兒癡。漢水有涸日，沉碑無出時。

〔一〕征南：原倒，據宋刻本、四庫本乙。

李衛公

肘後臣非靳，胸中彼未純。乃知兵妙處，不可妄傳人。

右十智

韓起

帶從内府頒，枕出古陵間。却笑韓宣子，區區愛一環。

富平侯

童作夫人紡〔一〕，藏錢百萬多。不知三篋内，還記舊書麽。

〔一〕紡：原作「訪」，據宋刻本、四庫本改。

董卓

虎視無强對，鴟張有簒心。可憐臍裏燭，不照塢中金。

王戎

惜李常鑽核，商財自執籌。如何嵇阮輩，放入竹林遊。

石崇

金谷觴豪友〔一〕，珠樓擁艷姬。南交來處悖，東市悔何追。

〔一〕觴：原作「觴」，據宋刻本、四庫本改。

祖珽

左氏讖懷璧，楊公却袖金。安知機巧者，藏得叵羅深。

張說

玉檢匪頒隆，珠簾餽遺通。更揮諛墓筆，褒讚死姚崇。

元載

三千兩鍾乳，八百斛胡椒。不悟口中韈，猶貪掌上腰。

杜兼

没有財遺臭，生無善可傳。向來堆白屋〔一〕，盡是窟郎錢。

〔一〕白：原作「百」，據宋刻本、四庫本改。

桑維翰

五季驕諸鎮，終朝易十人。使無孔方癖，猶是晉名臣。

右十貪

尹氏

聚斂并番㮚，今猶唾姓名。國人深可畏，尹氏更須平。

太宰嚭

西子宴姑蘇，靈胥賜屬鏤。如何居上宰，忠越不忠吳。

呂不韋

豫建無長慮，旁窺有販心。絶嬴由呂相，繼馬乃牛金。

李　斯

焚餘寧有籍，坑後更無儒。不解愚劉項，翻令二世愚。

公孫弘

極力排舒黯，聯翩去不廻。惟應刀筆吏，時得到翹材。

孔　光

佞幸傳呼至，師臣傴僂迎。暮年靈壽杖，幸自可扶行。

李林甫

二相去留際，中原治亂分。異時馬上淚，遥灑曲江墳。

盧杞

僣僞蟠宫闕，忠賢血賊庭。相君無喜愠，面色只藍青。

崔昌遐

本欲除閹腐，安知召寇戎。緇郎不爲相，朱賊得稱雄。

馮道

坐閲數朝主，竟爲何代人。漢官皺歷徧，更作虜師臣〔一〕。

右十愉〔二〕

〔一〕師：原作「帥」，據宋刻本、四庫本及翁校本改。
〔二〕愉：原作「險」，據宋刻本、四庫本及翁校本改。

巷伯

哆侈何其甚，憂傷只自知。雖經夫子筆，不廢寺人詩。

梁邱據

國漸移田氏，人誰悟景公。牛山兩行淚，據與寡人同。

臧氏

嬖與賢分國，賢疎嬖在旁。未嘗無樂克，其奈有臧倉。

景監

但見顯朝久，誰知媚竈勤。紛紛由嬖進，非特一商君。

趙高

歸自沙邱後，因專定策功。國由中府令，帝在望夷宮。

曹騰

費亭侯在日，亂已有萌芽。養得螟蛉種，猶能覆漢家。

張讓

舉國排閹尹，還鄉少弔賓。太邱芻一束，全活幾多人。

高力士

五十年間事，渾如曉夢餘。三郎南内裏〔一〕，何況老家奴。

〔一〕南内：原倒，據宋刻本、四庫本乙。

仇士良

國老辭機密，閹兒叩緒餘。殷勤傳一訣，莫遣上觀書。

張承業

勑使爲唐患，忠唐獨有君。晚知王自取〔一〕，悮殺老監軍〔二〕。

右十變

〔一〕取：原作「聚」，據宋刻本、四庫本改。
〔二〕監軍：原作「鹽君」，據宋刻本、四庫本改。

神農

盡識蕿無毒，明知堇有災。安知嘗試者，百死百生來。

素女

厥初具形貌，固已具陰陽。《素問》無人讀，流爲采戰方。

扁鵲

疾始於榮衛，哀哉不豫謀。貪生諱聞死，天下幾桓侯。

醫和

壽有可延理，醫無不死方。扁曾憂骨髓，和亦畏膏肓。

李醯

自昔名高世，皆由藝入神。未應除扁鵲，世上便無人。

夏無且

秦法嚴堂陛，秦兵逼殿廬。如何危急際，只有一無且。

華佗

古來神異少，天下妄庸多。文帝能全意，曹瞞竟殺佗。

壺公

跳入無人見，誰知有路通。長房非黠者〔一〕，草草出壺中。

〔一〕黠：原作「點」，據宋刻本、四庫本改。

陶隱居

方差能腊腹，學誤至漸襟。幸有經文在，休於注脚尋。

韓伯休

女子乃知我，明朝變姓名。可憐逃不密，猶迫詔書行。

右十醫

巫咸

列書詑知死，楚些説招魂。尚莫窺壺子，安能返屈原。

史蘇

繇語幾於讖，流傳信有諸。王何謾辛苦，《易》自是占書。

詹尹

魚腹纍臣訣，蛾眉衆女仇。靈均空發問，詹尹若爲酬。

季主

宋賈兩名士〔一〕，茫然立下風〔二〕。信知古賢聖，多隱卜醫中。

〔一〕宋：原作「米」，據宋刻本、四庫本改。
〔二〕茫：原作「芒」，據宋刻本、四庫本改。

洛下閎〔一〕

巧曆雖千歲，先知一日差。未能下筭子，亦道是占家。

〔一〕閎：原無，據宋刻本、四庫本補。

嚴君平

賣卜本逃名，下簾無市聲。何如穹壤内，知世有君平。

京房

元帝何曾諭，京房自此疎。區區推卦氣，欲撼石中書。

管輅

平叔知幾語，疑於易學通。歲朝不相見，隔日問三公。

李淳風

逆知生女主，預説覆唐宗。誤殺五娘子，安知在後宫。

袁天綱

似有人推背，相傳果是非。請君看《祕記》，若箇泄天機。

右十卜

項橐

義理無窮盡，雖邱或未知。老聃與項橐，聖豈有常師。

甘羅

函谷非無士，登庸乳臭兒。空令園綺輩，頭白不逢時。

外黄兒

子羽力扛鼎，諸侯屈膝臣。能從小兒語，盡活一城人。

終童

武帝有荒志，終童無遠謀。長纓自繫耳，莫繫越王頭。

童烏

擊蒙鑿帝竅，躐等草玄經。混沌死七日，童烏夭九齡。

荀陳

或作操謀主〔一〕，羣爲丕上公。暮年翻有愧，膝上與車中。

〔一〕主：原作「士」，據宋刻本、四庫本及翁校本改。

孔融子

二穉吁何罪，冤猶在史書。老瞞渾忘却，只記哭倉舒。

通子

但愛梨并栗，不傳琴與書。乃翁莫惆悵，它日舉藍輿。

阿宜

牧有諄諄誨，宜無赫赫聲。假令如叔父，一世得狂名。

阿買

座上交游廣，城南講讀餘。如何萬金産，只解八分書。

右十稱

漆室女

舉國聽桓子，呼天誅孔邱。可憐倚楹女，徒爲魯君憂〔一〕。

〔一〕魯：原作「曾」，據四庫本改。

東家女

神女登徒子，微詞未必然。感襄通一夢，窺玉費三年〔一〕。

〔一〕年：原作「千」，據宋刻本、四庫本及翁校本改。

散花女

狡獪疑爲幻〔一〕，姝妍復似魔。殷勤把花去，莫惱病維摩。

〔一〕爲幻：原作「無幼」，據宋刻本、四庫本改。

緹縈

天子覽書悲，肉刑無復施。不惟嘉烈女，亦自活神醫。

曹娥

穹壤有時敝，娥名萬古垂。直從彤管筆，便到色絲碑。

阿承女

古人重言德，初不論傾城。切莫傷容鬢，猶堪嫁孔明。

戴良女

竹笥并練帔，何妨託妾身。若逢夫婿問，向道乃翁貧。

木蘭

出塞男兒勇，還鄉女子身。尚能吞北虜，斷不慕西鄰。

投梭女

琴挑何曾動，梭投未免慙。女郎循古禮，元不解清談。

靈照

首如飛蓬亂，家賣漉籬供。老漢驚吾女，禪機捷乃翁。

右十女

後村先生大全集卷之十六

詩

讀竹溪詩一首

不敢匆匆看，晴窗幾絶編。參他少陵髓〔一〕，饒得弈秋先。友願低頭拜，師曾枕膝傳。已將牌印子〔二〕，牒過竹溪邊。

〔一〕陵：原作「林」，據宋刻本、四庫本改。

〔二〕牌：原作「碑」，據宋刻本、四庫本改。

甲辰書事二首

捷書猶濕謗書隨，太息斯人得禍奇。文舉舊曾稱一鶚，退之亦自喜孤羆。彼讒罔極身羅織，吾意憐才力髮絲。老去眼中神駿少，諸君莫怪道林師。
往昔曼卿曾奪敕，後來同甫竟成名。草茅匹士謀身拙，槐棘諸公議法平。因服若爲探禹穴〔一〕，明時定不血秦坑。何當拜舞雞竿了，沽酒封羊與壓驚。

〔一〕爲：原作「無」，據宋刻本、四庫本改。

再和

動而得謗亦名隨，生子看來不必奇。爾輩真堪畀豺虎，君王安用獵熊羆。人言李白文如錦，誰信盧能命若絲。廻首世間機穽惡，子歸閉户有餘師。
鵠袍再着姑行法，雁塔重來定策名。太尹前呵寬賈島，相君十反訪州平。故溪舊有釣魚石，平地今多陷馬坑〔一〕。不信天公囚兩鳥，一鳴會遣百蟲驚。

〔一〕今：原作「金」，據宋刻本、四庫本改。

三和

自古名高易毁隨，誰令倜儻更權奇〔一〕。心知吾友必中鵠，眼見乃翁初夢羆。所幸解驂逢晏子，不須結客報袁絲。古人進德多因此，公治臺卿即汝師。

同進多爲蕢訟屈，薄徒苦與賀争名。從教雪犬吠所怪，肯學秋蟲鳴不平。沙虱伺人陰發矢，蝦蟆欲客化爲坑。玉川《答蝦蟆》云：「我身化作青泥坑。」相逢莫説當時事，説著當時尚失驚。

〔一〕倜：宋刻本、四庫本及翁校本皆作「俶」。

四和

一橐蕭然五鬼隨，竟緣名盛與文奇。可曾天下無麟鳳，何必山中有虎羆。蜂蠆尾猶如許毒，蜘蛛腹得幾多絲。聖賢不校吾家法，車及蒲騷豈足師。

誰謂斯文無定價，獨憐之子坐虚名。主司頭與筆俱點，宰物心如秤様平。駿馬却還國西域〔一〕，病鴟墮落屋東坑。老夫謝絶人間事，亦爲諸賢喜且驚。

〔一〕西：原作「北」，據宋刻本、四庫本改。

五　和

出門機穽已相隨，竟放靈均逐伯奇。始者齧膚微似蚋，俄然擇肉及於羆。韓詩：「擇肉於熊羆，肯顧兔與狸。」不言快箭穿楊葉，却訝長松托兔絲。敗壞人材由利禄，乃知曾點勝顓師。

少日父兄夸俊聲，後來場屋擅文名。錦囊久矣憎長吉，玉枕幾於殺阿平〔一〕。王敦殺平子〔二〕，先取其玉枕。怪底鷗羣及魚隊〔三〕，化爲虎落與蛇坑〔四〕。可憐彩翠矜毛羽，顧影無言只自驚。

〔一〕阿：原作「何」，據宋刻本、四庫本改。
〔二〕平子：原作「何平」，據宋刻本、四庫本改。
〔三〕魚：原作「曾」，據宋刻本、四庫本改。
〔四〕與：原作「爲」，據宋刻本、四庫本改。

六和

對策南宫耻詭隨，聊攄腹憒發胸奇〔一〕。並驅何異牛同驥，獨步方知虎畏羆。罰汝業儒磨鐵硯〔二〕，輸他擁妓寫烏絲。區區夢裏争蕉鹿，笑殺傍人與士師。

范老登科猶别姓，余公應舉亦更名。人心何止矛般險，世道於今砥似平。到了頳衣同適市，知他白棓欲誰坑。鍾會作大坑白棓，欲殺魏兵，未幾爲魏兵所殺。雲端别有冥冥翼，不受虚弦浪箭驚。

〔一〕聊攄：原倒，據宋刻本、四庫本乙。

〔二〕硯：原作「鏡」，據宋刻本、四庫本改。

七和

妙年文價重和隨，不料東家産此奇。讒者紛紛傳有虎，詞人往往讓於羆。探囊已足三年艾，補衮那無五色絲。聞説卜鄰王翰了，長卿安敢出偏師。

南宫放榜已蜚英，北闕傳臚却漏名。潛掄八人文最敏，温飛卿事。盡歸一網氣難平。白生作麽教持杵，越石争些已見坑。王愷欲坑劉琨兄弟。莫倚晴天頻吐綬，兒童見了又須驚。

八　和

黠兒陰挾彈丸隨，發巧懸知中必奇。蠅本至微求附翼，貙猶可畏況生羆。李義山詩：「封狼生貙貙生羆」。烘熻似蝨羣藏絮，纏縛如蠶自吐絲。玉汝於成賴渠輩，何須挾策遠從師。

早知抱璞煩三獻，底用操觚角一名。歸去驢堪馱子美，向來羊尚叱初平。里居僅有簞瓢巷〔一〕，壁立原無鼓鑄坑。說興添丁并德曜，從今熟寢不須驚。

〔一〕簞：原作「箄」，據宋刻本、四庫本改。

九　和

群兒孰敢比肩隨，翻水成文出愈奇。人欲關弓戕后羿，天寧飛箭中王羆。愛材不忍淹叢棘，去惡真如斬亂絲。珍重阿蒙宜努力，此生不可負君師。

貫索星明方用事，金花帖至枉標名。朝無左右容鄒子，家有嬋媛詈屈平。忍使衣冠同坐錮，未聞逢掖自相坑。還鄉何止交游絶，鷗鳥逢渠也自驚。

十和

一夫倡禍翕然隨，白晝通都作祟奇。割肉直將人餧虎，聞聲能感類求羆。忽傳先輩逢清雪，失喜衰翁有黑絲。自古英才須樂育，謂予不信質先師。

盛德能容人有技，忮心尤忌士知名。訓狐聲厲憎韓子〔一〕，鸜鵒才高類禰平。班特隱君幾負局，塞鴻奴輩不煩坑。客來林下温前話，尚得山翁掩耳驚。

〔一〕狐：原作「孤」，據宋刻本、四庫本改。

送實之倅廬陵二首

芻言當日偶然同，白首家山各固窮。海内僅存一畏友，人間遂有兩愚公。似聞黄閣登迂叟，且向青原訪醉翁。此士未應無着處，栖栖十載六治中。

君去江邊春色濃，群花照眼萬枝紅。守分風月元非贅，吏白文書但托聾。黄本何堪處秦觀，白麻近已拜申公。早歸了却蘭臺史，莫久吟詩快閣中。

送葉士龍歸竹林精舍

侍講開甥館，三間不至奢〔一〕。少曾居北面，老只住東家〔二〕。野笋庖尤美〔三〕，深衣衮未華。何時尋舊路，去謁玉川茶〔四〕。勉齋依文公以居。雲叟，勉齋高第也。

〔一〕奢：原作「舍」，據四庫本改。
〔二〕住：原作「往」，據四庫本改。
〔三〕笋：原作「老」，據四庫本改。
〔四〕玉：原作「去」，據四庫本改。

題李斗南詩卷

君家兩詩人，詩名滿天地。大者扶宿酲，入論金鑾事。小者來天風，去草《玉樓記》。却後五百年，之子豈苗裔。奈何不神仙，亦復未富貴。抱瑟諸公門，索米長安市。

題安仁陳惠父詞卷

已着西山序集端，欲添一字愧才慳。平生行脚千詩裏，歲晚營巢萬竹間。後有揚雄寧不好，世無孔子孰能刪。歸舟他日溪邊過，珍重先生莫掩關。

夜讀樂平吳䌶書鈔用與伯紀韻

病思羈旅少豫忻，暮年猶幸友多聞。千枝管秃因稽古，一啜芹甘欲獻君。明主何曾輕樸學，後儒大率讀今文。藏山俟聖吾儕事〔一〕，何必時人好子雲。

〔一〕吾：原作「君」，據宋刻本、四庫本改。

挽湯仲能二首

拔起真三秀，分飛柢二難。怕趨丞相熱，寧忍后山寒。梅老徒書局，徂徠不諫官。如何令國奕，白首局傍觀。

訃至聾三日，悲來贖百身。太邱州里化，伯起子孫貧〔一〕。零落歐門士，消磨濮議人。殷勤齋掬淚〔二〕，一灑素車塵。

〔一〕貧：原作「平」，據宋刻本、四庫本改。
〔二〕齋：原作「齊」，據宋刻本、四庫本改。

無題

主聖如天忍棄遺，臣愚何地著孤危。白虹貫日殆虚語，中野履霜無怨詞。寶玦已隨屍血浸，鐵鞭未必鬼臀知〔一〕。暮年一寸丹心在，却怪湘纍有許悲。

〔一〕知：原缺，據宋刻本、四庫本補。

十一月二日至紫極宮誦李白詩及坡谷和篇因念蘇李聽竹時各年四十九予今五十九矣遂次其韻

翰林兩仙人，偶來聽風竹。蕭蕭玉千竿，采采綠一掬〔一〕。少時負不羣，中歲乃見獨。嗟予長十年，所至戀三宿。徑當還笏歸，奚俟揲蓍卜〔二〕。夜郎與儋耳，老大費往復。宜州殿其後，路險車又覆。山中採芝去，舍下炊粱熟〔三〕。

〔一〕綠：原作「緣」，據宋刻本、四庫本改。

〔二〕俟：原缺，據宋刻本、四庫本補。

〔三〕下：原作「不」，據宋刻本、四庫本改。

答王侍郎和紫極宮詩

侍郎如蒼官，歲寒友梅竹。步行以當車，瓢飲不如掬。舊人存者少，靈光巋然獨。朝野推意新，州閭敬齒宿。嗟予詩學淺，未敢窺衛卜。衛宏、卜商。朱絃纔一倡，白圭費三復。共談端平事，前局尚堪覆。願言介眉壽，江鄉秫田熟。

答廬陵彭士先

昔牧昌黎州，嘗負君詩債。今使番君國，又辱君訪逮〔一〕。稍訝顔髮非，因感歲月邁。君氣不惰歸，君詩有光怪。乍觀袪目眚，徐聽驚耳聵。奈何行推敲，不使坐賡載。茫茫彭蠡津，衆水之所匯。投竿鼇堪釣，拔劍鯨可膾。玆事要力量，斯文極變態。吾方困鉆箝，君亦挑布袋。人生并合難〔二〕，况復各老大。

〔一〕逮：原作「建」，據宋刻本、四庫本改。
〔二〕并：原作「弁」，據宋刻本、四庫本改。

題弋陽方友民所藏紫巖西山二帖

摩娑妙墨憶微言，故篋纔餘二帖存。往昔翁爲紫巖客，後來子及浦城門〔一〕。晚生多説參諸老，他日誰堪見九原。自嘆西河索居者，暮年歸夢遶田園。

〔一〕子：原缺，據宋刻本、四庫本補。

題方友民詩卷

刪定實惟曾大父，文忠況是老先生。力行所學斯無愧，偶發於詩亦有聲。合止笙鏞成雅奏，抉挑草木示微情。嗟予公事君歸與〔一〕，不得相從細講明。

〔一〕與：宋刻本、四庫本皆作「輿」。

答陳㭿伯二首

乃翁良玉不勞攻，之子天葩特地紅。海道扁舟明日具〔一〕，江東尊酒幾時同。上樓誰伴老玄德，驚座今逢小孟公。回首暮雲千里合，有書何處托征鴻。

聖處分明世鮮知，古人豈是異肝脾。謂鰲可釣無傳法，視虱如輪有悟時。老子夢中還説夢，郎君詩外試求詩。向來枉立埋腰雪，妙在心通不在師。

〔一〕日：原作「白」，據宋刻本、四庫本改。

送王允恭隱君〔一〕

一葉撑來江浪闊，兼金却去客囊空。都將歲月供丹竈，不要功名上景鐘。古有禮羅招處士，今無書幣起逋翁。南陽秪在荆州北，時一登高弔卧龍。

〔一〕君：原作「居」，據宋刻本、四庫本改。

送方時父

向來羞作繞枝飛〔一〕，劉表區區不足依。索飯兒嗔郎罷出，畫眉人約藁砧歸。食魚底處容長鋏，射虎今方尚短衣。老縛一官行未得，羡君去採故山薇。

〔一〕向：原作「回」，據宋刻本、四庫本改。

題宋謙父四時佳致樓

吟者多矣，率爲《環翠》卒章下注脚，惟張公元德兼取「别詩佳與與人同」之句以互相發明。余不識張公，端平初同召審，張辭不至，余所愧也，故拙詩本張遺意。

四序推移景迭新，二詩體認理尤親。愛蓮亦既見君子，看竹不須通主人。領略春風來廣坐，分張月色過比鄰。端能著我西家否，客户何妨贅一民。

題宋謙父詩卷

佳山祠畔結茅茨，猶記吹塤更和篪。蘇氏舊稱小坡賦，秦家晚重少章詩。交游一老今華髮，疇昔諸昆最白眉。子不可來吾欲去〔一〕，壁間塵榻拂何時〔二〕。

〔一〕來：原作「求」，據宋刻本、四庫本改。

〔二〕壁：原作「避」，據宋刻本、四庫本改。

寄楊休文高士

未答前書每有慚，忽收近訊自開緘。繳回玉笥山人號，換得金門羽客銜。石鼎聯詩塵滿硯，竹宮應制草盈函。可憐予與君俱錯，投老方思卸戲衫。

題倪上人詩卷

故交歲晚各西東，解后詩人慰老窮〔一〕。莫把冠巾浼澄觀，更添鬚髮惱林公。强牽謝客爲禪客，閑伴涪翁作釣翁。行矣予方有公事，異時倘肯訪山中。

〔一〕后：原作「石」，據宋刻本、四庫本及翁校本改。

題羅亨祖叢菊隱居

令君抱送當秋晚，手種寒葩占斷清。伯始厚顔貪飲水，靈均滿腹飽餐英。要須晚節分香臭，寧與朝華角悴榮。父老方夸琴調古，未應高興慕淵明。

題餘干姚三錫書鈔

頃傳湯序心傾挹，兹得姚鈔手闔開。朱子所疑非孔傳，漢儒之罪甚秦灰。時清縱未經筵召，歲晚寧無掌故來。攬轡遠臣慙力薄，不能爲國論遺材。

挽李秀巖二首

耆舊凋零尚秀巖，可堪華表揭新銜。甘泉頌就抛荷橐，寶苑方收入枕函。夙昔山人來少室，暮年太史滯周南。嗟予去速公歸晚，不得埋腰立雪參。

獲麟以後更休論〔一〕，化鶴而歸亦浪言。過眼忽看遺老傳，終身不及長公門。山房惜未從公擇，書局聞曾擬道原。今丞相游公嘗言，秀巖欲以史局見辟。六合茫茫千載遠，此成無路可招魂。

〔一〕更：原作「便」，據宋刻本、四庫本改。

追用南塘韻題尹剛中潛齋

幽士慕鱗潛，通人笑蚓廉。詎腸齏味美，節腹筍生添。諸老徒推轂，先生且下簾。食惟陳簋二，餽不費金兼〔一〕。和靖招延晚，方齋仕進恬。緒言傳粹密，古調掃穠纖。紫氣來傍境，靈氛告吉占〔二〕。因思眠雨艇，得似曝晴簷。無已游坡谷，徂徠客弼淹。芻言輕一羽，未必動巖瞻。

〔一〕費金兼：原作「貴金鎌」，據宋刻本、四庫本改。

〔二〕氛：原作「氣」，據宋刻本、四庫本改。

追和南塘韻呈湯伯紀尹子潛

誅南浦了誅餘杭，各掩新邱若斧堂。不見天球在東序，競吹宮篴奏西凉。後生誰附青雲傳，故吏惟餘白首郎〔一〕。浩嘆縹縹雙鳳遠，老身如雁漫隨陽。

〔一〕吏：原作「史」，據宋刻本、四庫本改。

題蔡炷主簿詩卷〔一〕

詩作平生祟〔二〕，因而廢不爲。君豪頻挑戰，吾老怯交綏〔三〕。哨騎來無定，綱船發尚遲。日長無職事，半是撚髭時。

〔一〕炷：原作「炷」，據宋刻本、四庫本改。

〔二〕祟：原作「崇」，據宋刻本、四庫本改。

〔三〕怯：原作「却」，據宋刻本、四庫本改。

又七言

舊止四人爲律體，今通天下話頭行。誰編宗派應添譜，要續傳燈不記名。放子一頭嗟我老，避君三舍與之平。由來作者皆攻苦，莫信人言七步成。

題汪道士雲庵

觸石纔膚寸，垂天忽怒飛。道人不出户，笑汝出還歸。

次韻湯伯紀送别二首

尚在朝廷記憶中，敢於父命擇西東。獨憐家有百歲母，可使人嗤六十翁？芰製子能華歲晏〔一〕，尊羹吾亦感秋風。書成藏向深山裏，莫費君王遺所忠。

比似莆杭傾蓋時，更崇古雅黜新奇。久栖衡泌寧非樂，不倚門墻未易麾。析理自應重兼席，論文吾合竪降旗。撫絃欲奏成三嘆，何處而今有子期。

〔一〕芰：原作「度」，據宋刻本、四庫本改。

餞送高大著出鎮嚴陵

抗疏鳴陽易，翻身出晝難。無家歸蜀道，有勅管嚴灘。席槀臣言戇，分茅聖度寬。空令同館士，極目認帆竿。

進經筵講禮記徹章詩〔一〕

惟王建邦國，以禮定乾坤。大分嚴堂陛，彌文及冠昏。徐行非曰遜，亟拜不爲煩。臣豈容私量，人誰越短垣。秦惟捐則覆，魯以秉而存。制備周京奠〔二〕，儀成漢帝尊。民彝何可泯，經籍未嘗燔。明主親臨決，諸儒共講論。禅諶謾求野，戴聖自專門。伋學方垂範，聃書盍塞源。四篇殊建武，百問陋開元。會萃新編鉅，芟夷聚訟繁。卑詞羞狗曲，小辨戒猩言。舞蹈威顔近，傳宣詔語温。昭回灑羲畫，燕衎洽堯尊。寶帶攽藏府，名駒出大宛。秉持叨象版，烹啜試龍團〔三〕。羈賤均螻蟻，清華綴鷺鵷〔四〕。謏聞慙倚席，朽質謬乘軒。佔畢無嘉頌，將何報上恩。

〔一〕徹：原無，據宋刻本、四庫本補。

〔二〕奠：原作「富」，據宋刻本、翁校本改。
〔三〕圜：原作「圜」，據宋刻本、四庫本改。
〔四〕鶩：原作「鶩」，據宋刻本、四庫本改。

恭和御製禮記徹章詩

臣某恭惟皇帝陛下蹈堯稽古，法禹惜陰，臨政已二紀於兹〔一〕，典學靡一朝而輟。屬者《禮經》徹卷，講席第勞，錫御府之珍藏，張鈞天之廣讌，被以昭回之飾，洋乎雅正之音。其在宫庭，已踐成湯制心之訓〔二〕；及形翰墨，不忘孔氏克己之言。皆上聖知行之所充，非諸儒誦説之能贊。臣猥從遠服，甫侍細旃，夫何螻蟻之微，忽覩龍鸞之妙！非但詫殊恩於流輩〔三〕，又將傳至寶於子孫。仰止明良，方賡喜哉之作；退惟狂簡，輒裁斐然之章。謹昧死仰和聖製一首陳謝以聞。臣無任瞻天仰聖、激切屏營之至。

臨決遺經自聖衷，固殊野外與淹中。五三典禮勤稽古，十六星霜久積功。倚席居然慚寡淺，登床安敢紊卑崇。防民不在文爲末，端繫宫庭實踐充。

〔一〕已：原無，據宋刻本、四庫本補。

〔二〕成：原作「臣」，據宋刻本、四庫本改。

〔三〕恩：宋刻本、四庫本作「榮」。

丁未春五首

端平淳祐兩匆匆，過眼光陰掣電同〔一〕。六十一翁無出理，孤山常寄夢魂中。

生死榮枯一付天〔二〕，誰能躶露自求全。殷勤寄語袁司隸，濫及無鬚或可憐。

道是生姜樹上生，不應一世也隨聲。暮年受用堯夫語，莫與張程幾箇争。

屢批龍鱗眷未衰，孤臣萬死負恩私。玉階方寸從容語，惟有天知與上知。

朝領諸儒上木天，夕同野老話茅椽。何須支枕思殘夢，宮錦漁蓑總偶然。

〔一〕過眼：原倒，據宋刻本、四庫本乙。

〔二〕付：原作「村」，據宋刻本、四庫本改。

和鍾子鴻二首

匹雛欲拔倭山難，還勑區區墓守官。捋虎自憐餘勇在，狎鷗似責昔盟寒。新麻斷腕毋容草，墮甑廻頭不更看。老子平生差耐事，肯於得喪置悲歡！

清吟頗覺續貂難，銜袖勤於贄熱官。怪子車輪行地遠，愧余門户似冰寒。舂糧禮數呼兒具，覆醬文章怕客看。老去商歌聲滿屋，孰云野處寂無懽。

題端溪王使君詩卷

社友凋零雅道窮，使君於此信英雄。情性所發前無古，《騷》《選》雖高不必同。蚤日甫曾懷渭北，暮年丘只在家東。何時偃伯興文治〔一〕，盡採新吟獻法宮。

〔一〕興：原作「具」，據宋刻本、四庫本改。

疊前韻謝元遂〔一〕

愈叩新新愈不窮〔二〕，小儒氣索敢争雄？安知太白心腸異，但見曹公口鼻同。顧我牢愁來澤畔，放君獨步向江東。南朝人云：「江東無我，卿當獨步。」他時應制金鑾殿，定有峨眉妬入宫。

〔一〕前：原作「元」，據宋刻本、四庫本改。又「遂」，宋刻本作「邃」。

〔二〕新新：原缺一「新」字，據宋刻本、四庫本補。

三疊

文字無窮才有窮，可能纖豔敵渾雄。蚤知大將壇場峻，晚作鄰翁保社同。臣向讎書曾殿北，本傳：石渠在未央殿北。君公避世且墻東。《後漢》：避世墻東王君公。男兒遇合由時命，豈必詩名滿六宫。

挽陳惠倅

昔預八仙飲，深知七子才。云何埋玉樹，不復倒金罍。錦製曾三試，羅浮欠一來。吾哀慚誄筆，搔首寄餘哀〔一〕。

〔一〕搔：原作「騷」，據宋刻本、四庫本改。

挽姚循州　直夫　元泰之弟

太息龍川守，專城美績傳。方聞歌叔度，俄有謗文淵。舊府黄茅外，新邱紫帽邊。二姚俱已矣，懷昔一悽然〔一〕。

〔一〕昔：原缺，據宋刻本、四庫本補。

荔枝盛熟四首

繡行鄉國詫兒童，錦裏宫城擅長雄〔一〕。看取後村真富貴，屋山丹繪半天中。
曾攀玉李青冥上，亦摘蟠桃縹緲邊。定是三生有靈骨，謫歸猶作荔枝仙。
牡丹姚魏荔方陳，歐蔡亡來罕識真。縱使有文堪續譜，未知楷法屬何人。
吴兒一夏甑生塵，染藕炊菱不療貧。安得風檣馳萬樹，屬饜菜色莧腸人。

〔一〕裹：原作「裏」，據宋刻本、四庫本改。

石塘感舊十首

浮空紫氣何須爾，度世金丹豈有之。函谷不煩關尹出，城南莫遺樹精知。
鹿門陳迹有餘哀，猶記龐公返自崖。行到當時相送處，不知老淚自何來。余往來甥館，外舅未嘗相送，惟戊子悼亡而歸，送至延慶。
沈郎院閉綵雲收，寂寞秋花折樹頭。留取斷絃來世續，此生長抱百年愁。

比邱會泣别瞿曇〔一〕，秦失三號弔老聃。自笑此翁非鐵漢，白頭來此哭同參。
鬢邊雪映眼中花，更閲人間幾歲華。丁未老人開七秩，尚攜雞絮到君家〔二〕。
光霽丰標今寂滅，靈明根性詎消磨。夜來一段佳風月，不見堯夫只見窩。
三塋相望一牛鳴，來掃新松百感生。季札旋封邱哭墓，晉人謬謂聖忘情。
禪學年來亦自衰，大叢林屬小闍梨。寒翁庵子如蝸殼，却有彌天釋住持。
中軍晚歲甥辭去，左相今朝客不來。看取少林誠長老〔三〕，死生林下伴寒齋。
久作遼天獨鶴飛，鏡鸞餘念尚依依。荒山野水蘇溪路，愁絶鰥翁挈影歸。

〔一〕瞿曇：原倒，據宋刻本、四庫本乙。
〔二〕絮：原作「黍」，據宋刻本、四庫本改。
〔三〕林：原作「陵」，據宋刻本、四庫本改。

九日登辟支巖過丁元暉給事墓及仲弟新阡二首

絶巔萬籟静沉沉，重倚闌干感慨深。古佛龕中苔上面，故交宰上樹成陰。山無白額妨幽討，野有黄花且滿斟。莫怪徘徊侵暮色，老人能得幾登臨。

歷歷向時遊覽處，重來年已迫桑榆。大衾尚欲同林下，華表安知忽路隅〔一〕。自古曾悲摘瓜蔓，即今不共插茱萸。人生患不高年爾，到得年高萬感俱。

〔一〕隅：原作「偶」，據宋刻本、四庫本改。

題林璞經屬平寇録

倏爾蜂窩起〔一〕，俄然鼠首梟。果能歌競病，不枉事嫖姚。瘴氣收氛祲，朝家賞爛焦。祝君深養勇，稍北有天驕。

〔一〕窩：原作「窠」，據宋刻本、四庫本改。

季父習静哀詩四首

關洛源流遠〔二〕，乾淳輩行尊。一檠常對卷，貳篋亦開樽。縞素幾空巷，玄纁不及門。異時《遺逸傳》，誰定訪邱園。

憶在嬰兒時，常依少父傍。不嗔仲容小，猶記阿宜長。誨語袪蒙吝，埋詞愧惰荒。從今有疑義，無復叩山房。

習靜先生子劉子，新阡即此是標題。便無華表翔雙鶴，不有生芻藉隻雞。在昔陶潛書處士，從它孟德揭征西。原頭一慟關倫紀，始信彭殤未易齊。

易學紛紛各著書，獨於師説著功夫。涪翁舊傳七分止，邵子先天一畫無。不遺者英陪講讀，空留章句授生徒〔二〕。即今黃策方施用，姑可藏山待後儒。

〔一〕洛：原作「路」，據宋刻本、四庫本改。
〔二〕章：原作「意」，據宋刻本、四庫本改。

工部弟哀詩二首

忽然吹散恨難平，六十年間老弟兄。春草池塘成昨夢，夜床風雨付來生。歸謀甫里田差晚〔一〕，去與端溪石共行。部曲出門情態異，不如籠鶴有哀聲。

去歲書來欲解麾，數行遺墨半傾欹。斑衣不遂娛親志，白髮因吟哭子詩。讓棗猶如前日事，摘瓜空抱暮年悲。情知衰淚無堪滴，原上寒笳苦死吹〔二〕。

〔一〕晚：原作「曉」，據宋刻本、四庫本改。
〔二〕吹：原作「知」，據宋刻本、四庫本改。

挽方德潤寶學三首

龔勝乘車晚，陽城伏閤初。自云臣語戇，不是上恩疎。黄壤全名節，青編載諫書。始知年與德，造物有乘除。

憶被烏臺劾，聃非傳偶同。譬言拚萬死，明詔赦孤忠。全活皆英主，淹留各秃翁。傷心古遺直，不返瘴雲中。

晚賜延和對，言公去國深。遂良垂白髮，臣甫抱丹心。馳驛無銀信，移麾有玉音。遥知遺奏上，未免動宸襟。

挽方孺人 寶學之女

壼範經親授，笄年詠好逑。謂迎荷橐返，豈料蕣華休。斷鴈元方恨，離鸞小宋愁。鄰翁傯無力，不及送原頭。

陪諸先輩題名登春臺矅軒即席次故相陳魏公韻某繼作二首〔一〕

臺荒屋老閲人深，拂拭留題重整襟。科目一朝來券外，姓名三世在碑陰。公孫晚歲叨明詔，裘氏當年費苦吟。報與曲江先輩道，老婆非復少時心。

鰲頭唱首各高深，才薄難披作賦襟。已覺鶯花成一夢，尚貪螢雪競分陰〔二〕。即今空負臺萊意，夙昔曾賡殿閣吟。北望鈞天搔白首，區區終有祝堯心〔三〕。

〔一〕席：原作「度」，據宋刻本、四庫本改。

〔二〕螢：原作「瑩」，據宋刻本改。

〔三〕有祝：原無，據宋刻本補。

答循倅潛起

別後書稀夢亦稀，忽傳尺素到柴扉。不知天驥方徐步，將謂雲鵬久怒飛。句律斬新似過舊，姓名略是復疑非。長官仙去賓朋散，存者依稀有杜微。亡友鄭君瑞爲閩清宰，君爲主簿，余始識君於縣齋。

過季父新阡

父兄俱映漢藜青，獨老空山聚凍螢。生不肯扶靈壽杖，死堪上應少微星。向來枕膝傳師學，未後懸棺合禮經。惟有書房舊時月，夜深得得照疎檽。

後村先生大全集卷之十七

詩

公淳祐庚戌臘月所作，時以大蓬召，未行。

梅花十絶答石塘二林

縱賞梅園彼一時〔一〕，枝頭往往掛參旗。可憐鐵漢今衰颯，榾柮爐邊自煨詩。

東鄰安得如渠白，西域何曾有許香。蘇二聰明真道著，杏花恐不敢承當。

無梅詩興闌珊了，無雪梅花冷淡休。懊惱天公堪恨處，不教滕六到南州。

薇藥無情自紫紅，白頭閣老去匆匆。林間翠羽偷相語，可是梅花累此翁。

少狂籍草共追歡，鐵笛横吹到夜闌。老怕畫簷風露冷，不如吹燭隔窗看。

塞北寒梅要笛催，更憑畫鼓奪春回〔二〕。江南氣候聞尤暖，只用詩催也自開。

斧殘留得半株斜，相對微吟到暮鴉。堪嘆病翁無綺語，不如枯樹有琪花。

丁寛與《易》俱東去，神秀離禪作北宗。天恐孤山無種子，一枝分擘付寒翁。

有香影處即追攀，豈必西湖水月間。若問何人傳此訣，後村翁授小孤山。

翁與梅花即主賓，月中縞袂對烏巾。不知衛玠何爲者，舉世推他作玉人。

〔一〕彼：原作「被」，據翁校本改。
〔二〕憑畫：原作「雷畫」，據翁校本改。

二疊

晚作園翁自荷鋤，春風那肯到吾廬。且須憐意著芳潔，纔説和羹俗了渠。
生在荒山野水傍，可曾倚市更窺墻。幽妍醜殺施朱女，高潔賢於傅粉郎。
漢魏諸賢韻已卑，六朝人物復何爲。平生老子羞由徑，不識蟲兒與玉兒。
浮休歎柳斫爲薪，子美憐梅傍戰塵。只願玉關烽燧息，老身長作看花人。
環子麗華皆已美，謫仙俠客兩堪悲〔一〕。懸知千載難湔洗，留下沉香結綺詩。
百卉凋零獨凜然，谷風栗烈凋冰堅。陰山餐雪有臣節，中野履霜無母憐。
暮年鼻塞等薰蕕，高摘濃薰兩罷休。奴折長枝汲薪水〔二〕，老夫不復置香篝。
看來天地萃精英，占斷人間一味清。喚作花王應不忝，未應但做水仙兄。
嘔出心肝撚短髭，籬邊沙際動移時。獠奴竊笑翁迂闊〔三〕，因斲梅詩忘午炊。

錦囊玉笛昔追從，度曲聯詩雪月中。老對梅花無意味，欠詩欠笛欠花翁。謂孫季蕃〔四〕。

〔一〕俠：原缺，據翁校本補。盧本作「狎」。

〔二〕折：原作「妍」，據翁校本改。

〔三〕獠：翁校改作「耕」。

〔四〕孫季：原作「李」，據翁校本改、補。

三疊

唐時才子總能詩，張祜輕狂李益癡。管甚三姨偷玉笛〔一〕，諢他小玉寫烏絲。

銀燭千枝插樹頭，燭光花氣半空浮。人間富貴真珠室，天上通明白玉樓。

羣玉峰頭玉帝家，橋邊池上玉横斜。白頭老監今留落，曾領群仙共賞花。丙午冬〔二〕。

瓦瓶側畔設蒲龕，縱有推敲緊閉庵。何庾諸人俱謝去，只饒和靖作同參。

半卸紅綃出洞房，依稀侍輦幸溫湯。三郎方愛霓裳舞，珍重梅姬且素粧。

春意萌於肅殺中，玄冥信有斡回功。東皇太一無情甚，吹去纔消幾陣風。

曲徑無塵聊席地，小亭有月即憑欄。此翁雖老猶高致，不但能評黑牡丹。

脂粉形容總未然，高標端可配先賢。不陪嚴子羊裘後，即傍王郎麈尾邊。
濡墨先愁染素衣，和鉛亦恐涴冰肌。後村老子無聲畫，壓倒花光與補之。
早知粉黛非真色，晚覺雕鎸損自然。天巧千林均一氣，人癡一葉費三年。

〔一〕姨：原作「夷」，據翁校本改。
〔二〕丙午冬：原無，據翁校本補。

四　疊

帝恐先生歲晚貧，清晨頒瑞到幽人。巡簷已覺成銀屋，糝地猶堪作玉塵。
海山大士素巾單，鸜鵒前驅不怕寒。只在屋東人不識，善財錯去禮旃檀。
草户柴門野老居，恍然疑執化人裾〔一〕。不知身在花陰卧，但見亭臺似積蘇。
抹塗元不加真色，凋謝猶當易美名。天下斷無西子白，古來惟有伯夷清。
偶捉麈揮尤有韻，不須犀辟自無塵〔二〕。早聞玉振真名士，古説冰膚是至人。
狩獲祥麟而史作，夢吞白鳳以玄成。吾詩豈得無佳瑞，枝上啁嘈翠羽聲。
愁見當時玉鏡臺，返魂無訣可勝哀。暮年尚有餘情在，月下迢迢挈影來〔三〕。

〔一〕裾：原作「居」，據翁校本、張本改。
〔二〕犀：原作「犨」，據翁校本改。
〔三〕原本此下缺四叠之後三首，及五叠、六叠、七叠與八叠之前五首。

八叠

前缺論，不信山礬敢雁行〔一〕。
帶雨折來如有恨，被風催去最關情。面垂玉筯居然白，身著銖衣直是輕〔二〕。
典刑堪受百花朝，風致宜爲萬世標。齧雪節剛難屈膝〔三〕，拈花法妙願埋腰。
宋臺未了又齊臺，有扇應難障彦回。歲晚玉人在空谷，何曾羞面見人來〔四〕。
通宵璧月迷瓊樹，破曉霜葩糝玉枝。明豔能花老夫眼，温柔不栗美人肌〔五〕。
不曾解佩獻明璫，莫比徐妃與壽陽。五出至今污宋史，半粧當日怨蕭郎。

〔一〕此爲八叠第五首，僅存殘句。
〔二〕銖：原作「鉢」，據馮本改。

〔三〕屈：原作「居」，據翁校本、馮本改。
〔四〕曾：原缺，據盧本補。又「來」原作「家」，據翁校本改。
〔五〕栗：原作「栗」，據翁校本改。

九疊

商略紅兒何足比，丁寧青女不須嗔。故横瘦影禁持月，時送微香漏洩春。
翠袖佳人寒倚竹，素衣仙子晝看花。村墟忽有殊尤觀，茅屋俄成富貴家。
蒼頭呵欠納詩卷，赤脚鬅鬙收藥鐺。惟有小窗一枝影，夜寒不睡伴先生。
貴家選色斛量珠，洗盡鉛華絶代無。老子效顰聊復爾，名崑崙婢作瓊奴。
薄薄中單掩塞酥，不知眉黛有愁無。微顰莫是嘗梅子，好事訛爲齒痛圖。
國色名花俱絶代，玉人甘后本雙身。勸君薄薄施朱粉，莫遺名花妬玉人。
名見《商書》又見《詩》，畹蘭蘺擬況江蘺。靈均若要羣芳聚，却怪《騷》中偶見遺。
門户重重繡幕遮，十分國艷屬侯家。誰知蔡琰燕山北，愁聽胡笳對雪花。
和靖終身欠孟光，只留一鶴伴山房。唐人未識花高致，苦欲爲渠聘海棠。
新詠平生陋玉臺，梨園以後更堪哀。寧隨太白金鞍去，莫放花奴羯鼓來。太白有「笑坐金鞍歌落梅」之句。

十疊

纔得幾朝渾折徧，只消一霎又吹空。何曾學舞能回雪〔一〕，便不爲臺與避風。

尺棰擬爲千世用，一梅欲足百人酸。苦心乍可齏鹽裏，粉骨何須鼎鼐間。

花離京洛緇塵少，詩到齊梁綺語多。老子七言雖淡泊，不曾一字犯陰何。

有花多處便凭欄，插在金瓶不必看。百斛量珠真富貴，兩枝剪綵太寒酸。

賦繁臺雪雲將暮，歌後庭花月未殘。客至苑皆瓊作樹，賓來并用玉爲欄〔二〕。

起來無賴晚風狂，便恐飄零損歲芳。飛鸗不持身欲去，緑珠雖墮魄猶香。

江左風流屬謝家，諸郎如玉女尤佳。如何雪裏同聯句，不比梅花比柳花。

天子封松作某官，相君復報竹平安。梅花一點無沾惹，三友中間獨歲寒。

霜皜千林凍欲僵，經句不爨只餐香。何曾轉授休糧訣〔三〕，却是單傳屑玉方。

珠樹無多攀不已，珊瑚有盡採無窮。海神上訴天公怒，似怕龍宮寶藏空。

石塘二林，寒齋子也。長名同，次名合，各以梅絕句示余。喜其後生有志，爲作百首。既成，有示余以前輩李伯玉百咏者，客誦而余聽之，如漢宮洞簫、梨園羯鼓，居然協律。觀余所作，樵歌牧笛爾。惜其太脂粉，望簡齋便自邈然。余妍詞巧思不及李遠甚〔四〕，特未知使簡齋見之以爲何如爾。若李之下字清新，用事精切〔五〕，音節流麗，有二宋、王仲至、晏叔原之風，近世惟姜堯章似之，則有不可掩者。異日得暇，當效李體，別課百首。李公名縝，雲龕子也〔六〕，自號萬如居士。朱晦庵銘其墓，稱其有文十卷，梅百詠。後村翁書。

〔一〕何：翁校本作「使」。
〔二〕賓：原作「兵」，據翁校本、馮本改。
〔三〕休：原作「木」，據翁校本改。
〔四〕妍：原作「奸」，據翁校本改。
〔五〕切：原作「巧」，據翁校本改。
〔六〕「子」上原有「龍之」二字，據馮本刪。

後村先生大全集卷之十八

詩

陪新進士公讌用太守韻

去年黄勑許懷歸，拭目鄉邦一段奇。老馬不堪空冀野，大鵬自合化天池。瓊林花發渾如昨，玉塞鋒銷未有期。汲汲九重方旰食，吾儕何以補明時。

重次林守韻并柬臞軒二首

晨坐黄堂夕未歸，偶然閉閤句尤奇。頗知韋守臨蘇郡，不省山公到習池。燒尾且陪攀桂集，遨頭別有探梅期。自慚屬和慳才思，尤甚春船上水時。

禁中前欲喚公歸，讀軾文章每歎奇。玉節不煩熬雪海，金芝元合産銅池。愈郊各洗飢寒語，甫白曾爲汗漫期。上盡青雲記回首，某丘某水釣游時。

即席用實之郎中韻

偶離羣彦譙公堂〔一〕，老去斯莊莫遺荒。東道主人如謝守，西階重客欠王郎。不能席上題鸚鵡，争免池邊奪鳳凰。聖世英賢俱入彀，豈論狗監與鷹坊。

〔一〕離：原作「臨」，據翁校本改。又盧本作「隨」。

重次臞軒韻二首

憶昔抽毫白玉堂，奏篇字字穀年荒。内人久已呼才子，明主今方記寢郎。鴛豆未應堪秣驥，鶉籠誰道可容皇。何當雅奏登郊廟，一洗梨園與教坊。嚴忌《哀時命》云：「爲鳳皇作鶉籠兮，雖翕翅其不容。」

潦倒常慚室弗堂，君恩特地與開荒。靈津誤作乘槎客，花髪羞陪射策郎。金菊歌新賡下鵠，碧梧枝老許棲皇。退臣無路酬天奬，旦旦爐熏祝寶坊。某去歲侍經帷，嘗恭和御製。

蒙仲唱第歸約朝服相見

向來襆被出關時，恩大身猶草芥微〔一〕。僅有兩生攜酒送，不如二諫得詩歸。負楊臨賀諂諂是，客衛將軍落落稀。老接親朋惟野服，寄聲夷甫莫朝衣。

〔一〕恩：原作「思」，據馮本改。

題方楷一軒

初看華扁知趨向，徐覽羣言見切磋。鵠至安能令奕善〔一〕，羊亡豈不爲歧多。爻重翼十幾繁矣，貳二參三奈一何。老漢暮年無頓處，軒中半榻肯分麽。

〔一〕令：原作「今」，據翁校本改。

夢中爲人跋畫兩絶

三相入朝馬，諸夷照夜驄〔一〕。故應專塞小〔二〕，留載拾遺公。

花鳥皆詩料〔三〕，江山即句圖〔四〕。暮歸錦囊重，壓殺小奚奴。

〔一〕夷：原作「姨」，據翁校本改。

〔二〕「故應」二句：翁校本作「故應留小蹇，專載拾遺公」，似是。

〔三〕鳥：原作「身」，據翁校本改。

〔四〕句：翁校本作「畫」。

讀湯伯紀大人賦

此賦何曾涉怪神，本諸孔孟體諸身。乃知犬子揄揚者，纔是僬僥國裏人。

寄强甫二首

出户詢來使，能言別後臞。病餘雙鬢改，俸外一錢無。撰杖陪諸老，篝燈課二雛。梅天費調燮，善保不貲軀。

守局喧卑地，攜孥寂寞濱。魯儒猶委吏，《周禮》有鹽人。勿發泥塗歎，姑持玉雪身。秋風懷檄否，莆與福比鄰。

病起夜坐讀書一首

蜀劑十杯扶胃氣，南烹一筯忍饞涎。病梨雖以樵廢〔一〕，壽櫟翻因擁腫全〔二〕。已脱坡翁赤猴月，併逃謝傅白雞年。己酉災厄，七月尤甚。新凉尚起親燈興，誰道過時已悍堅。

〔一〕「樵」字上或下當脱一字。

〔二〕擁：原無，據翁校本補。

徐潭即事二首

不要元戎訪草堂，勿煩兒子表瀧岡。一窗看設囊螢几，四壁惟安夢蝶床。聊與僧分半間屋，且無人奪上三房。韓公作誌潘郎誄，得似先生自舉揚。

一生常寄人籬落，入手斯丘得自專。防墓向來封四尺，驪山何必錮三泉。暮年已作飾巾客，它日那無挂劍賢。種萬株松千本桂，不憂千載不參天。

自和徐潭二首

從今快活安斯寢，那復辛勤陟彼岡。萬里路曾雙不借，四天下只一禪床。寬如馬驛名方丈，劣似雞栖即客房。自唱山歌樵牧和，底須論著學班揚。

遠游昔結四方緣，高卧今貪一壑專〔一〕。有客埋腰銜許雪，無人洗耳涴吾泉。金棺未免荼毗厄，玉匣安知躶葬賢。多積荆薪寬釀酒，龍鍾禁不得霜天。

〔一〕今：原作「金」，據馮本改。

挽漳浦陳丞壁

非但聞詩禮，居然識典章。探環如夢裏，擁笏向親旁。州縣淹斯立，家庭惜季方。北風無賴甚，吹雁不成行〔一〕。

〔一〕雁：原作「寫」，據翁校本改。

用石塘二林韻 同、合

夜績旁邊映隙光，憶曾參扣遍諸方〔一〕。掃眉衆女偏謡諑，開口羣兒亦謗傷。後有知音分雅鄭，今誰協律譜宫商。戲衫欲脱無人付，諸子披襟直下當。

少狂浪走無尋處，晚向深山得悟門。火候足時丹始熟，國工琢了玉尤温。低頭欲下追隨拜，摩頂無忘付授恩。大有名山要行脚，未甘瓶鉢老荒村。

〔一〕憶：原作「隙」，據馮本改。

題六二弟詩卷

萬卷胸中融化成，却憐郊島太寒生。霜蹄歷塊駿無匹，赤子探珠龍失驚。警句宜爲康樂弟〔一〕，癡年謬作季方兄。此詩異日君牢記，後有鍾嶸不改評〔二〕。

〔一〕弟：原作「地」，據馮本改。

〔二〕嶸：原作「榮」，據翁校本改。

跋桂姪梅絶句

老鶴收聲只自悲，戛然清唳警衰遲〔一〕。不嫌汝伯無漆髮，稍喜吾家有白眉。二尺檠邊能辦此〔二〕，百花頭上更饒誰。隆乾衣鉢須人繼，莫負樊川望阿宜。

〔一〕唳：原作「淚」，據翁校本改。

〔二〕檠：原作「警」，據翁校本改。

題林琦友于軒

城中甲第連霄漢，吾子書窗占地慳。卧起大衾長枕共，呻吟細字短檠間。一門兄季推諶紀，北屋東西著孔顏。祇恐四方羔雁到，未容堅坐閉柴關。

題方至詩卷

華宗人物甲吾鄉，丹穴由來出鳳凰。萬卷樓高誰敢上，五言城小不能當。幾曾費我揮斤力，尚欲傳君嚙鏃方〔一〕。何日重尋谿上路，共羹苦蕒臣民飯黃粱。君上世南圭使君有萬卷樓，余嘗有五言史詠二百篇，君亦繼作。

〔一〕鏃：原作「鏇」，據馮本改。

方汝一下第餞詩盈軸余亦繼作

紛紛肉馬上青天，驥耳雙垂亦可憐。郊豈因窮吟遂輟，蕡雖不第策猶傳。會須有集鳴當世，肯爲無媒怨盛年。斗氣燭君文卷裏，更於何處覓龍泉。

跋方寔孫長短句

金針玉指巧安排，直把天孫錦剪裁。樊素口中都道得，春鶯囀處細聽來。欲歌郢客聲難和，纔誤周郎首已廻。可惜禁中無應制，等閑老却謫仙才。

題林夢馨本朝雜詠

二百新題字四千，庚申已後甲寅前。繼周可以知百世，續漢誰曾到八年。江左重修《泰陵録》，水心絶重《建隆編》〔一〕。何時老子真閑退，共結青燈蠹簡緣。

〔一〕重：翁校本作「意」。

蒙恩除大蓬一首

拜昭文相闞翹材，封冠軍侯築將臺。得以先生新主判，兩爲玉帝管蓬萊。

辛亥三月九日宿囊山

已買荒山卜毳藏，豈知來此借禪床。傍人盡怪病摩詰，送客不嫌窮孟嘗。皓白羣仙應笑老，昏花太乙謾分光。何時鄰里持牛酒，却賀先生返故鄉。

與零陵周倅子鎔

滿目山河異，南冠十六期。胡羝無乳日，遼鶴有歸時。詷虜幾齏粉，還朝不磷緇。漢家重名節，郎秩未爲卑。

與葉士巖

葉子客長安，孤居久離群。載贄肯妄投，上書輒報聞。有時攜斗酒，孤山酹隱君〔一〕。興到喜吟詩〔二〕，糧絶恥賣文。所交皆將相，不數瑣細云。腹有書傳香，厨無燔炙紛〔三〕。未逢古伯樂，姑待後子雲。五子更精斲，要和南風薰〔四〕。

〔一〕山：原作「上」，據翁校本改。
〔二〕喜吟：原缺，據翁校本補。
〔三〕紛：原缺，據翁校本補。
〔四〕薰：原缺，據翁校本補。

九月初十日值宿玉堂七絶〔一〕

西山遺業付門人，歲晚推遷接後塵。綵筆夢中先索去，不知持底作詞臣。
制書揮就進明光，天筆批還墨尚香。草本偶然無貼改，非關臣億怕商量。

轉枕依然夢不成，小窗頗覺曉寒生。昏花却怕宫蓮照，垂下紗幮聽六更。

内厨進膳惟蔬素，御帕封香徧竹宫〔二〕。明日金烏迎玉輅，始知聖主與天通。

窗外茶梅幾樹斜，薄寒生意已萌芽。主人不作明朝計，愁絶無因見放花。

形槁心灰一秃翁，偶來視草禁林中。幼吹葱葉還堪聽，老畫葫蘆却未工。

四壁蠹書常鎖閉，數行蘇墨半糢糊。院中老吏無存者〔三〕，誰記南塘與雁湖。

〔一〕值：原作「鎮」，據翁校本改。

〔二〕帕：原作「怕」，據翁校本改。

〔三〕者：原缺，據翁校本補。

題趙上舍崇盥詩卷

系出諸王後，名高胄子中。昔惟稱八凱，今復有□□。疏可編遺史，詩寧論變風。所交皆勝彦，未必記衰翁〔一〕。

〔一〕衰翁：原缺，據翁校本補。

辛亥冬口占十絶

和靖湖邊冷笑人，白頭來戀屬車塵。此行莫與孤山訣，重見除非是後身。

葦間一葉且延緣，奎壁祥光上燭天。定有異人遥望氣，箇船不是米家船。

乞骸親奉留行詔，擢髪猶蒙掩覆恩。澤畔纍臣回首處，湯村已遠更徐村。

曝背聊披陶子絮，壓衣且繫吕公絛。可憐太白心猶駿〔一〕，不著蓑衣著錦袍。

玉局摛文毫尚濕〔二〕，金華開卷席猶温。不妨繳納朝堂了，帝賜新銜號後村。

汗脚誰教上玉臺，却尋前路繫芒鞋。自嫌到了無仙分，已踏金鰲跌下來。

向來寵辱皆虚假，老去親寃兩掃平。豈有陳三送遷客，亦無邢七賣先生。

院吏忙抄詔草辭，家奴却負錦囊隨。更無客議坡公制，一任人嘲李老詩。

柱史頌卿壓病身，年高拜立兩愁人。龍鍾忽被還山詔，腰脚於今得欠伸〔三〕。

誅虎竊弓誰繼者，留邕執筆定何如。東都臺閣猶多士，未便無人續《漢書》。

〔一〕駿：翁校本作「駃」。

〔二〕局：原作「著」，據翁校本改。

〔三〕於：原缺，據翁校本補。

跋唐賢論史圖

定是當時有難疑，一賢指畫衆肩隨。而今縱有人揮筆〔一〕，問者爲誰聽者誰。

〔一〕筆：原缺，據翁校本補。

跋張敞畫眉圖

列岫新眉淡復濃〔一〕，黛螺百斛不堪供。廻頭却笑張京兆，只掃閨中兩點峰。

〔一〕岫：原缺，據盧本補。

小圃有雙蓮夏芙蓉之喜文字祥也各賦一詩爲宗族親朋聯名得雋之讖二首

一色雙葩費剪裁〔一〕，固知造物巧胚胎。機雲乍自吳中出，坡潁初從蜀道來〔二〕。佳讖似因先輩設，瑞苞不爲老人開。集英明歲薰風裏，席上英才即斗魁。

四月池邊見拒霜，園丁驚問此何祥。花如雲錦翻新樣，葉似宮袍染御香。病不能陪花酒伴，詩猶堪譟鼓旗傍〔三〕。諸君筆力回元化，努力先春壓衆芳〔四〕。

〔一〕色：原缺，據翁校本補。
〔二〕蜀：原作「買」，據翁校本改。
〔三〕旗：原缺，據翁校本補。
〔四〕春：原缺，據翁校本補。

自和二首

□□□間不知裁，老思安能更奪胎。九制一揮嗟事在，重□雙導繫時來。擬營草具留連賞，莫放花神取次開。堪歎吾門今寂寂〔一〕，過江曾有兩掄魁〔二〕。

老子而今兩鬢霜，未應癡絶泥機祥。不能木末搴朝露〔三〕，未免籬邊嗅晚香。便合折來書卷畔，詎宜簪向寶釵傍。漫山千樹方芽甲，肯信人間有早芳〔四〕。

〔一〕堪：原缺，據翁校本補。

〔二〕掄：原作「倫」，據翁校本改。

〔三〕「露」及下句「未」，原缺，據翁校本補。

〔四〕早：原作「畢」，據馮本改。

題四賢象

陳希夷

錢子非仙者，种郎豈隱哉。先生閉門睡，弟子下山來。

魏處士

曾箴王太尉，亦諷寇萊公。無端兩丞相，有愧一山翁。

林和靖

吟共僧同社，居分鶴伴閒。魂歸應太息，亭榭遍孤山。

邵康節

晚喜獾郎學，前知杜宇聲。乃知常處士，不及邵先生。

次韻張秘丞皺玉詩

雨濕紅裳靡待秋，摘來深愧木瓜投。祇今陳紫無真本，比昔姚黄勝一籌。聊薦金盤蠲渴肺，不煩綺席囀歌喉。聖朝仁遠停包貢，賴有公詩爲拔尤。

次王玠投贈韻二首

平生拙計類愚公，處處撑篙遡逆風。身已呻吟行澤畔，誰令剥啄到山中。歷官蟻穴一場夢，悶事雞窠百歲翁。頗恨暮年持酒戒，不能領客訪無功。

在野宜賡擊壤歌，隱憂不禁畝忠何。殷生宰相安知否，逸少羣賢感慨多。老覺鬢絲難掩覆，窮惟心鐵未消磨。早知擲却毛錐子，有警猶爲國荷戈。

兩被宸奎擢史官，曾參豹尾屬車間。不能直筆公褒貶，安敢高談到畫刪〔一〕。老有丹心猶戀闕，死無一字可藏山。兒童忘記翁年甲，但笑顔蒼與鬢斑。

〔一〕刪：原作「珊」，據翁校本改。

題丁給事祠堂

遼鶴何年返故鄉，天風劍珮已騫翔。郡人議叶來胥宇，兄子才高肯弗堂。里選諸儒俱飲惠，諫書百世尚流芳。試歌此曲陳蕉荔，萬一乘雲下帝旁。

壬子九日與羣從子侄登烏石山用樊川韻

垂髫登巘捷於飛，歲晚重來脚力微。壹死壹生羣從少，某丘某水幾人歸。即今秉燭遊清夜，自古無繩繫夕暉。莫憶宮門謝時服，海圖尚可補寒衣。

別賦一首

平蕪盡處即滄溟，身寄區中等一萍。種杞菊翁猶老健，插茱萸伴半凋零。羣從十四人，存者七人。去年勑設塵飛輇，今日村酤草塞瓶。却笑癡人妄分別，何人未必勝劉伶。

聶令人挽詩

軹井夫人風義遠，阜陵丞相典刑存。婦言初不踰閫壼〔一〕，家法尤先下里門。命服六珈宜大國，送車千乘忽寒原。暮年無復升堂拜，草就埋辭一斷魂。

〔一〕踰：原作「喻」，據翁校本改。

竹湖李内翰哀詩二首

鼇頂綸言古，蠅頭諫草忠。予環猶昨日，賜扇忽秋風。貌肅深衣叟，官同禿鬢翁。百年會有別，不料許匆匆。自古稀全傳，於今獨重名。羞蒙彼相力，寧伴此君清。加璧猶堅卧，揞笏或散行。過江不大用，汪李兩端明。

鄭甥有大西上

歲晚親朋少，何堪遠別離。人誰念原父，甥勿似牢之。宗伯驚文卷，慈親望捷旗。餞行應滿袖，不欠病翁詩。

次韻張秘丞勸駕

一紙黄書舉茂才，使君後輓復前推。似聞太史占奎宿，先敕天官起蟄雷。唐世科場先進士，漢家郊廟要倫魁。白頭鄉老殷勤處，西望旗鈴送喜來。

送丁南一

疇昔奇君志不凡，天風萬里送雲帆。只須讀賦驚崔鄙，何待移書祝陸修〔一〕。墨點不施紅勒帛，批卷知舉墨筆，參詳以下朱筆。錦衣與换白襴衫。定知忼慨丹墀對，千載平津尚有慙。

〔一〕「待」原作「時」，「書」字原無，據翁校本改、補。

送方楷

才子囊書入帝京，鶚飛安敢料鵬程。赴南宫緩功夫久，擕北碑多嗜好清〔一〕。玉鏡臺邊無别淚，金花牋上有芳名。可憐病叟如蝸縮，呵凍題詩當餞行。

〔一〕嗜：原作「是」，據翁校本改。

送方寔孫

丹詔求賢切，西行不可徐。便乘天廄馬，莫跨霸橋驢。太白《清平調》，相如《諫獵書》。定將新述作，一一寄田廬。

送方至

老去憐才癖轉深，愛君筆力擅詞林。摶扶搖上二蟲笑，從渥窪來萬馬瘖〔一〕。舒號醇儒漸者遠〔二〕，弘稱曲學到於今。漢家旃厦崇經術，莫事推敲枉費心〔三〕。

〔一〕瘖：原作「瘴」，據盧本改。又翁校本作「輕」。

〔二〕舒：原作「書」，據翁校本改。

〔三〕推：原作「摧」，據翁校本改。

送林與桂

曾與元方友，因知季子賢。烏衣況推笏，黄甲必還氈。華髮詢安問，重瞳覽奏篇。此行宜努力〔一〕，忠孝幾人全。

〔一〕努：原作「弩」，據翁校本改。

讀本朝事有感十首

若納希文受責均〔一〕，前賢初豈有冤親。暮生顛上還惆悵，引起無窮射羿人。

力荐資深入柏臺，獨延吉甫客翹材。如何歲晚鍾山寺，只見黄州副使來。

晚遭吕范攻尤峻，死闞荆舒恨未銷。舉世共非前《濮議》，無人細考後《尊堯》。

非獨蘇仙念老窮，古靈亦復薦孤忠。白頭不得諸公力，惟有西塘八十翁。

師道在三烏可畔，友倫居五豈容虧。恰方譽瓘俄傾瓘，亦有尊頤不救頤。

京攜劊子丹誰頸，恕發私書族幾家。天下那貴黄背子〔二〕，人間豈有白桃花。

未諫瑶華世未知，故人已訝道鄉遲。退之著論差傷早，不待陽城伏閤時。
垂簾復辟身俱穩，送吕迎章話又新。瞞得庭中相泣者，難瞞屏後竊聽人。
翻來覆去幾枰棋，靖國崇寧各一時。前日雕籠棲宿者，等閑飛過蔡家池〔三〕。
愈作唐經還蓄縮，邕知漢事謾嘍囉。假令實録成書了〔四〕，其奈雍丘問目何〔五〕。

〔一〕若納：當作「若訥」，即高若訥，仁宗朝曾與范仲淹（希文）同貶，見《宋史·范仲淹傳》。
〔二〕背：翁校本作「鶂」。
〔三〕家：原缺，據盧本補。
〔四〕了：原作「子」，據翁校本改。
〔五〕奈：原作「祭」，據翁校本改。

題四夢圖

夢　蝶

浪説身如蝶，安能及蝶哉。穿花終日去，據槁霎時回。

夢筆

異世猶相甚，同時必見攻。區區一枝筆，悔借與文通〔一〕。

黄粱

偶然眠一覺，推枕起來驚。寂寞猶前日，榮華已隔生。

南柯

築館如蕭史，專城似買臣。不知身是幻，錯認夢爲真。

〔一〕借：原作「惜」，據翁校本改。

無題二首

游公念舊纔叁月，鄭傅憐才恰半年。老去獨當千箭鏃〔一〕，向來不踏兩船舷。

頂垂翅短立褵褷，孤淚誰聽袛自悲。寧瘗焦山山下土，不將身托上林枝。

〔一〕鏃：原作「鏇」，據翁校本改。

林貢士哀詩

秋賦空高薦，春官輒報聞。坡公遺李廌〔一〕，郃輩愧劉蕡。鐵硯三升墨，銀袍四尺墳。自言陰隲遠，鶴表會干雲。

〔一〕廌：原作「薦」，據翁校本改。

挽陳孺人

隱衣先自着〔一〕，春具亦同操。不但鴻高節，鴻妻節更高。

〔一〕着：原缺，據翁校本補。

送僧道瑩

胡鄉鬧熱曾烏寺〔一〕，劉叟荒凉似烏窠。無客嘲雄知免矣〔二〕，有僧謁愈欲如何。真禪和子逢場少，會實封人説法多。若見珍公煩問訊，天寒煨芋肯分麽〔三〕。

〔一〕「鬧」原作「閙」，「烏」原作「鳥」，據翁校本改。
〔二〕嘲：原作「潮」，據翁校本改。
〔三〕分：原作「公」，據翁校本改。

故襄帥陳端明挽詩二首〔一〕

公昔加黄鉞，堂堂國勢尊。邊人開北户，索虜祭南門。軍冊甲寅報，炊烟戊己屯。吴兒勿輕議，公論在襄樊。

部曲吞聲惜，朝廷拊髀思。誰知釣璜叟，堪將渡遼師。無復湟中穀，空餘峴首碑。韓門翺湜在，行狀與銘詩。

〔一〕帥：原作「師」，據翁校本改。

周天益由福僑劍水災毀室輒奉小詩勸緣

水患被東南，陵谷倏變易。朝猶萬家聚，夕爲一沙磧。非惟齊民災，亦是詩人厄。鶴鳴魯望田，蛙跳周顒宅。稚子衣露骭，處士泥没膝。厨人需米鹽，匠氏索材甓。先當繕井竈，次議補籬壁。自古托天公，詎肯怨河伯。後村空勸緣，詩不一錢直。莫愁草堂貲，必得檀越力。

歲除一首

度朔山尤遠，酆都獄甚寬。儺驅頑不去，愈送瞥然還。

後村先生大全集卷之十九

詩

和張秘丞燈夕韻四首

公承赤地饑荒後，一念通天立致和。永日庭中私謁少，豐年陌上醉人多。更生昔忝陪藜杖，臣甫今寧想玉珂。益郡樂歌何足擬，要書善政續《歸禾》。

牧守二期方奉計，未期君已得民和。不愁米送官倉少，但怪蓮開陸地多。座客共需眉壽酒，厩人預戒早朝珂。諸公若問龍鍾叟，爲説腰鐮自刈禾。

君侯談笑該能事，詩到元和字永和。五夜縱遊聊與衆，一年更借不爲多。牙旗此際留宵鑰，寶馬來春蹋曉珂。白髮老農相告語，看燈歸去要栽禾。劉賓客有「寶馬鳴珂蹋曉塵」之句。

頻年沴氣稀安業，一旦仁風忽扇和。野老説侯遊豫少，醉翁與客倡酬多。一筇扶我蹣跚步，五馬輸君蹀躞珂。得雨下秧晴亦好，舊冬猶有未鞭禾。

挽鄭瑞州

召來未得久居中，麾去安知尚不容。虹卧雪濤懷舊惠，馬跑白日掩新封。村邊宅昔鄰王翰，冢上碑今愧蔡邕。緑樹青山總無恙，傷心杖屨斷過從。

挽趙卿無垢二首

血衣尚在久乘邊，入手功名費十年。圯上一編非鬼授，晉陽三版以人全。共祠石室思方切，不畫雲臺命使然。玉樹堂堂如昨日，安知冠劍隔重泉。

自是妖星死諸葛，非關潦霧病文淵。蒓鱸不復歸吳矣，琴鶴還如出蜀然。賢有豐碑存峴首，余嘗爲公作開河碑。儉無高冢象祁連。東風一掬交遊淚，吹向柯山宰樹邊。

挽丘大卿二首 迪吉

方喜遼天孤鶴返，忽驚蔡嶺一牛鳴。理官未遣儔三后，拙宦纔令至九卿。盡蒻藿莆潰弄息，不囊薏苡粤装轻。厚诬岂待他人雪，自有尧言与辨明。

武仲孝标皆已矣，刘傅二公。可堪又夺到丘迟。汉家卿将今能几，洛社耆英在者谁。作有道碑宁免愧，过乔公墓定何时。春风自绿原头草，不管人间殄瘁悲。

赋得牛驼各一首

以羊相易慙羊小，与象同称笑象轻。碧草充肠随意饱，黄锺满脰有时鸣。力羸曾索寅人門，骨朽难湔丑座名。空费景升刍与藁，不如赢犉尚堪耕。

形模狞怪骇儿童，技与黔驴大略同。葱岭驮经曾有力，岐阳载鼓竟无功。效牵尚记随班后，相传阁门谓排班有三难：一举人，二番人，三骆驼。健倒安知卧棘中。莫信人言君背贵，肉鞍强似锦韉蒙。

送林知録 觀

除却留耕知己外，其他蹊径不曾钻。泉人浪自诗清史，冰氏安能动热官。一鹤随身来去易，匹雏无力挽推难。东风作意开桃杏，且閟清蘤待岁寒。

送惠州弟

半竹分來豈不榮，三荆拆散若爲情。莫云炎嶠非吾土，直爲豐湖作此行。交趾珠能令綬去，鬱林石可壓舟輕。懸知解印無南物，留面歸看白髮兄。

喜雨二首柬張使君

一穟祥烟徹九關，六丁須洞起泥蟠。皆云端笏精虔際，不覺翻飄肸蠁間。侯念牧芻無德色，僕尸香火有慙顔。分明喚得天公應，清旦朱幡謝雨還。

天人誰道不相關，方寸精誠極際蟠。緑簡赤文宣讀頃，青秧白水立談間。昔霑一溉猶衡慮，今卜三登始解顔。野老放鋤相勞苦，官租堪了債堪還。

又和八首

莫信天高虎守關，懶龍至此不容蟠。須臾雨慰三農望，膚寸雲彌六合間。愈謂勾龍功配社，軻云后稷道同顏。老儒負耒今無力，也趁田丁種蒔還。

今雨何人更叩關，庭花不掃竹根蟠。論詩子美嚴公際，尚友長沮桀溺間。只怕荷鋤傷地脉，都忘載筆侍天顏。受廛幸在滕君國，白酒黄鷄得往還。

白首還鄉鐵鑄關，雲泥不復計飛蟠。原田高下雨三日，菴屋中分雲半間。麻麥芃芃廻秀色，茅柴薄薄暫酡顏。若非鈴閣詩筒至，身在華胥的未還。

老畏春寒緊閉關，群龍應笑一蛇蟠。茆茨掩翳三家聚，桑柘依稀十畝間。芟蔽芾棠公自愛，食支離粟我何顏。人生安穩惟田舍，歸晚猶勝死不還。

參透黄陳向上關，肯將風月乞楊蟠。君才不忝圖書府，吾老安能筆硯間。有鄙拙歌叩牛角，無《清平調》動龍顏。暮年多被蒲輪賺，豈獨申公罷遣還。

淺池荒樹不施關，一任蟆跳更蚓蟠。儒墨是非憑紙上，陰晴變態驗窗間。晨光可愛聊晞髮，老相堪憎莫鏡顏。賴有笥中奎墨在〔一〕，絶勝疎傅橐金還。

不識三君與八關，平生所敬獨肱蟠。扶犂甘雨祥風裏，占籍廉泉讓水間。聊伴漁翁歌欸乃，且饒犬子賦孱顏〔二〕。村深隱隱聞簫鼓，知是田家賽社還。

免周柱史出函關，豈有根株可據蟠。但見名刊黨碑内，可曾身在屬車間。老尤怕血斤邊指，春不能朱鏡裏顏。誰道先生渾懶去，巾車檢校別村還。

〔一〕　笥：原作「詩」，據翁校本改。

〔二〕　犬：原作「大」，據翁校本改。

居厚弟示和詩復課十首〔一〕

家事從今勿更關，山深林密且栖蟠。白眉君秀閨門内，禿鬢余慙季孟間。厚族肯分南舍阮，亢宗何減北州顔。西山幸有薇堪採，免被人驅去復還。

古書時務了無關，却悔胸中萬卷蟠。尚可追陪漚鳥社，安能生死蠹魚間。毁言自歎今銷骨，聽草誰憐昔犯顔。聖主恩深臣命薄，黄冠結裹季真還。

野處經時懶入關，放教野蔓向窗蟠。豈無求仲住鄰曲，僅有惠連來夢間。架上書聊揩老眼，墓前誓已白慈顔〔二〕。山靈未可相嘲戲，猶勝周顒去不還。

近傳鐵馬哨榆關，想見西南殺氣蟠。常恐漏名青史上，不令效命白衣間。本無高論生叢謗，虚過明時死厚顔。春水漸生天向暑，寄聲速載帝羓還。

自與浮名了不關，騰空豈若抱珠蟠。浪云史學三劉後，敢道詩名二宋間。青帝縱然廻煖律〔三〕，蒼官安得有韶顔。日晡坐客俱辭去，鹽酪城中買未還。

病夫豈有力翹關，腹憒胸奇漫結蟠。昔臂靈旗窮塞下，今腰長鑱亂山間。秫田易了淵明醉，菊井難湔伯始顔。慙愧天魔呈伎倆，老僧入定未曾還。

脱身朝市惡機關，弓餌安能到伏蟠。把似去梯置樓上，何如抱甕灌畦間。有黄粱枕休圓夢，無紫金丹可駐顔。直入深山更深處，時人莫叫孔賓還。

病久溪堂鎮日關，潭空不復著蛟蟠。斷無喝道來松下，時有拏音到葦間。上宰相書渾絶筆，聞皇子報一開顔。出門應被盟鷗笑，誰遣高飛帶箭還。

花深蘚合似禪關，千歲榕根入水蟠。方士何須求海上〔四〕，地仙元不離人間。忘言已悟銅銘背，郤老非干玉錬顔。客至未應愁酒盡，少需便了巷沽還。

身如齊客脱秦關，廻首危途毒虺蟠。宿昔立螭曾柱下，即今叱犢且田間。迂疎素不工桅貌，老醜安能競蕣顔。自笑此翁猶矍鑠，與雲俱出鳥俱還。

〔一〕首：原作「道」，據翁校本改。

〔二〕墓：原作「暮」，據翁校本改。

〔三〕縱：原作「總」，據翁校本改。

〔四〕士：原作「土」，據翁校本改。

寄方時父

憶騎竹馬已情親，何況而今雪鬢新。早日無金能結客，暮年有膩解污人。忝三品料余宜斥〔一〕，厭五侯鯖子不貧〔二〕。已向榕陰添釣石，儻來溪上伴垂綸。

〔一〕三：原缺，據馮本補。
〔二〕不：原缺，據翁校本補。

用強甫蒙仲韻十首

病著經旬卧小齋，一窗螢雪與誰偕。季宣《易》尚資到溉〔一〕，茂叔書曾取壽涯。鶴林寺僧。志苦白頭寧退惰，論孤黄吻競攻排。《免園冊子》俱拈起，且放芙蓉月照懷。

絶無上足擔簦至，僅有長鬚荷鍤從。乍可沙邊狎蟲鳥〔二〕，誰能池上送夔龍。入耆英社老能幾，舉力田科世不逢〔三〕。翠管檀槽方迭奏，未應考擊到編鐘。

不數浮溪與止齋，網羅欲與巽巖偕。極知浩博窺轅固〔四〕，未肯輕浮學祐涯。愧我孤根難樹立，誤君初艸未編排〔五〕。藏山行世俱閑事，莫把窮通累雅懷。

俊物終當騰踏去，鈍根猶欲溯洄從。鄰家東豈無□子，小屋西堪住士龍。擲筆不求佳傳作，署門怕與惡賓逢。山歌亦自諧音節，莫管人嘲似啞鐘。

老病難持繡佛齋，田翁泥欲與之偕。鳳凰渺渺翔千仞，牛馬區區辨兩涯。驥尾傳休勞附見，蛾眉班不待推排〔六〕。得君小住爲佳耳，姑置閑談叙別懷。

久矣設羅無客至，居然執簡尚予從。微辭幸不遭陽虎，幾諫誰能諒觸龍。竊曼倩桃無復味，聞安期棗有誰逢。殘年飲啄隨緣遇，能費支離粟幾鍾。

玉堂豈必勝茅齋，誤得虛名與謗偕。法吏淬磨真出角，先生度量莫窺涯。謗書堪醜毋庸辨，悶賦雖工未易排。已設葛幮安菊枕，投床不覺到無懷。

幼磨鐵硯翁同學，晚捧銅槃客鮮從。十二相寧分虎鼠，兩家子各判豬龍。有時捫虱燈前話，亦或騎鯨海上逢。自是老人眠睡少，夢回原不爲晨鐘。

已傍先廬敞便齋，善和萬卷與君偕。少時歲月真馳隙，聖處工夫未涉涯。海淺蓬萊疑可近，雲深閶闔不容排。信書至老成何事，有酒聊澆磊塊懷。

先生擬把衣冠挂，穉子能操杖屨從。叔夜只堪伴魚鳥，子雲何至況蛇龍。豹皮尚欲留名死，雞肋安知與怒逢。老去自鳴還自止，簨桴何敢問金鐘。

〔一〕到：原缺，據盧本補。
〔二〕蟲：原缺，據翁校本補。
〔三〕世：原缺，據翁校本補。
〔四〕韓固：原缺，據翁校本補。
〔五〕未：原缺，據翁校本補。
〔六〕待：原缺，據翁校本補。

和季弟韻二十首

何處有禾三百廛，芋區止在舍西邊，室如蒙叟生虛白，詩賽唐人選極玄。耐久不如常友石，固窮未肯便兄錢。春晴尤愜看花者〔一〕，却怕山田欠水泉。

古書隨讀已微茫，時事閒思欲發狂。願保殘年同絳老，不貪來世作緇郎。史饒西漢寧論晉，詩止黄初不及唐。海闊天高孤鶴遠，寄聲飛矢莫抽房。

放逐歸來老一廛，舊巢回首五雲邊。固知《七略》慙臣向，誤把三長責子玄。豈有侍郎留下榼，亦無司業送來錢。豐年不怕相如渴，處處人家酒似泉。

即今巾鏡歎蒼茫，但覺書癡勝酒狂。已怕詞頭趨坡老，更禁帖子累秦郎。魯生競起爲綿蕝，邶俗誰能不采唐。自唱樵歌余季和，免教人謗到君房。秋輪急急了園廛，生怕租癡照水邊。有客聳肩對摩詰，無人擁髻伴伶玄。俗中安得遊仙枕，世上原須使鬼錢。却笑贊皇歸不得，崖州城北望平泉。夢事迴頭墮渺茫，松間梅半放清狂〔二〕。直須添竹成三友，不必栽槐待二郎。老愛家山安畏壘，早知世路險瞿唐。人間腥腐如何向，莫怪靈均葺藥房。雖與漁樵共受廛，尚餘氣習雪螢邊。故須堂下參輪扁，未可燈前罵鄭玄。那有傳求千斛米，更無策救五銖錢。陳編老矣猶加勉，鑿久安知不及泉。蠡管安能測混茫，楚狂敢道國人狂。似聞函谷逐秦客，恰見初筵笑郭郎。壯志不如乘下澤，微辭何足諷高唐。入山未即無鄰伴，書室旁邊著鶴房。去國爲農混里廛，故書抛向短檠邊。臺卿複壁猶溫孟，夷甫排墻始悔玄。送老只消營葬，買春不過費榆錢。枯腸欲汲無涓滴，誰道先生萬斛泉。天海憑高兩杳茫，豈無容地着吾狂。俗人不慣呼聱叟，明主何曾罪寢郎。耕富春山能重漢，隱王官谷未忘唐。自嫌老病疎溪墅，只靠鄰僧守竹房。棲山畢竟勝居廛，投老柴門古道邊。儋死更無人守墨，雄存已有客嘲《玄》。鴟夷腹大常盛酒，麈尾談清絶口錢。掛起桔槔能幾日，田間軋軋又機泉。群書煙海眩彌茫，一念毫釐判聖狂。煽寵艷詩多狎客，漏名直筆幾牙郎。同時待詔餘枚叟，何處山人似李唐。老矣自籌身世事，不將卦氣問京房。

不管開阡與稅廛，自鋤瓜芋小溪邊。向來一鶚謾薦禰，它日隻雞誰誄玄。埋骨要鄰高士塚，買山莫費故人錢。舍旁苔井尤宜茗，何必人間第一泉。

幾欲乘桴泛淼茫，世間詎著次公狂。幸無珠可分房老，安得錢堪遺窟郎。直筆今誰書漢晉，巍冠昔謾講虞唐〔三〕。那知谿上垂綸叟，曾導龍綃輦出房。

小隱山林大隱廛，市塵吹不到書邊。知他孟喜傳誰《易》，僅一侯芭受我《玄》。古有飯牛仍扣角，世無騎鶴又腰錢。溪光門外清如鏡，莫遣胡公涴菊泉。

且耕閒曠釣迷茫，風月佳時亦放狂。辟穀久從赤松子，對花幾換紫薇郎。王何變晉爲東晉，郊島催唐入季唐。此事故須商榷在，鐵檠未可厭山房。

村有數家無百廛，小軒送目到鴻邊。青牛曾動半空紫，白鳳端爲一卷玄。上世架籤猶萬軸，太平斗米只三錢。課童更渫墻西井，擬學蘇仙賦乳泉。

倘來事已付茫茫，朝野皆知故態狂。視草偶曾稱學士，看花未了失臺郎。賈生作賦先揚馬，屈子分騷與景唐。絕筆且宜高束起，要賡《黃鵠》和《芝房》。

荒村隨分有區廛，不在花邊即水邊。甚懶安能詩詠史，已歸不復賦《思玄》。提壺聲好行沽酒，撲滿身災坐貯錢。揀箇名山藏斷藁，莫教望氣識龍泉。

帆近蓬萊忽浩茫，歸來散髮且陽狂。昔陪上帝圖書府，今作清都山水郎。子美愁來曾叫舜，退之老去獨鳴唐。商歌滿屋如金石，絶勝簫聲出洞房。

〔一〕晴：原作「情」，據翁校本、馮本改。

〔二〕半：翁校本作「伴」，馮本作「畔」。

〔三〕巍：原作「魏」，據翁校本改。

三日喜雨呈張守

方寸優勤匝四封，兵厨不爨鮮懽悰。青苗暫閣農加額，朱表親題帝動容。便着蓑衣駕秧馬，莫投鐵簡起湫龍〔一〕。邦人唤作張侯雨，三日油雲潑墨濃。

〔一〕鐵：原作「錢」，據翁校本改。

又和六首

浹日甘霖徧履封，懸知蒼昊鑒丹悰。蔬腸賢牧通齋禁，菜色愚民有喜容。霽馬余猶堪賣犢，刑鵝公不更祠龍。去年恨殺茅柴薄，慙愧而今琥珀濃。

四山猶被亂雲封，卧聽檐聲洗病悰。焦穀萌芽非爾力，晚花膏沐爲誰容。水田渺渺飛雙鷺，暘谷徐徐起六龍。莫道農家無供帳，扶疎遶屋緑陰濃。

曾抗歸田疏幾封，天高殊未察微悰。時人今雨誰相過〔一〕，地主春風獨見容。取友肯遺沮桀溺，論功不下棄勾龍。眉間黄色元無事，因拆詩筒一點濃。

鄉縣俱叨析爵封〔二〕。弟兄麾節媿愊悰。余與居厚弟俱開國莆田。腐紅有兆寬枵腹，新渌無端照醜容。青草池荒休去蟈，黄梅雨歇近分龍。即今諸老調元手，野叟閒愁浪自濃。

薰薔薇水啓函封，妙語端能破悶悰。自請把麾行雅志，渠能腰扇障羞容。居然雄狡伏麟鳳，何止傑魁如虎龍。致了豐年歸未晚，西來詔墨似鴉濃。

昨聞英斷有烹封，澤畔纍臣抱寸悰。巧智不如葵衛足，曲蟠誰與木爲容。祠官失職慙虚蠹，野老無知禱象龍。欲上高樓瞻魏闕，亂山千叠暮雲濃。

〔一〕過：翁校本作「遇」。

〔二〕封：原作「對」，據翁校本改。

挽王禮部二首

留滯身猶健，招延鬢已皤。竟無金實橐，虚有錦爲窠。貂角傳空響，蛾眉妒漸多。向來真率伴，回首半消磨。

曲學多希世，方穿竟忤時。麈談巾墊角，燕處案齊眉。峙鵠非常秀，離鸞得許悲。殘年有何樂，偏作故人詩。

居厚弟詩將活鹿壽余次韻一首

從獵曾陪漢建章，肆歌遺壽魯靈光。山林放去全渠性，町疃歸來獲此祥。却笑績皮資少府〔一〕，底須折角向朝堂。殘年不作蕉中夢，得喪冥心付一觴。

〔一〕績：翁校本作「績」。

送方蒙仲赴辟二首〔一〕

誰云逢掖不知兵，一士居然繫重輕。往昔下愚融鐵鏁〔二〕，即今上聖倚金城。可憐蔣子開三逕，又被烏公奪二生。旋作凱歌馳露布，殘年猶擬看昇平。

聖君羔鴈遠相求，去去榆關迫盛秋。應念霜寒履中野〔三〕，定分月色照鄜州。畫江謀拙難言智，出塞詩豪不惹愁〔四〕。却笑縛輪觀井者，一生過計更私憂。

〔一〕仲：原作「中」，據翁校本改。
〔二〕融：翁校本作「憑」。
〔三〕野：翁校本作「土」。
〔四〕惹：翁校本作「數」。

贈高効士

季咸莫測壺丘子，詹尹安知屈大夫。老子即今無可奈〔一〕，問君活得幾年無。

〔一〕 奈：翁校本作「念」，盧本作「卜」。

達摩渡蘆圖

長嘯生風白浪起，高桅千尺如折葦。佛貍百萬不敢渡，師跣雙髐踏一葦。視魯叟桴差簡捷，比博望槎尤俶詭。豈小兒女狡獪然，亦大神通游戲爾。老胡西來紛文字，遍東西旦撒種子。塔藏共禮熊耳骨，壁觀誰得少林髓。吾聞至人未嘗死，歲晚翩翩攜隻履。學人其如初祖何，應身已度葱嶺矣。

送張守秘丞二首

斗壘那堪數旱飢，君侯苦節未爲非。賓筵雖晝何嘗卜〔一〕，雩禱於天且不違。歲儉粟輸倉氏少，郡貧餉入洛陽稀。老農夾道攀轅歎，作麽攜琴載鶴歸。

逐客門庭斷屨綦〔二〕，時迂小隊訪茅茨。追隨雅有蓬山舊，愛助慙無薤水規。輿膩豈爲名士涴，羊碑長遺後人思。安知昭代輶軒使，不向民間采此詩。

〔一〕卜：原缺，據翁校本補。

〔二〕此首至《明皇幸蜀圖》凡二十詩，原誤入卷十一，據翁校本乙。

癸丑記顔

放逐歸來寂寞濱，顛毛雪色面皮皴。怪奇昔有觀邕者，老醜今無看玠人。一枕唤回將覺夢，三薰惜取已來身。繡裳蟬冕叢憂愧，得似先生折角巾。

送鄭司户 里

目送雙旌已黯然，可堪之子去聯翩。遥知幕下聞三語，不要山陰送一錢。聊與遠民蠲熱瘴，併爲還客浚寒泉〔一〕。昔遊僅及羅浮半，安得從君訪絶巔。

〔一〕浚：原缺，據翁校本補。

送歸善鄭主簿 濬甫

境勝多遺迹，州貧異舊聞。雌堂方致士，矮屋可煩君。黄放無遐邇，朱勾有惰勤。嶺民如見問，白首布襦裙。

遊東山圖

亭榭縹緲無點塵，竹樹蒼翠溪粼粼。寶釵導前瑶簪後，三君高屐華陽巾。欣然錦衣者誰氏，道韞諸姑姊長妹〔一〕。當時偶動寂寂嘆，藁砧不答高掩鼻。棋邊指麾百萬秦，温浩二子非其倫。中原熱血方相濺，江表有此暇整人。暮年功高憂讒甚，回首故山歸不遂。豈知王郎袖有檛，空聽桓伊箏垂淚。

〔一〕姑姊：原作「父」，且下缺一字，據盧本改、補。

唐二妃像 梅妃、楊妃

不但烹三庶，東宮亦屢危。元來玉環子，別有錦綳兒。

素艶羞粧額，紅膏妨雪膚。寧臨白刃死，不受赤眉污。

三醉圖

一尖一髡一逢掖，鼎足劇飲豪無敵。前杯未釂注後杯，髡腹雖大盛不得。就中臞簞膽尤麤，奮臂乃欲倒葫蘆。瞿聃有此兩高弟，彼儒以是丘之徒。老夫少年亦酣暢，衰病着身屏盆盎。頗能和會三家書，安敢追陪百觚量。

四快圖

一人莬耳手不住，一人坦背抓癢處。一人理髮虱禽獲，一人噴嚏虎驚去。余鼻久塞耳驟聾，虱無附麗頭已童。惟背負暄覺奇癢，麻姑之爪未易逢。吾聞氣洩如隄潰，枕高唾遠道家忌。且留眼讀養生書，莫將身試快意事。

三笑圖

堅白相非是，高虚目□雄。遠公差解事，孔老各牢籠。

卧雪圖

凍合千門閉，傳呼一市驚。豈無僵卧者，輦轂未知名。

蓮社圖

但見籃輿出，安知酒榼空。老僧翻折本，收不得陶公。

赤壁圖

共餐鱸一箸，各飲酒三升。客去主人睡，明朝醉未興。

過水羅漢圖

陟淺猶須杖，誰云佛有神。乃知杯渡者，秖是熱瞞人。

石虎禮佛國

一虎雖兇暴，其尊孔釋同。矯情饋夫子，合爪禮澄公。

梁武脩懺圖

紫袍臨蜀殿，黃屋建梁臺。異世爲鵑去，前身作蚓來。

老子出關圖

去國有華髮，出關無送車。未能盡韜晦，紫氣作前驅。

孔子問禮圖

却萊辨夷夏，墮郈肅君臣。丘豈生知者，聃非絶滅人。

明皇幸蜀圖二首

狼煙起幽薊，鳥道幸岷峨。穆滿尚八駿，隆基惟一騾。

失守文皇業，來聽望帝聲。向令曲江在，吾豈有兹行。

綠珠

畏死仕新室，輕生謝季倫。細評投閣者，大媿墜樓人。

蔡奴

帝令工寫貌，相諷尹加笞。且嘗折枝杏，休嘲有曆枝。

後村先生大全集卷之二十

詩

壽計院族兄

晏温全不似霜天，開遍芙蓉蜀錦鮮。昔我父兄慳上壽，今君翁媪各稀年。清狂尚欲簪花舞，答颯無端據槁眠。聞道日邊消息好，除書斷在一陽前。

陳倩調真陽尉奉臺檄攝潮陽尉小詩將別

相閥白眉子，吾家坦腹郎。莫貪鳶霧裹，小住鰐溪傍。粵橐無卷石，韓祠有瓣香。兩翁各鍾念，安訊托風檣。

挽李秘監 遇

初與游楊事伊洛，後聞王魏起并汾。空令蟠結千年核，難掩光芒萬丈文。兒似福郊傳舊學，友爲子厚誌新墳。身今獨老西河上，欲酹生芻隔暮雲〔一〕。

〔一〕酹：翁校本作「束」。

挽林武博二首 元晉

郭令科名翁冠絶，董生制策子蟬聯〔一〕。向來景行珠林老，西山葬珠林阡。末後冰銜玉局僊。食肉恨公非燕頷，冲霄從古要鳶肩。可憐閒袖功名手，僅駕朱輪楚澤邊。

疇昔論交四十霜，知公出處我尤詳。召來空賞《凌雲賦》，麾去全疎偃月堂。近寄麗葠憐老病，忽吟楚些隔存亡。從今野叟凝塵几，無復三溪字數行。

〔一〕策：原作「冊」，據翁校本改。

送胡叔獻被召二首

君去閩山亦動容，即今歲儉更民窮。有豺當道憑誰問，無鳳鳴陽恐國空。莫放欽夫歸嶽下，豈容子駿久京東。傳聞玉座籌邊急，頗牧何妨在禁中。

解瑟於今又再秋，弓旌所致總名流。積輕曾覆祁公鼎，偏重能翻涑水舟。袖裹彈文差快意，局傍觀奕尚私憂。信庵丞相如通訊，爲説狂生霜滿頭。

趙禮部和余梅花十絶送林録參微而婉哀而不怨雜之萬如詩中殆不可辨老拙不敢當也别課一詩以謝

更無一點涴鉛華，狀出冰枝糝玉葩。十絶頓令儂北面，萬如元住子東家。自羞貧女釵邊朵，難傍宫人額上花。縱使朔風如鐵勁，未妨雪月照槎牙。

諸人頗有和余百梅詩者各賦一首

詩至中山不可加，直將幽澹掃穠華。寧依處士墳前竹，不愛都人擔上花。老子騷魂常住世，郎君吟筆又名家。遥知丈室無天女，紙帳香篝瘦影斜。趙監簿志仁

字字追還水部公，篇篇壓倒後村翁。可憐和靖拘香影，更笑花光着色空。自許鐵心堅晚節，渠能粉面向春風。菁華落盡惟枯枿，賴有何郎嗜好同。何謙

詩境千梅匝草堂，參軍今又課梅忙。懸知句子追羣謝，每見鄉人説季方。處士骨寒誰得髓，老夫鼻塞尚聞香。請君摘出驚人語，玉篴横吹入樂章。鮑□

百首初成六十餘，朝塗暮改費居諸。誰將綵筆傳於子，人怪青春小似余。一笑拈花差易耳，三年刻楮欲何如。梅兄樗叟俱枯槁，總把風光義讓渠。方監鎮楷

盤屈高才入短章，卷中字字挾冰霜。直探寶藏珠盈掬，倒瀉金莖露浣腸。鐵笛一枝横夜月，水沉三舍避天香。妙年早去吟薇藥，莫共儂争寂寞鄉。王教景長

方扃北户逃生客，忽折南枝寄病翁。雪裏騎驢非俗格，茶邊放鶴有家風。寫真影過於形好，鑿竅香來與鼻通。不敢袖歸防電取，殷勤返璧錦囊中。三山林天麟

貧兒籬下看花窠，曾見千株玉雪麽。畫得詩禪三昧少，詩如無住一聯多。過時結實心猶苦，從

古調羹味在和。我坐聳肩窮到老，君肩欲聳又如何。方至貢元

出香影外別商量，盡擷菁英發秘藏。難把微酸諧衆口，只消一白賽宮粧。却疑彼相調金鼎，未召斯人試玉堂。便好去供春帖子，君才何止倍秦郎。方蒙仲制幹

每抱懷中玉雪如，吳霜不覺點虬鬚。生三槐裔皆當貴〔一〕，爲六梅孫莫太臞。丞相作六梅亭。抹黛村眉慙醜怪，約黃宮額費粧塗。南園樹老花零落，還許鄒枚訪舊無。陳斑判官

〔一〕貴：原作「肯」，據翁校本改。

又答袁卿相子一首

百篇端可補詩亡，形穢何堪在玉傍。方苧蘿山尤覺艷，入旃檀國不知香。一枝我欲蔘蓬葆，七字君宜和柏梁。卧雪家風要人繼，莫因搖落便淒涼。

題戴貢士詩卷

新吟亹亹來相逼，華冑遥遥請具陳。安道晉時名處士，叔倫唐世老詩人。百家衣莫勞針指，九

轉丹能蜕肉身。肯訪柴門衰老叟，愧無薄具可留賓。

送葉尚書赴永嘉二首

洛蜀紛紛孰是非，孤忠惟上與天知。何曾後世無公論，不顧明時有黨碑。去奉繡簾差足喜，來調金鼎未爲遲。鈴齋一穟柑香起，細聽中和樂職詩。

曾繫金狨扈屬車，田間訪舊尚勤渠。都忘森戟臨方岳，但記燃藜共值廬。謝守吟來誰繼者，洛英老去各何如。山林深密江湖遠，相見煩公問起居。

詠瀟湘八景各一首

遠浦帆歸〔一〕

極目無邊際，惟天與水連。煙中帆幾點，若箇是君船。

平沙鴈落

背冷來趨暖，雖微善自謀。如何纔得意，飛去不回頭。

山市晴嵐

曉霧輕綃捲，嵐光林黛新。蕭條數家聚，三兩趁墟人。

漁村夕照

估客繫征纜，漁家收釣筒。何妨千嶂黑，猶作半江紅。

洞庭秋月

寄聲謝軒帝，不必奏鈞天。一碧九萬里，横吹鐵笛眠。

瀟湘夜雨

楚澤秋聲早，湘山暮色遥。偏來短篷上，終夜滴蕭蕭。

煙寺晚鐘

問寺莫知處，躋攀又溯洄。惟鐘藏不密，日暮過溪來。

江天暮雪

繂路泥尤滑，柴門掃不開。子猷返棹後，不見有船來。

〔一〕帆：原作「晚」，據翁校本改。

至日

鈞天殘夢忽驚回，金鑰遥知已掣開。不復五更三點入，剛云七日一陽來。即今空戀唐宫闕，疇昔曾登魯觀臺。猶記小窗添線晷，强揩老眼亂書堆。

題聽蛙方君詩卷二首

湘絃泗磬有遺聲，肯作秋蛩唧唧鳴。同社共推一日長，古人尤重十年兄。放開隻眼饒初祖，蟠屈長身接後生。不是學人無贊嘆，學人見得未分明。

前輩凋零雅道衰，陳巖一叟尚龐眉。昂藏且伴戴花老，么麽安知撼樹兒。警句可編半山集，

「半出岸沙楓欲死，繫舟猶有去年痕」，方子通詩也。半山愛之，書之於座，今刊在荆公集中。高風宜配客星祠。方干配食子陵。有詩一卷留天地，絶勝征南立二碑。

題晤上人詩卷

星星短髮茁霜根，今後村非昔後村。無客雨中能裹飯，有僧月下忽敲門。佛爲摩頂雖真覺，儒勸加巾亦格言。師不茹葷余止酒，何時煮茗得重論。

聽蛙方君作八老詩效顰各賦一首内三題余四十年前已作遂不重説偈言别賦二題足成十老〔一〕

老儒

向來歲月雪螢邊，老去生涯井臼前。舉孝廉科非復古，給靈壽杖定何年。空蟠萬卷終無用，專巧三場恐未然。猶記兒時聞緒論，白頭不敢負師傳。

老僧

半間古屋冷颼颼，死盡同參偶獨留。昔已尋師遠行脚，今惟見佛小低頭。舊綾無用聊收取，破衲難縫且着休。年少還知貧道不，曾同王謝二公游。支遁云：「黃吻少年無爲輕議宿士，貧道曾與元明二帝、王謝二公遊。」

老道

煉不成丹死不休，豈知歲月竟悠悠。老於蒙叟仍黃馘，醜似彌明亦結喉。尚隔蓬萊三萬里，浪云椿樹八千秋。暮年却羨鄰兒黠，阿母蟠桃也去偷。

老農

身已龍鍾不出村，尚能抱甕灌蔬園。瓦盆甚朴常盛酒，茅屋雖低可負暄。鋤倦扶藜訪鄰叟，祭歸懷肉遺諸孫。後生記取耆年語，世世休思入縣門。

老醫

劉叟衣裝絳老年，市中賣藥且隨緣。馳名最久經三世，閱病雖多未十全。龜手有方俄貴矣，烏髭無訣獨皤然。卧聞鵲噪扶笻起，偶有鄰翁送謝錢。

老巫

災禍妖祥判立談，白頭猶舞茜衣衫。賣符效速抛農業，治祟年深轉法銜。三老賽冬爲殺豕，四婆開歲倩祈蠶。「隨着四婆裙子後」，楊朴詩也。暮歸舍下分餘胙，不信人間有季咸。

老吏

少諳刀筆晚尤工，舊貫新條問略通。鬭智固應雄鷟輩，論年亦合作狙公。孫魁明有堪瞞處，包老嚴猶在套中。秪恐閻羅難抹過，鐵鞭它日鬼臀紅。

〔一〕偈：原作「偈」，據翁校本改。

賦得老松老鶴各一首

山秃林疎萬竅風，獨全晚節傲嚴冬。老惟交此三益友，夢不貪渠十八公。青帝行將轉鄒律，蒼官何必愛秦封。樹根定有苓堪掘，造物方當壽此翁。

腥腐年來懶啄吞，襬褷惟有頂丹存。長吭偏到清霄唳〔一〕，病翅猶當霽日翻。雲杪孤飛因避箭，殼中新鷇各乘軒。士衡晚抱無窮恨，誰向華亭酹一樽。

〔一〕偏：翁校本作「徧」。

題方元吉詩卷

古來名世者，一字費吟哦。物貴常因少，詩傳不在多。詞人三影句，處士《五噫歌》。子壯吾衰矣，無因共琢磨。

送趙將崇懃一首

邊地猶防哨，中原屢失機。君豪橫槊去，吾老荷鋤歸。昔被毛錐誤，今憑羽扇揮。軍前需露布，陛下久宵衣。

甲寅元日二首

少小逢場老罷休，衰殘更閲幾春秋。瓜牛廬有親朋賀〔一〕，羅雀門無謁刺留。夢斷玉皇香案畔〔二〕，詩成田舍火鑪頭。賜駒牽與蕭京兆，歸去姑乘欵段遊。頃侍經筵，蒙賜鞍馬，匆匆去國，以馬送京兆而歸。

七袠鬖鬖病鮮懽，君恩猶許備祠官。婢傳稚子屠蘇酒，奴笑先生苜蓿槃。自嘆管君今老秃，更悲龐嫂不團欒。新年辜負如篩餅，炮附煨薑胃尚寒。

〔一〕朋：原作「情」，據翁校本改。

〔二〕畔：原作「伴」，據翁校本改。

立春一首

又見城門出土牛，雞膚龜手稍和柔。懶陪内史吟人日，不記靈均降孟陬。病與風光猶未隔，老逢節序只添愁。可憐滿鏡星星髪，欲戴春幡却自羞。

席間即事

急召傳來主第中，孫郎上馬鼓三通。山人無復金蓮夢，穩聽琵琶到曲中。

和鄉侯燈夕六首

老去逢春尚怯寒，牛衣那得傍鰲山。莫陪畫隼行穿市，姑對囊螢坐閉關。昔聽仙韶遊帝所，今披宮錦讁塵寰。溪村可是無風景，幾點漁燈照碧灣。

侯擁雙旌舞兩驂，應憐一叟卧周南。插門僅有一枝柳，照水全無萬椀柑。藜去似知瞳子眊，梅開且向鼻端參。鈴齋詩句兵厨酒，淺酌微吟意已酣。

椙柮通紅未辟寒，病身無異著囚山。俊游與衆聊同樂，歡事於儂了不關。一霎蓮華開陸地，十分桂影洗瀛寰。朝家若訪玄真子，知在清溪第幾灣。

頗聞珠履從騑驂，士女憧憧忘北南。墨客共延素娥桂，鰥翁未遺細君柑。坐窗書癖惟孤炷，森戟詩豪且細參。輪與鄰村垂白叟，賣薪歸去已醺酣。

街鼓鼕鼕霜月寒，冶遊夾道擁如山。衡門謝客孤吟過，鈴閣憂民一念關。變赤地餘成佛國，望紅雲處隔仙寰。華燈收了霏微雨，最好耘田更釣灣。

傳呼鈴下戒輿驂，清曉牙旗過水南。一瓣預祈今歲稼，兩枚不受郡人柑。端門侍輦公修覲，禪几傳燈我飽參。童子歸談城内事，鰲頭詩好衆賓酣〔一〕。

〔一〕鰲：原作「遨」，據翁校本改。

又和喜雨四首

茅檐卧聽雨聲寒，晨起油雲遍海山。州牧憂勤真可記，田家苦樂最相關。親祈閟宇神其吐，誰道靈湫鬼所寰。但願時平魚稻熟，結茅青壁巘滄灣。

暮年臺笠代羸驂，信步籬東過舍南。稍喜農家行食麥，徑催園户去移柑。尋花公倘來過甫，置薤吾無可語參。諸縣豐登條教簡，醉翁飲少已先酣。

催花小雨餞餘寒，衰病今朝始出山。移北阜文從汝笑，非西疇事勿予關。預知帝耤開耕籍，初灑天瓢徧域寰。便起筆床茶竈興，釣舟久矣閣前灣。

白頭無復駕征驂，薄有田廬汾水南。但使金穰堪拾穗，何曾玉食欠包柑。郭璞賦：「厥包橘柚，精者惟柑。」莫辭社酒傳三爵，猶勝障泥趁六參。不必宗文扶亦可，老人不飲似微酣。

又和感舊四首

三世高枝折廣寒，謂宜挽致道家山。使君紫馬重臨郡，杜史青牛亦出關。占籍喜居廉讓里，操觚悔記太平寰。余在史館修《地理志》，未成而去。新篇猶覺波瀾闊，堪笑持竿向淺灣。

蹇驢誰駕復誰驂，略似遺公在劍南。尚有三鍾加十束，那無二頃種千柑。見杜詩。不煩剥啄敲門訪，且可蹣跌面壁參。春到茅檐殊未覺，曉窗差薄日初酣。

人言上界足高寒，錯踏金鰲絶頂山。恩許乞身鏡湖曲，老難効命玉門關。明知甑破休回首，猶喜弓亡不出寰。見太白詩。便合挂帆滄海去，義溪三十六重灣。

老馬虺隤不服驂，纍然病起泛溪南。失侯我尚堪耘豆，出牧公方自種柑。子厚柳州詩云：「手種黄柑二百株。」畏壘屢豐愧桑楚，漢嘉雖小屈岑參。新年聞説茅柴賤，陌上逢人各半酣。

又即事二首

喚回暖律解嚴寒，甚矣吾侯似次山。拾穗有農田盡闢，訴租無吏户常關。家於莆積百年愛，帝視閩如千里寰。欲掃草堂迎小隊，釣臺只在北溪灣。

放逐誰曾爲解驂，自治蕪穢墾山南。西疇會有兩歧麥，東府底須三寸柑。芋美尤於飢後覺，欖甘少待味回參。採薇散髮無窮樂，寄語癡人勿豢酣。

又聞邊報四首

籬援蕭疎堂奥寒，西從蜀嶺北淮山。少狂曾似身摩壘，衰暮今無力拓關。孔子之勁能拓國門之關，見《列子》。烽火終年煩斥堠，車書何日混輿寰。佽飛冗惰樓船敝，誰爲朝家備海灣。

八駿西遊造父驂，六飛草草幸東南。故宮久嘆生禾黍，急驛毋煩貢荔柑。自古廟謨勞聖慮，即今軍事有人參。行宫一穗祥雲起，應解三邊黑祲酣。

玉帛朝馳盟暮寒，覆車胡不鑒燕山。未聞一范出乘塞，忽報六符來叩關。孫氏已憑江立國，孔融誤以許爲寰。孔融坐「王畿千里不以封」一句殺身，然時已都許，不知以何地爲畿寰。洛花歲歲無消息，極目蘆洲更蓼灣。

一胡兩馬不煩驂〔一〕，草地蠕行到極南。春薦無棲各依木，佛狸有使輒求柑。按中軍請東陽徙，臺疏故蜀帥，乞追竄。獲左車誰北面參。峴首大捷。憑語吳兒莫游冶，寒鴻回處陣雲酣。

〔一〕胡：馮本作「車」。

又即事四首

塞氛未静鐵衣寒，愁絶江南庾子山。誰使石郎捐一道，僅聞柴氏復三關。西當太白餘孤壘，北望神州隔幾寰。猶意樓船建黄鉞，夕烽明滅照龍灣。

鶡飛安敢并鸞驂，去矣休休顧渭南。稍喜園官來送菜，不愁御史出擕柑〔一〕。銅山賊有錢神援，玉版禪須鐵漢參。聞道五原鉦鼓急，崆峒山叟晝眠酣。

霜髭撚斷雪肩寒，帝放還山莧下山。饒取兩生留魯國，笑他四皓出藍關。奕秋局已翻新勢，王會圖應復舊寰。老不預人家國事，自撑一葉向深灣。

鷹已離韝馬釋驂，弃州西畔大槐南。酢梅難比奉宸杏，病橘本非供御柑。怕向道旁逢醉尉，底須帳裏著髯參。細聽檐溜諧宫徵，牀下安知鬬蟻酣。

〔一〕擕：原作「推」，據翁校本改。

碧溪陳貢士挽詩 秘書弟母舅

早佩廉丞訓，中偕計吏行。那知身嗇報，僅見子成名。表里高陽氏，銘阡輔嗣孫。他年燎黄誥，亦足慰幽明。

喜六二弟生子

邵子生男四十五，弟今方邵過三年。莫隨夷甫舉遺逸，且教伯温成大賢。洛下耆英爲汝喜，河南聞見待渠傳。會當楊柳芙蓉下，快與翁抄《擊壤編》。

和朱主簿四首 名天雷，浦城人。

在朝無友助，於野有人同。生愧飲牛叟，死慙招鶴翁〔一〕。未應千載後，也似百年中。一掬珠林淚，憑高灑北風。西山葬珠林阡

玉座懷賢遠，黄扉取友端。吾方觀治象，渠忍鎩祥鸞。家學應難改，賢名已不刊。三年無一

字，懷舊忽汍瀾。仁夫 耄矣猶耽學，天乎不背師。僅餘芭受業，曾許賜言詩。魯兀存尊足，虞翻乏媚姿。廻頭謝房魏，努力輔明時。伯紀諸人 君思清如許，吾詩淺矣哉。不能具芻飯，虚辱受瓊瑰。伊洛推游謝，韓歐賞孟梅。武夷老仙伯，相引上蓬萊。徐蔡諸公

〔一〕鵂：原作「鶹」，據翁校本改。

同秘書弟賦三老各一首

老　奴

少賤腸枵破褐單，傍人門户活飢寒。自從毁齒初成券，直至長鬚尚不冠。冷炙時霑筵上餕，秃芒旋掃臼邊殘。他時縱取封侯印，僅得君王踞厠看。

老　妾

傷春感舊似中酲，樂器全抛曲譜生。自小抱衾無怨色，有時擁髻尚風情。魯陪太尉斟還唱，猶

記司空眼與聲。著主衣裳爲主壽，莫如琴客別宜城。

老　兵

昔擁琱戈射鐵簾，可堪蓬鬢映冰髯。金瘡常有些兒痛，斗力今難寸許添。至老安能希駱甲，從初悔不事蒙恬。莫嗟身上衣裘薄，猶向官中請半縑。

贈浦城陳貢士適

聞與先師是切鄰，束書無定橐裝貧。不辭遠道長爲客，未有荒山可掩親。石槨懸知非爾力，麥舟今豈乏斯人。吾聞葬禮隨豐儉，布被珠襦到底均。

贈郭相士俊夫

東郭無全履，南轅似轉蓬。自慙老中壘，莫誤小林宗。若見同胞子，爲言秃鬢翁。衰年不堪玩，一病一龍鍾。

病起窺園十絶

夜起飯牛薄暮舂，古人既老始明農。殘年尚欲勤東作，未肯將身旁瘦筇。

謬叨虚奬每慙顔，奇字新經未一斑。除却騎驢搜句外，了無些子似鍾山。

青帝施恩野老家，分張紅白乞年華。安知巽二無斟酌，吹盡先生一架花。

一陣狂風吹彩雲，猩紅萬點落繽紛。人間無處堪翻訴，説向天公似不聞。

經月龍鍾少下牀，土花上壁笋穿墻。不知老去無筋力，猶自支吾探海棠。

久匣菱花懶一窺，都忘抉彈洛陽時。若非病起臨池水，白盡鬚眉不自知。

病來豈有力迎綬，耄及已將家付康。幹蠱久勞小兒子，探丸未遇大醫王。

姑山糠粃鑄堯舜，鐵拐刀圭度吕鍾。結裹諸君成禹孟，可能不是老夫功。

花外小車時出遊，有佳風月亦登樓。水晶宫與人間相，把乞先生未點頭。

雲裹金烏瞥見些，屋山鵲語亦查查。侵晨掃徑開籬户，童子知翁出看花。

小園即事五首

投老誅茆水竹村，未論避謗且逃喧。屋低穩似於誰屋，園小賢於樂彼園。待小車來時上閣，有高軒過勿開門。蝸牛不曉蟲魚法，作意麻搽篆粉垣。

靈椿難減菌難加，莫笑山翁兩鬢華。不與公榮同飲酒，只留禹錫獨看花。客來稍覺罍空恥，事去方知甕筭差。歸老東陳無可恨〔一〕，失侯不失故園瓜。

乍脱重裘試薄紈，緑陰多處小凭欄。李甘尚可分螬半，柿落何妨拾鳥殘。貸粟監侯寧忍餓，借衣友壻不如寒。獠奴但怪沉吟久，肯信詩中字未安。

拂拭桃笙設葛𢄼，床頭老易卷還舒。慣聽小子嘲師語，懶作癡人《罵鬼書》。東方朔作《罵鬼書》。無復出神游帝所，有時信脚到華胥。獨憐短夢匆匆覺，不曉希夷睡月餘。

稍轉陽和解積陰，暫停湯熨事微吟。翠禽娛客有佳哢，金鯽知人無殺心。一片不留花著樹，數竿忽見笋成林。野蹊滑滑泥平膝，荷鍾奴扶試一尋。

〔一〕陳：翁校本作「陵」。

送趙知録 與啓

餞送多逢掖，俱懷倒屣恩。浮圖無合潁，冤獄有平反。輦路催華轂，山城漫綵門。病翁不下榻，判袂一銷魂。

送袁倅方巖仲并呈太守湯息庵〔一〕

去郡於兹十八年，讙傳良牧出藩宣。更煩逸驥康沂海，會見靈禽下潁川。絶喜鈴齋新有助，莫嫌玉局冷無懽。此行未論膠東賞，且作廉丞亦自賢。

〔一〕袁：原作「哀」，據翁校本改。

後村先生大全集卷之二十一

詩

送金潮州三首

五管惟潮地接閩，自唐牧守畀名臣。欲安瘴嶺瘡痍俗，暫輟天家肺腑親。新堞永爲州壯觀，綵虹忽問海横陳〔一〕。皆言明主臨軒遣，不是諸公啓擬人。

潮人無計駐軒車，來扇仁風僅歲餘。棘院從今添立鵠，金隄亘古免爲魚。真堪香火陪韓廟，誰採風謡繼葉渠。曾忝史官牛馬走，不妨奮筆爲公書。

虞翻骨體素多屯，垂老遭逢白髮新。豈有一辭裨衮斧，亦無三制報絲綸。孤臣命薄難諧世，明主恩深欠殺身。不道歸田無以報，暮年長作祝堯人。

〔一〕間：原作「問」，據馮本改。

雜記十首

緑野池新鑿，平泉墅又開。廼知造凉殿，諫者不能回。

駿馬如花妾，平生不負春。如何飛燕語，不恕輦邊人。

相國私英倩，將軍嬖子都。可憐洛陽令，只問主家奴。

恍惚天書事，莊嚴土木功。暮年王太尉，典領玉清宫。

養成河北賊，挑致海東夷。空國坐朋字，亂華由黨碑。

雖則仇平仲，何曾問大年。崇寧一相拜，元祐幾人全。

登庸局面變，報復念頭差。貶削村夫子，褒崇笑夜叉。

著論貶臨川，談經抑老泉。《權書》并《字説》，究竟果誰賢。

至郭陪清語，留衣示别情。奈何鳳翔骨，不得憲宗迎。

劍履崇刀筆，鈞衡付蹶張。賈生年尚少，且去傅諸王。

聞祥應廟優戲甚盛二首

空巷無人盡出嬉，燭光過似放燈時。山中一老眠初覺，棚上諸君鬧未知。遊女歸來尋墜珥，鄰翁看罷感牽絲。可憐樸散非渠罪，薄俗如今幾偃師。

巫祝讙言歲事詳，叢祠十里鼓簫忙。衣冠優孟名孫□，□□□□□□□。□□閟氏成妬婦，幻教穆滿作□□。□□□□□□□，□必區區笑郭郎。

□□□□□□□卷後

□□□□□□□，□□□梁一點塵。遶樹都忘寒徹□，□□□□□□□。□□客至徘徊月，不怕天嗔漏□□。□□□□□□□，咏梅合屬姓林人。

失　題（一）

華宗文□□□□，□□梅花似有緣。君復清風一身止，寒翁□□□□□。□塵只解污渠輩，色筆今知落爾邊。□□□□□□，□將老醜鬬春妍。

〔一〕以下兩首標題全缺，姑以「失題」誌之。

失題

我爲明道君崇道，同□□□晚節光。徧閲後來積薪者，僅存前度看花郎。彫零堪嘆瓜三摘，老退猶貪粟一囊。但願弟兄享華髪，多批祠考賽汾陽。

又和二首

只有短轅車鍚導，更無靈壽杖扶光。林間竹笋飽一世，閣下薇花閲幾郎。曩欲裂麻寧拂袖，老當還笏不須囊。緑陰周匝迷行徑，誰念莪葵惟向陽。

禁林忝視相如草〔一〕，芸閣曾分太乙光。亳社重新依老子。余舊嘗領明道。天台自古屬劉郎。判無除目污黄紙，空有孤忠滿皂囊。廻首觚稜殘夢斷，下招不必遣巫陽。

〔一〕視：原作「士」，據文意改。

記雜畫

醉鍾馗

墜幘長鬚醜，遺靴一足濡。不須訶小鬼，爛醉要渠扶。

嘗醋圖

釀者不沾脣，旁觀吸者顰。翁真堪宰相，嫗亦可夫人。俗以食醋爲妬。

麞

咬齏饑餓□，□□□□。乍可訓童子，誰能説老兵。

失　題〔一〕

舜提歸□□，□□□□梁。束手無争執，應慚此璽郎。

失　題

君耳污□□，□□□□灣。首陽落第二，前已有箕山。

失　題

□□□□□，□□□□池。却恐漁之樂，莊生未必知。

失　題

□□□□□，□□□□□。不必詢名姓，知渠是謫仙。

失　題

□□□□□，□□□□□。歷歷丹青意，如識睡海棠。

賣炭圖

衣襟成墨色，面目帶煤塵。盡愛爐中獸，誰憐窰下人。

賣卜圖

牽羔仍抱子，翁媪各鶉懸。破扇題《周易》，全家賴卦錢〔二〕。

〔一〕以下五首標題全缺，姑以「失題」誌之。

〔二〕卦：原作「掛」，據翁校本改。

送仲晦國録赴康州二首

帝重南邦妙選掄，徐卿又駕兩朱輪。龍潛不付薾絲手，蜑俗争看玉雪人。五瘴下車如痛癢，二麾負郭尚清貧。吾評此去今蕭汲，惜不居中牧遠民。

別我暑行三百里，使君此舉古今稀。班荆不以牙旗從，剪韭都忘草具微。浪汨鳶飛毋久住，潁川鳳下可遄歸。未妨黠鬼揶揄笑，專壑專城孰是非。

送陳使君二首　夢龍

博士曾森戟，甘棠愛尚新。漫餘受廛叟，獲見拜廳人。醴酒多延士，蒲鞭不及民。一年三易守，無乃送迎頻。

龐老趨城少，嚴公出郭多。難攀逸民傳，堪舉力田科。夙昔煩騶哄，從今閉雀羅。若逢兩猶槖，應問一漁蓑。頃忝朝列，尤爲松山、竹所二公所厚。

和趙廣文韻　維

趙室儒英盍聚奎〔一〕，奈何白首釣磻溪。不通光範門前謁，□較征西墓上題〔二〕。晚節晝工圖廣受，高文太史序重黎。君曾爲子阜行狀〔三〕，屬余銘。章泉没後無耆舊，他日清名可與齊。

〔一〕室：原缺，據翁校本補。

〔二〕□較征西：原作「較征西舉」，與上句不對，據盧本改。又所缺一字疑當作「豈」。

〔三〕曾：原作「猶」，據馮本改。

溪庵十首

漲水侵門堂跳蛙，偶來常是到昏鴉。宛如逆旅主人舍，誰訪毗耶居士家。煨芋不嫌牛糞火，供茶就用鹿啣花。老來脚力全非昔，且可龕中坐結跏。

昔美少年今老鰥，雲林深處葺幽棲。空房安得登伽女，同穴惟應法喜妻。堯桀兩忘何足辨，彭殤俱盡不須齊。靈山弟子都麾去，免繞金棺掩面啼。

曾結絲絇侍玉旒，暮年身世寄滄洲。醜容詎得陪三閣，强項安能事五樓。何用渡蘆登彼岸，偶然斬草樂斯邱。牧童竊聽商歌起，此老胸中不著愁。

買斷荒山手拮据，旋移短樹已扶疎。尊堂背市知聞少，竹逕通溪出入迂。闢甕牖軒聊對卷，改弓弦路劣容車。可憐四壁空諸有，客至難營飯與蔬。

挾冊相從衹一童，林間終日飽松風。小窗面野容山入，曲畛分溪與沼通。定有裔孫尋遠祖，儘教智叟笑愚翁。絶憐樗里無標致，一墓何須夾二宮。

自有身來即有愁，誰能身外出神遊。西方佛比於泡影，南面王輸與髑髏。儒運金椎尤可笑，魋爲石槨更何憂。曹瞞遺令空悲慨，銅雀臺荒鄴水流。

病鶴曾棲禁苑枝，瞥然驚墜羽褷褵。包彈靡靡蕭蕭制，指摘深深欵欵詩。記伊川語。表聖暇時先卜壙，牧之他日自爲碑。獨慚師説多遺忘，老抱殘編囑付誰。

村深保社雜樵漁，歲晚溪翁此卜居。門下諸生皆去矣，塚旁二客定誰歟。即今不惜頻投轄，他日毋煩更下車。却笑蘭亭輕感慨，王侯歸處即坵墟。

户外履綦常不到〔一〕，手中鋤柄少曾閑。古時廢地今花塢，昨日荒陂忽蓼灣〔二〕。牧馬童乖能識路，操蛇神黠怕移山。顏曾老矣雖難免，猶在長沮桀溺間。

豫爲終制付諸兒，莫待飛騰變化時。涑水《書儀》非含玉，魏公治命欲披緇。外加鱗楦中先悴，生著蟬冠死豈知。除却布衾堪覆首〔三〕，更無一物可相隨。

〔一〕綦：原作「棋」，據翁校本改。

〔二〕荒：原缺，據翁校本補。

〔三〕却：原作「卸」，據翁校本改。

別張倅一首 貴樸

同謁金閨覲茂陵，鼎湖弓劍隔西興。絶憐晚景如龐老，空爲州人惜許丞。自有名姬調緑綺，可無侍女直青綾。夢中雪鼓攙天碧，恨不陪君拄瘦藤〔一〕。

〔一〕拄：原作「住」，據翁校本改。

送陳叔方侍郎二首

八郡皆知德度寬，銗筒罷設訟堂閑。治如清獻乖崖樣，人在原明子野間。豈有珠魚堪作貢，亦無金鶴可攜還。暮年腰脚猶頑健，惜不從公看雁山。

猶記同穿豹尾中，一翻覆手異蛇龍。吕侯賜履作方伯，毛穎免冠成秃翁。清苦吏人無厚禄〔一〕，殷勤軍將有斜封。君歸定訪耆英社，問訊周南太史公。蔡遵甫侍郎

〔一〕吏：原缺，據翁校本補。

挽王助教

彼此俱丁未，相逢憶少時。工書有筋骨，嗜句入肝脾。魯泮郎君秀，唐官助教卑。直須燎黄誥，方慰蓼莪悲。

題劉生雪巢

吾宗手葺幽棲處，雪徑依稀認虎跑。凍折巖前百尋木，壓翻屋上幾重茅。嬾吟二首干韓愈，《冰柱》、《雪車》。且聳雙肩學孟郊。只怕景思來認業，別無人與子争巢。

寄題惠州嘉祐寺坡公手植樅樹

誰道炎州無勁植，君看韓木與蘇樅。憩棠此日成遺愛〔一〕，伐樹當年不見容。巴俗曾傳萊相柏，番人猶敬范公松。閱三甲子方拈出，吳令之賢豈易逢。

〔一〕棠：原作「堂」，據翁校本改。

山中祠堂

端平聞説建斯堂，白首纔重一炷香。早有埋辭表真曜，晚爲畫贊訟東方〔一〕。秋風浩蕩吹墳樹，落月依稀照棟梁〔二〕。千古行人來下馬，陳詩不必奠椒漿。

〔一〕訟：翁校本作「頌」。
〔二〕棟：翁校本作「屋」。

雪觀顧夫人哀詩二首

貞烈過男子，當於簡冊求。剪鬟衆賓欵，斷臂六臣羞。防墓銘旌遠，瀧岡宰樹秋。可憐彤管廢，史筆未曾收。

吾母尤高潔，夫人亦步趨。書窗共殘燭，禪几對團蒲。不愧顧家婦，能存趙氏孤。郎君奉鸞誥，聊足報親劬。

送尉姪

忽有先驅至，相迎看武夷。尉尤去民近，汝勿嘆官卑。不必求三步，惟當戒四知。要令人刮眼，云是挺之兒。

題靈石日長老所藏寒齋遺墨

佛子掃空泡影後，道家跳出頤門餘。日公未得爲超脱，猶寶寒齋數紙書。

送强甫注籍〔一〕

老别親朋已動情，可堪玉樹離階庭。新吟不數蒼蠅竅，多病真成碧鶴形。翁迫崦嵫遲暮景，兒看風雪短長亭。早歸共舉屠蘇酒，莫愛西湖柳色青。

〔一〕甫：原作「浦」，據翁校本改。

贈女學士

女子談天世有之，福唐吳媛獨神奇。語多中的疑明鬼，心自通靈不問龜。聞道膝邊隨季主，定傳肘後與文姬。未知誰是吹笙侶，玉鏡臺前要畫眉。

題呂廣文春秋易傳 大圭

礫裂掃空凡例説，精微勘破後先天。遥知長塵升高座，惜未巍冠列細氈。秦火安能燔六籍，漢儒浪自費三年。自慚不是韓宣子，獲見《春秋》《易》象全。

惠州弟哀詩二首

兩張遺墨六親悲，臺下黄瓜摘漸稀。用北辰阡殊不亂，似南柯夢復疑非。向來豈有葡萄博，末後元無薏苡歸。七十殘骸雙秃鬢，可堪原上淚頻揮。治命葬北辰山。

同産居慚余最長，二尊尤向汝鍾情。斑衣猶記循陔樂，白髮皆從陟岵生。一老吹壎無復和，十年廢樂未能平。傷心溪墅成陳迹，誰聽松風看月明。謝安弟萬卒，十年不聽樂。

答翁權教 治鳳

鐵庵同隊亦同庚，鵬鷃逍遥各問程。渠夢南柯曾富貴，君歸西洛作耆英。戴花未肯疎劉監，起葩終當致魯生。須向乘除驗天理，莫將夕秀博朝榮。

慶老需雲溪詩

虛空自在由舒卷，巖穴何曾礙往迴。只向旁山依水住〔一〕，莫教行雨出溪來。

〔一〕向：翁校本作「好」。

送封州方法曹 元吉

地遠無迎吏，州城若箇邊。寧甘茅屋粥，勿飲石門泉。旋槖挑詩卷，家書託客船。安知二千石，不薦議曹賢。

挽林安人 必鍏母

薄宦周旋廣及邕，一生甘苦槖砧同。孟光事遠嗟誰繼，督護歌悲聽未終。鶴表魂栖高燥地，鳳毛名在廣寒宮。病翁空自吟哀些，撚斷霜髭竟欠工。

贈唐谷

唐氏源流遠，奇才每間生。勤於騷有分，舉以相知名。吾子攻詩苦，先民耻藝成。常卿不可見，見汝眼猶明。

記事

輦路香風吹軟塵，擁途士女看朱輪。朝爲赫赫大京兆，暮作栖栖逆旅人。姬院肉屏俄傾散，帝城眉様一番新。惟應喚醒茅簷叟，長駕柴車戴幅巾。

題水西何侯詩卷

劉翰潘樫社友稱，何侯直要續心燈。陰山有雪雙雕下，碧落無雲一鶴新。背距專場渠克畏，鼓旗傍躁我安能。男兒何必毛錐子，麟閣雲臺有分登。

甲寅歲除

老戴黃冠備掃除，空餐忽忽歲云徂。繫銜每愧監臨曠，書考猶欣過犯無。地主多情饋椒酒，閭人失職廢桃符。絶憐榾柮通紅火，不與吾兒共地爐。

乙卯元日

免赴早朝參扈從，徑尋初服返樵漁。前街鶴料權停閣，舊譴雞竿已赦除。手板抽還大丞相，顛毛禿盡老中書。暮年相伴惟窮鬼，虚左迎渠莫送渠。

明道祠滿

初作衡山香火緣，不教俗事到吟邊。清狂疇昔有三藁，警策即今無一聯。汝輩未宜輕宿士，此翁猶及見先賢。丁寧稚子收殘草，他日箋家要譜年。

憶强甫

臨岐約共屠蘇酒，及飲屠蘇汝未歸。縱使舉頭瞻日近，可堪返顧見雲飛。索長安米難淹久，迴剡溪舟果是非〔一〕。别後安書加束筍〔二〕，眼穿新歲雁來稀。

〔一〕舟：原缺，據翁校本補。

〔二〕加：翁校本作「如」。

即事三首

抽簪脱袴滿城忙，大半人多在戲場。膈膊雞猶金爪距，勃跳狙亦衮衣裳。湘纍無奈衆人醉，魯腊曾令一國狂。空巷冶遊惟病叟，半窗淡月伴昏黄〔一〕。

家世相傳逢掖衣，如今結果亦隨時。二三子遂舍瑟作，七十翁方扶杖嬉。野老憂晴妨寶穡，社人怕雨濕靈旗。遥知鈴閣無歌管〔二〕，一點青燈照董帷。

陌上嗚鉦夜向晨，綴行花錦照城闉。湔裙未免多游女，舍耒深憂有惰民。史載孝娥今列祀，

《騷》云帝子没爲神。臘儺固匪儒家法，居魯安能異魯人。用秘書弟韻。

〔一〕昏黄：原倒，據翁校本乙。
〔二〕鈐：原作「黔」，據翁校本改。

次韻三首

鄰雞初唱曉粧忙，空郡疑開選色場。未許叢臺誇袨服，却慚淇水易漸裳〔一〕。詠歸惟點曾言志，馳騁雖聃亦發狂。閉目不窺惟地主，且祈麻麥接青黄。

病怯春寒添絮衣，神情全減少年時。僅堪田舍陪鄉飲，難向湖亭看水嬉。清旦羲和升日轂，廻風王母帶雲旗。管簫聲散人歸晚，獨有螢穿馬季帷。

拂拂東風欲辨晨，新晴和氣滿郊闉。未妨歈雅存豳俗，何必沉巫怖鄴民。田父扶攜問雞卜，村姑呼唤祭蠶神。柴門不識徵租吏，便是堯時擊壤人。

〔一〕「慚」原作「將」，「漸」原作「慚」，據翁校本改。

又三首

冠蓋憧憧有許忙，直從虛市到毬場。寶珠似得於佗冢，卉服疑來自越裳。鬢雪難勾小兒隊，眼花休發少年狂。幾時遊女歸蠶織，勿學施朱與約黃。

莫惜傾囊更典衣，繁華尤詑送神時。不惟寶髻脩容出，亦有銀釵跣足嬉。但見春城催畫角，何曾夜市擁牙旗。遨頭清儉君毋怪，疇昔書囊在殿帷。

暫抛穡事競芳晨，在野稀疎總在闉。俚俗歡言宜上廟，賢侯初意欲新民。今無麟筆非觀社，古有豚蹄可祝神。身是魯中儒服者，閑搔白髮看遊人。

贈張南金二絶

家寄桐城身在蒲，袖中又有嶠南書。茅山極目茶亭遠，知向何州度歲除。

韓慥林開妙不傳，請君自筭小行年。公卿誰是揮金者，大半將詩準卦錢。

靈石日長老訪留之㯭庵

妄念已知今世錯，勤脩別結後身緣。尺三汗脚踏龍尾，丈六金身坐象筵。昔趁蛾眉班謁帝，今從牛矢路歸田。未知葱嶺何邊去，且向庵中伴老禪。

賀秘書弟提舉崇禧

句曲除書至，山靈亦喜聞。皆云新管轄，還是小茅君。余嘗兩任崇禧，居厚亦再任。無粟可舂惠，有薇堪採分。已盟猿鶴了，不怕客移文。

次　韻

不惟慵進取，兼亦斷知聞。交友赤松子，弟兄孤竹君。共尋對牀約，更割半山分。新敕冰銜峻，何須刻籍文。

靈石日長老拂衣退院連帥陸尚書比之石霜小詩贊歎

我結小庵猶舴艋，師抛大刹似蘧廬。菩提身外更無物，椰子腹中惟有書。不踏一蘆堪去矣，許分半芋竟何如。元來又被寒翁引，徑指墳山作退居。

送明甫初筮十首

三間參佐廨，昔也處先公。矮屋兒無歎，翁生矮屋中。

守相卿耆舊〔一〕，相逢必霽威。渠寧私邑子，汝勿視翁歸。

禄米皆前定，分銖不可添。園葵莫争利，鄰棗亦傷廉。

寧游屋溪畔，勿傍盗泉邊。監竹不食笋，先賢樣在前。

莫歎家庭遠，卿侯即父師。尚於吾繾綣，定不汝瑕疵。

先緒微如綫，未知誰亢宗。翁猶慙父祖，汝可復慙翁？

十載脾神厄，何曾食有魚。擊鮮徒溷汝，遺鮓適憂吾。

記取元城語，南州熱異常。别無衛生訣，止酒是丹方。

博士今儒彦，遥知講席重。汝宜束脩往，吾亦執經從。
汝幼不努力，忽焉三十餘。勉旃教汝子，要付善和書。

〔一〕卿：翁校本作「都」。

肅翁餉石門芥菜

食指清晨動，饞涎異味來。高情分石芥，辣性似徂徠。

偶題二首

自幼耽章句，年高竟未工。自稱豁達老，人號囁嚅翁。
莫耗官倉粟，休貪御手羹。新年採薇食，詩比舊年清。

後村先生大全集卷之二十二

詩

題張元德著作春秋解二首

端平俱辱弓旌召，鵬鷃逍遥各不同。笑我赭衣鉗楚市，愧君白帽老遼東。董迂因被《公羊》誤〔一〕，杜癖惟於《左氏》忠。晚取諸家高束起，且看渠與意林公。皆臨江人。

白頭召寘石渠中，將析微言合異同。靈壽不扶漢庭上，儒衣空立魯門東。誰云丞相知殷侑，漫費君王遣所忠。猶覺暮年有遺恨，書成未及質文公。

〔一〕公羊：原作「公年」，據文意改。

送陳德林巡轄

拔丁而去矣，袖瓦似要之。誰道州人薄，君行有綵旗。

乙卯端午十絶

不曾窺户外，偶出至溪邊。欲訪斬蛟廟，聊呼放鴨船。
桃李已成塵，葵榴各鬬新。紅顔年少子，白髮背時人。
餐菊飲朝露，平生不歡醨。與龍争角黍，無乃謗湘纍。
唤起龍泉老，儂今把釣緍。還公旗與鼓，别付奪標人。
不喜追風驃，尤憎競渡船。寧爲之反殿，怕着祖生先。
時服頒周府，薰絃奏舜廊。未知新帖子，幾首似歐陽。
客屨自來去，山翁病不知〔一〕。座無麴道士，門有艾天師。
兒女需京纈，經時買未歸。似嫌無艾虎，不肯换生衣。
韓廟坡爲記，羅池愈製碑。老儂不識字，自唱送神詩。

朝朝責太平，日日御延英。欲識太平處，鼕鼕社鼓聲。

〔一〕病：原作「爲」，據翁校本改。

余辛卯歲卧病郡城陳宗之胡希聖有詩問訊後五歲希聖寄新刊漫遊集前詩已載集中次韻二首

晚悟河難塞，收方入枕函。五窮衰併現，百病老皆諳。强起留奚益，全歸死亦甘。癃殘愧英妙，努力勿多談。

如聞攻老拙，頗似斫虛空。衆口嘲投閣，新眉妬入宫。一身槁梧上，百歲大槐中。莫嘆形骸廢，姑留兩頰紅。

辛亥去國陳宗之胡希聖送行避謗不敢見希聖贈二詩亦不敢答乙卯追和其韻〔一〕

苟留不覺夏徂秋，甚笑周顒却效尤。往聖明言衰戒得，先賢亦謂耄宜休。空疎謁帝無高論，老退明農已熟籌。慚愧二君更迂闊，遠看逐客欲何求。病疎賓客麾之去，老愛兒孫遺以安。夙昔賜茶鄰御座，即今送菜仰園官。蕭然几案無書冊，時取君詩反覆看。

〔一〕行：原缺，據翁校本補。

挽顧監臣

四州鼓吹迓前茅，幾載瘡痍變樂郊。黎母盜清民有犢，佽飛士勇海無蛟。安排循吏添新傳，檢點耆英少故交。欲發幽潛慰冥漠，自慚筆硯暮年抛。

昔陳北山趙南塘二老各有觀物十咏筆力高妙暮年偶效顰爲之韻險不復和也

五　憎

伺夜偏乘隙，逢人輒噬膚。不饒豫讓炭，肯恕玉環酥。闇空愁逢蝠，虚簷巧避蛛。吾無紅拂

妓，姑命小奴驅。蚊

絳帕妖方士，青襟小茂才。集瓜譏汝否，止棘刺誰哉。倏忽尋聲去，曾無濯足來。吾衰臂力短，驅去復飛廻。蠅

么麽常情忽，潛形未易知。嗅香太尉足，起粟婕妤肌〔一〕。醢甕偏常集，紗厨巧似窺。平生長塵尾，至此竟難麾。蚋

物理或難詰〔二〕，疑經多未通。蜚雖筆麟史，茘不産龜蒙。記異因同蜮，爲災豈減螽。恨余非博識，安敢注魚蟲。蜚

不覺渠泥臭，偏依井幹蹲。聲尤矗水鳥，腹欲大河豚。焚鞫存經訓，如簧避譖言。主人方戒殺，毋怪爾徒喧〔三〕。蛙

五 愛

天不生斯物，將如凍者何。誰爲忙作繭，到底化爲蛾。種至春還育，功於世最多，香閨不知織，歲歲賜香羅。蠶

玆蟲雖小物，一一抱微忠。多士從先主，群臣立悼公。獻花朝貢謹，釀蜜國儲豐〔四〕。處仲目空露，名居畔逆中。蜂

占斷十分清，飛來一點輕。死還爲腐草，生怕傍長檠。扇撲隨風遠，囊盛徹夜明。藜燈與蓮

炬，不似爾多情。螢

未省呑腥腐，惟承晚露飡。三生齊女怨〔五〕，千首孟郊寒。腹餒鳴尤激〔六〕，身輕蜕不難。何須珥華冕，吾欲掛吾冠。蟬

古云龜與鶴，閱世壽尤長。試問刳腸出〔七〕，何如曳尾藏。有靈寧毁櫝，無用且支牀。吸視堪傳否，仙家不死方。龜

〔一〕肌：原作「眉」，據翁校本改。

〔二〕詰：原作「結」，據翁校本改。

〔三〕喧：原缺，據翁校本補。

〔四〕豐：原作「封」，據翁校本改。

〔五〕女：原作「士」，據翁校本改。

〔六〕餒：原作「內」，據翁校本改。

〔七〕出：原作「士」，據翁校本改。

詰旦思之世豈有不押之韻輒和北山十首（一）

細比蠅鬚類，凶加豹脚名。飛颺新得勢，么喝遠聞聲。抱怨芳筋露，驚眠玉頰頳。天公許姑息，長養更生成。蚊

了不分芳臭，營營浪自喧。士爲女聽惑，溷比帝居尊。魚餒庖難膾，瓜香圃欠樊。冰霜不恕汝，卦義取諸坤。蠅

絶喜有肉漢，何嫌逐臭夫。形慳一粒粟，口扁四方餬。魯叟珍絺綌，荆卿袖匕圖。朝來詢酒甕，莫已變酸無。蚋

閩人尤惜荔，魯史首書菑。穢德非常臭，鮮裝若自媒。今年暫枵腹，來世勿投胎。安得清風掃，何憂絳實隤。蜚

嘈雜乘陰雨，跳梁占廢池。張唇誰不厭，磔腹帝寧私。足踏銀床險，身蒙錦褉癡。世方多吻士，吾有感於斯。蛙

姑婦晨粧廢，其他務未遑。愁逢桑葉貴，貧共織燈光。戰士支衣衆，宮嬪剪綵忙。可憐功最大，不待華清湯。蠶

出穴營新邑，分房定嗣君。共爲綿蕞禮，各効採花勤。暮返宜修夕，晨趨每辨昕。逢人施毒

蠆，寧比細腰云。蜂

忽忽聚還散，螢螢暗復明。去嫌滅燭穢，來照讀書清。不必煩羅扇，何妨屏鐵檠。蚌珠大如月，不及爾身輕。螢

所謂善鳴者，泠然入耳清。爲誰絃雅奏，舉世賞繁聲。露可充渠腹，泉堪濯我纓。直令抱枝槁，終不肯蠅營。蟬

未必靈於己，徒令厭我龜。元君虚見夢，大卜不能知。偶活因塗尾，寧飢勿朵頤。會攜渠與鶴，海上訪安期。龜

〔一〕輒：原作「輙」，據翁校本改。

又和南塘十首

聚群雷乍喊，乘暗月初斜。至黠穿懷袖，雖微俱爪牙。塵揮那肯去，扇障不能遮。近水尤喧聒，殊妨賞藕花。蚊

甚矣形骸穢，居然孕育繁。來常屯几格，去不離墻藩。□□多朋類，雞鳴誤婦言。至今賓與主，相對廢盤飧。蠅

倏來如詗伺〔一〕，奇中費隄防。最善逃形影，惡知辨臭香。□□□不 〕，烏獲臂空攘。□詫藏幽密〔二〕，其如蓋愈彰。蚋

□□□負汝，作意欲空之。童子持竿□，□家挂紙祈。□□□已載，蔡譜偶然遺。秋至掃□□，殆非人力爲〔三〕。蜚

雨戀池三尺，晴窺月一方。未□□□，敢望若并洋。□怪曾驚耳，仝嗔欲刃腸。誰能□□□，老子欲追凉。蛙

初見微於□，徐驚巧入神。忽然纏作繭，信矣出如綸。桑遶羅敷舍，機鳴孟母鄰〔四〕。明當曬新□，霽月鎔□□。蠶

大計當傳子，齊盟共定王。不惟分户牖，亦自峙餱糧。修□疑知禮，謀遷似辨方。朱門需蜜蠟，空費一春忙。蜂

密疎多不定，來往少曾停。穿幌非陰爕，窺窗若曙星。微能破幽暗，高欲傍青冥。忽起江湖思，微忙隔遠汀。螢

短歌殊不足，裊裊長發吟〔五〕。□□□□□，□□□□□。渴飢資墜露，栖止□□陰。□僂安知道，區區有巧心。蟬

□□漁輒獲，元□□幾戕。不足煩三顧，毋寧且□□〔六〕。刳鑽供卜筮，巾笥沐恩光。何似泥中復，朝朝出太陽。龜

〔一〕倏：原缺，據翁校本補。
〔二〕幽：原缺，據盧本補。
〔三〕殆：原作「胎」，據盧本改。
〔四〕鳴：原作「含」，據翁校本、馮本改。
〔五〕發：原缺，據盧本補。
〔六〕寧且：原倒，據翁校本、馮本乙。

答吳□和梅百詠

□□空疎不擬傳，安知騰播累諸賢。即今同社幾千首〔一〕，當日孤山止一聯。眼飽詎他忍飢腹，句寒聳我□吟肩〔二〕。未知誰是蘇司業，肯向梅邊送酒錢。

〔一〕幾千：原缺，據張本補。
〔二〕我：原缺，據盧本補。

送林上舍

□傳紙貴洛陽城，疇昔推高月旦評。下筆□□□□，舉幡亦足唱諸生。詩如東野無高論，策到□□□直聲。病叟一春親藥裹〔一〕，卧看柳色動離情。

〔一〕春：原作「眷」，據翁校本改。

送陳亨叔縣丞

已折仙桂到月宫〔一〕，安知再轉瘴烟中。坐看管□封孤□，却使崔丞對二松。此士鼻端何待堊，老生指血至今紅。祝君努力鳴昭代，切勿呻吟學凍蛩。

〔一〕已：原缺，據翁校本補。

送金仙上人罷講

繙經巖電眼，竪拂海潮音。暫卓飛空錫，堅辭布地金。忉忉菩薩語，切切老婆心。明日入山去，城中何處尋。

挽盧氏子考功

二難不在機雲下，猶記聯翩入洛來。方喜朱絃將迭奏，忽驚白璧已雙埋〔一〕。守曹參法曾傳髓〔二〕，効玉川詩亦奪胎〔三〕。愁絶象賢肇家傳，夜窗三復有餘哀。

〔一〕驚：原作「愁」，據翁校本改。

〔二〕守曹參：原作「參曹」，據翁校本乙、補。

〔三〕「亦」下原有「奏」字，據翁校本删。

讀友人奏藁

首規旒冕次鈞衡，紙價遥知貴洛城。谷永有知應愧死，曹蜍無氣謾偷生。弘寬歛衽慙三策，桑濮收聲讓九成。聞説龍天俱歎賛，法筵第一義分明。

温陵太守趙右司惠詩求荔子適大風雨掃盡輒和二絶

吾家皺玉玉堂紅〔一〕，粹美寧非間氣鍾。絶喜詩來相品藻，安知物有不遭逢。

端明仙去譜猶存，珍重君侯拂蘚痕。法石白雖無一顆，太倉紅已飽千村。《蔡譜》東本在端明家，石本在泉州。法石白乃温陵名器〔二〕，見舊譜。俗傳荔損則稻熟。

〔一〕皺：原作「鄒」，據翁校本、馮本改。

〔二〕器：似當作「品」。

送日老住九座山

瓶錫飛來方欵曲，旛華迎去倏分離。草眠氈睡身皆穩，刀割香塗佛豈知。守土親爲大檀越，開山留下廢砧基。直須金碧千間了，却訪溪庵亦未遲。

答仙遊黄尉巖孫

鄉近尤諳俗，山深莫揜名。士皆誇尉好，民亦誦官清。入幕交游少，依僧去住輕。它年漢廷上，定不愧黄生。

贈林信夫

昔日相師今畫師，依然紅頰映霜髭。懶爲閱世青白眼，寫出無聲水墨詩。胸次九流人物鏡，筆端三友歲寒枝。刺桐城裏多豪貴，絶藝何憂不見知。

答吳侍郎二首

昨泛靈槎河漢津，今撑小艇水雲身。相君自作蹲池計〔一〕，天子何曾如屋嗔。開綠野尊姑領客〔二〕，第甘泉頌可無人。白沙翠竹宜閑步，絶勝東華踏軟塵。

宿昔瞻依日月光，遲遲去魯未須忙。附炎渠自手炙熱，忍凍兒寧足履霜〔三〕。諫草平生慕王魏，詩名餘事壓錢郎。可憐老病兼窮薄，推轂當朝媿鄭莊。

〔一〕君：原作「居」，據翁校本改。

〔二〕「開」字原在下句「泉」字下，據翁校本乙。

〔三〕凍：原作「陳」，據翁校本改。

學進士作大方無隅二首

趨出範圍表，方之大者乎。理同然不異，隅至此俱無。聖豈東西判，游何内外拘。鵠邊天浩浩，蝸角國區區。廣可包三極，微寧泣一夫。晚知莊老誕，終向孔門趨。

舉世游方內，規規臆見拘。惟其全體大，所以四隅無。矩潔豈能盡，軌同安有殊。其崖誰見者，何岸可登乎。固異管窺智，寧如斗絶區。彼哉露圭角，毋乃小人儒。

又二首

諸子皆蠡管，惟聃説大方。其隅四無有，於道兩相忘。未易五車盡，難將寸矩量。《楚辭》迷極際，柳《對》昧中旁。鳥止丘何小，蝸争角許忙〔一〕。更須參孟叟，歸宿要知鄉〔二〕。《天對》：無中無旁。

難與拘儒論，無方即大方。洞然皆我闥，隅竟在何鄉。惠説猶爲寡，聃書不可量。莫知厓內外〔三〕，烏覩道藩傍。血戰蠻争角，狂行士望洋。區區膠小見，肝膽畫封疆。《天問》：隅隈多有。《爾雅注》：厓內曰隩〔四〕，外曰隈。《莊子注》：願游其藩傍。

〔一〕争：原作「牛」，據翁校本、馮本改。

〔二〕知：原作「和」，據馮本改。

〔三〕厓：原作「生」，據翁校本改。

〔四〕隩：原作「澳」，據翁校本改。

秘書弟牽玉羔爲壽將以唐律次韻一首

玉羔直歲詎能神，羝觸堪嗟命不辰。昔比素絲曾着節，今爲白石且眠春。同人挾策安能牧，小弟磨刀恐未仁。《木蘭詩》：「小弟聞姊來，磨刀霍霍向猪羊。」六日披裘把竿釣，擬他五羖豈其倫。

喜雨口號九首呈潘侯

穀賤如泥未一年，那堪四野復焦卷。亢桑姑射神通小，惟有君侯立動天。

雖擁朱幡只澤驩，孕魚丹荔免苞苴。未應旱魃無分別，更把秋陽懊惱渠。

憂見鬚眉膳却葷，分明上帝見忠勤。赤章夜徹通明殿，一縷烟生六合雲。

昨日暘烏赤似金，朝來忽化作甘霖。老農失喜逢人説，滴滴來從太守心。

火傘朱旗總叱開，新凉稍自白蘋迴。世人枉了嗔風伯，到底煩渠送雨來。

先做田間三日霖，冰輪出海掃秋陰。人言侯是調元手，慰了農心慰士心。

蔬是儂家野八珍，小畦自灌極艱辛。清晨卧聽檐聲喜，餘惠分沾抱甕人。

扶杖追凉看稻花，不煩軋軋踏溝車。殘年無以酬公上，長作輸租第一家。

白首歸來作老農，豐年里社得過從。勸君莫梗賢侯化，去後思侯未易逢。

贈楊相士

西北功名奮發秋，南轅咄咄欲何求。似聞君識壺丘子，自笑吾非定遠侯。鵷鷺行難看晁雁，麒麟閣不畫獮猴。故人若問樗庵老，林下吟詩白却頭。

哭日老二首

初聞滅度指三彈，俄報荼毗鼻一酸。始悟杖頭挑布袋，不如龕裏坐蒲團。故交相與歸函骨，弟子誰來會涅槃。猶喜喝衣無一物，洞開方丈與人看。

竹湖疇昔歎兼通，孔墨何曾是別宗。唐代儒先重顛老，晉朝名勝賞林公。頌辭大衆存遺札，塔與寒齋共一峰。聞説結跏揮手際，亦留半偈別樗翁。

無題二首

郭郎綫斷事都休，卸了衣冠返沐猴。棚上偃師何處去，誤他棚下幾人愁。

棚空衆散足淒凉，昨日人趨似堵墻。兒女不知時事變，相呼入市看新場。

挽毅齋鄭觀文二首

嘉定名尤重，端平眷最濃。子雖曾攝相，公自要明農。尚意宣麻拜，俄驚斬板封。白頭西府掾，無復奉從容。

卷服辭三事，深衣立一儒。羞扶孔公杖，寧入洛英圖。鑑已云亡矣，粱其不壞乎。紛紛掃門客，曾拜董陵無。

挽鄭宣教 珤

傳嫡生樞府，耽書肖肯亭。未論禽拜後，姑喜鯉趨庭。葛帔悲交態，瑶環意妙齡。吾無施力處，遺恨托於銘。

贈梅巖王相士二絶

王大曹瞞伎倆均，華佗郭璞枉危身。傳君秘訣君牢記，但道君侯是貴人。

和靖詩高千古瘦，逃禪畫妙一生貧〔一〕。勸君別换新標榜，莫靠梅花賺殺人。

〔一〕畫：原作「盡」，據翁校本改。

余除鑄錢使者居厚除尚書郎俄皆銷印即事二首呈居厚〔一〕

出處平生大致同，中間得失等雞蟲。髧髦昔似晉諸謝〔二〕，華髮今成楚兩龔。握有蘭香爲子祟，家無銅臭坐余窮〔三〕。善和舊宅殘書卷，只合連牀聽曉鐘。

病鴻垂翅噤無聲，慣見虚弦莫浪驚。二仲卜鄰元不惡，兩生堅壁未嘗行。出關誰識爲周史，入社猶堪伴洛英。都把首陽山占斷，採薇到老没人争。

〔一〕「郎」上原有「令」字，「銷」原作「鎖」，據翁校本删改。
〔二〕諸：原作「歸」，據翁校本改。
〔三〕家：原作「街」，據馮本改。

寄題徐仲晦須友堂二首

病翁歲晚朋從絶，細讀高文面發慙。士貴切磋寧獨學，僧雖苦硬有同參。名堂蓋取倫之五，開逕那無益者三。見説户庭來不拒，儻分半席待樗庵。

西山仙去各離羣，窮達區區不足云。僅有尹譙守伊洛〔一〕，更無房魏説河汾。虎皮子盍闓新義，蠹簡予方輯舊聞。何日蹇驢載樽酒，一燈析理更論文。

〔一〕尹：原作「伊」，據盧本改。

寄題建陽宋景高友于堂

蔡久軒作記

楅相落成文甚古，府君卜築墨猶新。宛如釀棗分梨日，堪愧燃萁煮豆人。五桂必攀昆季爽，三荆不析户庭春。夢中猶識雙溪路〔一〕，安得登堂列下賓。

〔一〕雙：原作「三」，據翁校本改。

和潘侯勸駕韻

底須辛苦訪蓬萊，唾手功名亦快哉。唐季閩尤多進士，宋興莆已四掄魁。來聽雅樂歌三闋，去占群花第一開。鄉老獻書侯勸駕，共爲昭代育群才。

送赴省諸友

徐懋功　茂叔

小陸詞章海内傳，名場久盍着先鞭。慣看餘子瓦樞壞，太息斯人鐵硯穿。疇昔熏香過半世，即今拾芥已中年。病翁擬拭昏花眼，快向茅簷讀奏篇。

林德遇 逢丁

原夫輦豈敢追攀，每歎君文似左班。不許犬雞舐丹鼎，肯爲鼷鼠發黄間。主司一洗冬烘謗，老子前知畫錦還。空誦《子虚》不能薦，送行未免有慙顔。

卓怡丈 涣

輦下銀袍似堵墻，名塗箇箇着鞭忙。期年操木何容易，一日看花得許狂。韓子吟披惟六藝，沂公喫着豈三場。臨岐不待殷勤祝〔一〕，涵養功深講貫詳。

鄭昞道 旂

束髪詞林久著名，及兹書劍始西行。里人預識龍頭喜，相者兼言豸骨清。筆老定非場屋作，聲和必爲國家鳴。漢廷儒術多通顯，不説公孫説董生。

方善夫昆仲 準、至

君家科級每蟬聯，何況高才更妙年。肄業機雲同屋住，論文坡潁對牀眠。一雙璧有連城價，九轉丹能拔宅仙。來歲親朋迎晝綉，病翁亦出至溪邊。

林汝大 棟

天性憐才老未衰，愛君筆力絶新奇。引絃連發天山箭，舉手高攀月窟枝。藻蘊科名通譜牒，且希優劣係脩爲。窮人只有詩堪贈，空聳山肩撚雪髭。

柯德明 應東

昔人抱璞經三獻，今子排雲叫九關。《千佛經》應冠鰲頂，《大人賦》可動龍顔。探梅臘雪園林後，對策薰風殿閣間。若見故人詢病叟，但言深入萬重山。

林少嘉 灝翁

此君詞翰逼晁秦，萬鵠袍中少擬倫。色筆探懷如有助〔二〕，朱衣點首豈能神。長安市素多游俠，天子廷曹懷士人〔三〕。玉座臨軒親發策，可無鯁論披龍鱗。

方雲卿昆仲 霖孫

先朝取士尚雕蟲，前輩皆因此顯融。《衡鑑集》中推范老，《混成篇》裹得沂公。杏園飲暢鶯聲早，梨嶺飛高雁影同。歲晚交游各西上，不留一箇伴溪翁。

〔一〕岐：原作「期」，據翁校本改。
〔二〕探：原作「深」，據翁校本改。
〔三〕曹：似當作「曾」。

後村先生大全集卷之二十三

詩

銅雀瓦硯歌一首謝林法曹

涼州賊燒洛陽宮，黄屋遷播僑鄴中。兵驅椒房出複壁，帝不能救憂及躬。臺下役夫皆菜色，臺上美人如花紅。九州戰血丹野草，不聞鬼哭聞歌鐘。時人肆駡作漢賊，相國自許賢周公。一朝西陵瘞弓劍，帳殿寂寞來悲風。美人去事黄初帝，家法乃與穹廬同。繁華銷歇世代遠，惟有漳水流無窮。時時耕者钁遺瓦，蘇侵土蝕疑古銅。後來好事斲成硯，平視端歙相長雄。參軍得之喜不寐，攜歸光怪夜吐虹〔一〕。謂宜載寶餉洛貴，顧肯割愛遺山翁。翁生建安七子後，幼覽方冊夢寐通。白頭始獲交石友，非不磨礪無新功。復愁偷兒瞰吾屋，竊去奚異玉與弓。書生一硯何足計，老瞞萬瓦掃地空。

〔一〕虹：原作「紅」，據翁校本、馮本改。

和林肅翁有所思韻

老厭人間事遠遊，弇州西畔比台州。須彌身大安知痛，雲夢胸寬不貯愁。舊友惟君真管鮑，諸生若箇是程仇。跳丸去速還舟晚，獨立空山兩鬢秋。

再和

少豪曾挾一筇遊，晚似龐公怕入州。橡栗尚煩天賦粟，茅柴如以水澆愁〔一〕。何妨范史書鉤黨，不願歐碑説解仇。自古放臣多感慨，吾評《哀郢》勝《悲秋》〔二〕。

〔一〕茅柴如以：原作「粹茅柴似」，據馮本改。
〔二〕哀：原作「衷」，據翁校本改。

冬至二首

病逢佳節徑投牀，卧聽群兒笑老蒼。僅可一藏數龜息〔一〕，安能三黜入鵷行。脉微藥焙常儲火，足冷茅檐定有霜。多謝天公相煖熱，起披敗絮負朝陽。

慈顔幽翳幾星霜，猶記斑衣共舉觴。老弟頗憐伯仁短，小孫突過阿宜長。親朋不至諳時態，兒女無知競曉粧。老退尚餘憂國念，朝來雲物果災祥。

〔一〕一：原作「六」，據翁校本改。

挽韓母李氏

持家霜滿鬢，誓口鐵爲心。兒戴萬鍾禄，黔婁一布衾。嘉賓懷截髮，孤女感抽簪。遺慶觀賢子，交遊屬望深。

居厚弟改提舉鴻禧一首

召來未及擁青綾，麾去何妨拄赤藤〔一〕。粉署馮唐無輩行〔二〕，鏡湖賀老有交承。吏拖月給幫虛設，客怪冰銜字稍增。猶勝亳州前管轄，鬢毛禿盡欲歸僧。

〔一〕藤：原作「滕」，據翁校本改。

〔二〕輩：原作「輂」，據翁校本改。

又次居厚韻一首

衰遲已迫掛冠年，三黜皆因戀九遷。且傍雁行遊福地，免陪豹尾幸甘泉。早知丹汞方難驗，晚悟□□□不然。聞說青雲梯磴捷〔一〕，老無肩力可攀緣。

〔一〕雲：原缺，據馮本補。

同安權縣林丞和余二首趁韻答之〔一〕

雖與尊公甲子同，懸鶉久矣愧華蟲。程仇不□□□魏，王貢安能勝鮑龔。時有放歌吟屋破，且無□□□途窮。故山處處薇堪採，何必支離粟幾鍾。

頗聞四境有絃聲，雉傍人飛犬不驚。在處棠陰應勿伐〔二〕，等閑花判亦流行。掞庭子盍摛新藻〔三〕，絕廩□□□落英。臺府諸公衡尺審，春風薦子有誰爭。

〔一〕首：翁校本作「詩」。

〔二〕應勿：原缺，據盧本補。

〔三〕摛：原作「攡」，據翁校本、馮本改。

擊壤圖

昔聞華胥與淨土，道釋寓言非目覩。此圖物色皆華人，太平氣象在裏許。競披野服裝束儉，旋瀉薄醪盆盎古〔一〕。小姑丘嫂醜駭人，襁兒於背行傴僂。嶧桐泗磬未嘗試，手持蕢桴叩土鼓。當時田里安耕鑿〔一〕，百姓焉知有官府。帝心猶不奈叢脞，欲以黄屋讓支父。烏乎放勳去已遠，朝野多事民愁苦。腐儒未暇論秦漢，齊榷魚鹽魯税畝。舟鮫衡麓設譏禁，□若海神愁摘煮。計臣各操享上説，禍先及農次商賈〔三〕。南鄰責米借斗斛〔四〕，西舍誅帛空機杼。又聞更盼平□□，□□□□官庾。何況防秋羽檄急，□□□□選材武。下鄉卒毒慘於蛇〔五〕，坐衙官惡猛如虎。十家九亡村落静〔六〕，存者鬼質身繿縷。有時適野挑薺食，亦或逢場戴花舞〔七〕。披圖茅屋晴窗下〔八〕，偶然釋耒一摩拊。老農未知陶唐世〔九〕，過予瞪視口譫語。暮年憔悴欲移鄉，借問此是何處所。

〔一〕 鑿：原作「膠」，據馮本改。
〔二〕 田：原作「四」，據翁校本改。
〔三〕 次：原缺，據翁校本補。
〔四〕 責：原缺，據翁校本補。
〔五〕 卒毒：原缺，據翁校本補。
〔六〕 亡：原缺，據翁校本補。
〔七〕 亦或：原缺，據翁校本補。
〔八〕 披：原缺，據翁校本補。
〔九〕 世：原缺，據翁校本補。

乙卯歲除

井竈蕭條歲又殘，呼童掃地具杯盤。村春堪笑生涯儉〔一〕，家祭方知拜起難。衲壞蒙頭寒自若，燭燒見跋夜將闌〔二〕。卧聞儺鼓鼕鼕過，不與諸孫作伴看。

〔一〕堪：原缺，據翁校本補。

〔二〕跋：原缺，據馮本補。

丙辰元日

免騎朝馬趁南衙〔一〕，五見空村换歲華。旋遣厨人挑薺菜，虚勞座客頌椒花。不施欝壘鈞編户，雖飲屠蘇殿一家。二十宦游今七十，於身何損復何加。

〔一〕免：原作「勉」，據翁校本改。

早去

早去天知無宦情，急攻人甚有虛名。老而能學□□少〔一〕，曹操云：「老而能學，惟吾與袁伯業爾。」耄不加刑黜典輕。宿昔□□□未就，他時血碧尚難平。吾書豈必行今世，千□□□泣蒯生。

〔一〕能學：原缺，據馮本補。

門外

門外沙鷗忽散羣，云何飛矢遠尋君。今身莫是前□幹，異世寧無後子雲。早歲多言生悔吝，暮年雙聵斷知聞。吾兒謹勿趨華藻，寧使班書議少文。

又一首

平生孤立懶隨群，未愛標名附五君。投老病身甘碓□，無窮世事等輪雲。牛衣尚許尋初服，鬣空何堪續舊聞〔一〕。玉座他年如記憶，安知不講禮融文。

〔一〕舊：原缺，據翁校本補。

髪脱

髪脱紛紛不待爬，天將醜怪變妍華。論爲城旦寧非怒，度作沙彌亦自佳。稚子笑翁簪柏葉，侍人諱老匣菱花。霜寒尤要泥丸暖，慙愧烏巾着意遮。

憶昔

憶昔春郊共踏青，十人中已九凋零。溘先未遣隨朝露，殿後姑留作曙星。老眼蠅書猶可讀，微聾蟻鬪不須聽。申公歲晚殊多事，白首番番詣漢廷。

夜檢故書得孫季蕃詞有懷其人一首〔一〕

貪聽譙更夜未眠〔二〕，偶拈一卷向燈前。鳳簫按譜聲聲叶，鮫帕盛珠顆顆圓。洛叟曾規秦學士，蜀公晚喜柳屯田。江湖冷落詞人少，難起花翁傍酒邊〔三〕。

中年豪宕以詞行，醉墨淋灕一座傾。昔競捧牋求少蘊，今誰瀝酒吊耆卿。戴花起舞生無悶，薦菊爲肴死亦清。愁絶水仙祠畔路，萋萋原草幾枯榮。

〔一〕檢：原缺，據翁校本補。

〔二〕譙更夜：原缺，據翁校本補。

〔三〕酒：原缺，據盧本補。

門前榕樹

木壽尤推櫟與樗，觀榕可信漆園書〔一〕。絶無翡翠來巢此，曾有蚍蜉欲撼渠。五鳳修成安用汝，萬牛力挽竟何如。山頭旦旦尋斤斧，擁腫全生計未疎。

〔一〕漆：原作「添」，據翁校本改。

不寐二首

□□憑書作睡媒，夜窗危坐亂書堆。甫從安樂窩移去，又向華胥國遣回。轉枕易如炊斗黍，據梧聽徹奏□□。□□□□東方白，仍取殘編更闔開。

□□□□聽漏籌，簷聲得得伴春愁。殘燈似喚人開□，□□□□妾護籌。昔者鶴曾爲道士，俄而蜨又化莊周。要知夢覺皆虛幻，且撥寒爐起坐休。

答赴補同人〔一〕

莫厭春泥没膝深，公卿皆拔自詞林。鴟袍肯在諸生列〔二〕，蟲篆原非壯士心。山下久無吾屐齒，葦間忽聽子挐音。年來懶與人諛墓，欲贈劉乂未有金。

〔一〕赴：原缺，據翁校本補。

〔二〕列：原缺，據翁校本補。

答上饒江濤

趙傻萬篇韓半之，江湖尤重兩賢詩。不須負笈行千里〔一〕，回首東家自有師。

〔一〕千：原作「十」，據翁校本改。

挽徐吏部二首　拭

仰鑽無篚實〔一〕，平進少梯媒。一鶴徑歸去，萬牛難挽回。空馳驛使召，不見省郎來。欲挂原頭劍，徐君安在哉。

昔過高陽里，宮墻許一窺。有樓藏冊子〔二〕，無院處歌姬。羅雀閉窮巷，殺雞留晚炊。欲攜船卿往，道遠歎吾衰〔三〕。

〔一〕仰：原缺，據馮本補。

〔二〕樓藏：原倒，據翁校本乙。
〔三〕衰：原作「哀」，據翁校本改。

挽蔡遵府閣學二首

外庸爲世冠，内守與時乖。鯁論傳文懿，麟編法止齋。晚方顓史筆，早不面公槐〔一〕。已病猶箴諫〔二〕，難忘耿耿懷。

俱侍清光邇，相看素髮稠。已拚老聃去，尚意孔戣留。雌甲何其厄，同庚只麼休。龍鍾不出户，持此誄新丘。

〔一〕「不」下原有「愧」字，又「槐」原作「愧」，據翁校本删改。
〔二〕猶：原作「朕」，據翁校本改。

二月初七日壽溪十絶

醜石榕堪坐，晴坡草可眠。若非古沂水，亦是小斜川。

士不論窮達，離鄉即可哀。白頭孫七十，歲歲掃松來。

仙不離人世〔一〕，何須遠覓仙〔二〕。桃花最深處，更著小漁船。

廣築長城一〔三〕，紛紛走避秦。長城遍天下，底處著逃人。

鎖却藏舟屋，丁寧勿浪開〔四〕。漁郎最饒舌，曾去引人來。

□受職於天，李冰周處然〔五〕。何曾現靈怪，專一管豐年。

□□寬裁領，蓬頭亂插花。相呼挈牲酒，再拜禱桑麻。

□□□夜裏，折箭傳黃旗〔六〕。野老心無事，聞之忽皺眉。

□□眼中人，纍纍原上墳。昔作夸毗子，今爲冥漠君。

城廓有時變〔七〕，市朝回首非。誰爲遼鶴説，第一莫來歸。

〔一〕人世：原倒，據翁校本乙。

〔二〕遠覓：原倒，據翁校本乙。

〔三〕廣：原缺，據盧本補。

〔四〕勿：原作「忽」，據翁校本改。

〔五〕周：原作「同」，據翁校本改。

〔六〕折：原作「折」，據馮本改。

〔七〕城廓：原缺，據翁校本補。

即事十絶

戰士不解甲，於今四十年。尖量太倉粟，爛鑄水衡錢。

□□傳聞惡，邕宜守備孱。各宜更短製，未可靠巍冠。

國蹙公卿耻〔一〕，諸賢强自寬。向來沙市家，太半徙公安〔二〕。

荆益俱危急，風濤共一舟〔三〕。未知策應使，兵已至何州。

移閫於重慶，支吾亦十霜。但聞繩魏尚，不見雪陳湯。

初謂武陵遠，移來不計春。近傳湖户警，愁殺避秦人。

老賊順流下，周郎憑軾觀。不干春水事，一蹙走曹瞞。

玄琰俱年少，能摧百萬師〔四〕。如何桓幼子，輕議謝家兒。

飲血吞奴羯，盛溲餉佛貍。勿論城大小，但問守城誰。

穹廬迫淝水，黄屋幸澶州。謝傳方争奕，萊公亦擲骰。

〔一〕國：原缺，據翁校本補。

〔二〕徙：原作「徒」，據盧本改。
〔三〕風：原作「夙」，據翁校本改。
〔四〕摧：原作「推」，據翁校本改。

神君歌十首

幽明雖異趣，追遠豈殊哉。隱隱聞簫鼓，神君向家回〔一〕。
草市魚蝦賤，園家羊粟肥〔二〕。一城空巷出，萬燭送神歸。
樵蘇出林看，士女擁途迎。要識神通趣，年年此際晴。
狙裹周公服〔三〕，優幪孫叔冠〔四〕。無論騃兒女，神亦被渠瞞。
武當并灌口，聞説燬於兵〔五〕。獨有東南遠，人神尚太平。
村樂殊音節，蠻謳欠雅馴。老儒無酌獻，歌此送迎神〔六〕。
往昔揚州市，神仙愛夜游。夜來燈與月，不忝小揚州。
泮渙舞雩樂，懽呼衵腊忙〔七〕。且記童子咏，莫管國人狂〔八〕。
亂離無醉者，有則以爲祥。慙愧生平世，人人在醉鄉。
鼕鼕街鼓動，寂寂市聲稀。祭罷社人散，老巫懷肉歸。

〔一〕向：原作「尚」，據翁校本改。
〔二〕羊粟：翁校本作「羊棗」，盧本作「芊粟」。
〔三〕狙：原作「徂」，據翁校本、盧本改。
〔四〕叔：原作「粟」，據翁校本改。
〔五〕聞：原作「間」，據翁校本、馮本改。
〔六〕迎神：原作「相迎」，據翁校本、馮本改。
〔七〕祀：原作「記」，據翁校本改。
〔八〕人：原作「公」，據翁校本改。

答徐雷震投贈

頗聞譜與壽溪通，桑梓吾寧不敬恭。東漢聘君真處士，晚唐先輩亦文宗。方當夭矯鷩春蟄，未可呻吟學凍蛩。老矣麾幢俱屏去，空拳難與子爭鋒。

送黄□赴補

澤宫選新俊，鼓篋者雲從。此士堪穿札〔一〕，同人謹避鋒〔二〕。朝家方教胄〔三〕，天子必臨雍。去去飛潛異，雲山隔幾重。

〔一〕札：原作「禮」，據盧本改。
〔二〕謹：原作「學」，據翁校本改。
〔三〕方教：原缺，據翁校本補。

北耗

京書渠敢洩邊機〔一〕，北耗傳訛果是非。不見紅旗加露布，頗傳黄屋尚宵衣。南風不競師將老，春水方生虜必歸。何日靈臺真偃伯，更無一點戰塵飛。

〔一〕書：原作「師」，據翁校本改。

送趙司理歸永嘉 時茵

終歲閉柴荆，於君面尚生。客談花判健，民道李官清。方喜片言折，忽因微罪行。吕侯今秉鉞〔一〕，羔雁必來迎。

〔一〕今：原作「令」，據翁校本改。

送林寬夫父子 駒

家學有淵源，傳之於艾軒。三珠生老蚌，百鳥避雛鵷。同進誰争賀，諸生定閉蕃。吾窮無可贐，握手贈君言。

蜀捷

吠南初謂予堪侮，折北俄聞彼不支。捷覽果殲强弩下，鬼章有入檻車時〔一〕。鍾繇捷表前無古，班固銘詩繼者誰。白髮腐儒心膽薄，一春林下浪攢眉。

〔一〕鬼：原作「男」，據翁校本改。

題周從龍養生圖

二圖心悟非師傳，子若通之可以仙。欲向丹房供灑掃，老人爐竈壞多年。

挽劉母王宜人二首

上壽今何憾，殷憂昔備嘗。分燈照鄰女，晝荻訓賢郎。石窌將開邑，隴阡自表岡。吾衰彤管廢，短些不成章。

原上車千兩，傾城出送終。孟鄰懷舊好，防墓愴新封。鶴弔孤峰頂，牛鳴半驛中。會攜芻一束，自往唁林宗。

挽陳判官

□□□兵少，匹馬命如絲。寶玦化爲燼，錦囊存者詩。無丹駐光景，有雪上鬚眉。坐閲君三世，如之何勿思。

送林推官 觀

仕泉二郡共稱賢，今仕於漳想亦然。非有珠犀堪自獻，苦無梔蠟可爲妍〔一〕。惡貪泉水平生潔，缺相輪尖早晚圓。若是尚書問村叟，衰殘恰似挂冠年。

〔一〕「苦」原作「若」，「妍」原作「研」，據翁校本改。

長溪陳夢雷携表弟趙君玉書相訪

□□外弟寄雙魚，細讀銀鈎卷復舒。愧我挂冠方草奏，誤君載盾過茆廬。罷祠久絶支離粟，失勢誰看閑雜書〔一〕。老畏春寒縮如鱉〔二〕，坐妨沽酒摘園蔬。

〔一〕雜：原缺，據盧本補。

〔二〕鱉：原作「鼈」，據馮本改。

寄湯伯紀秘書

挽留天語極諄諄，願爲明時遠牧民。倏去居然令國削〔一〕，至清渾不怕州貧。斷無苞匪聊崇儉，纔用蒲鞭亦害仁。莫比尋常騎竹馬，使君元結一流人。

〔一〕令：原作「今」，據翁校本改。

六言二首答陳天驥長短句〔一〕

天孫機上刀尺，雪兒口裏宮商。愧我元非郢客，恨君不識秦郎。

書幫曾累逐客，墜釵能謗醉翁。寧作經學博士〔二〕，勿爲曲子相公。

〔一〕陳：各本皆作「林」。
〔二〕學：原作「營」，據翁校本改。

寄湯季庸侍郎

粤從紫氣度函關，更十年中幾賜環。一葉身輕歸去勇，六丁力盡挽來難。高情常寄紛華外，晚節全觀出處間。别後有書無寄處，聊憑小阮問平安。

送廣東憲

疏屨循墻詔屢催，繡衣安得更徘徊。直從象窟埋輪去，曾向龍墀折檻來。度嶺尊堯心未已，登臺叫舜首頻回。遥知行橐無南物，驛使歸時且寄梅。

次韻趙克勤吏部六首

甫里薄田汾曲廬，兒曹堪墾亦堪居。惟應水竹并風月，尚屬先生未屬渠。

苔徑荒蕪薇架斜，橱頭吹盡不留些。奴欺主病慵鋤草，魔笑翁衰免散花。

有小林泉傍隱廬，無閒賓客訪村居。辛勤闢地添支徑，曲折通溪入淺渠〔一〕。

籬邊雪畔影横斜〔二〕，應訝何郎太瘦些。未可被渠瞞老眼〔三〕，玉堂茅舍一般花。

憶昔承明共直廬，而今寂寞賦閒居。戴花社裏聊容我，起草臺邊可欠渠。

兩鬢星星暮景斜，清狂減似向來些。短供未至瓶無粟，妖夢皆因筆有花。

〔一〕溪：原無，據翁校本補。
〔二〕籬：原缺，據翁校本補。
〔三〕被：原作「偷」，據翁校本改。

齒落

愈悲第二牙辭去，況我今虧第一牙。嚼比牛飼衰畢現，豁如狗竇醜難遮。誹陳麟脯真虛設，庖進魚鱐不必嗟。歲晚魯公惟食粥，斷無仙骨飯胡麻。

四月八日三絶

徵在生夫子，摩耶育釋迦。人人衣逢掖，箇箇着袈裟。

九龍吐香水，兹事已千秋。道是本無垢，年年浴未休。

生曾辭寶位，死却要金棺。達士發冷笑，癡人被熱瞞。

繩技

公卿黠似雙環女，權位危於百尺竿。身在半天貪進步，脚離實地駭傍觀。愈悲登華高難下，載却尋橦險不安。誰與貴人銘座右，等閑記取退朝看〔一〕。

〔一〕取：原作「看」，據翁校本改。

荔枝二首

去年一顆難鑽核，今歲千林盡著花。老子有方能辟穀，純將絳雪代丹砂。

寂寂南州少物華，有園池處只梅茶〔一〕。荔枝花發差平等，不問貧家富貴家。

〔一〕園：原作「梅」，據翁校本、馮本改。

蒙恩復畀明道祠寄呈趙克勤吏部三首 趙亦奉亳祠

曾對青藜漢閣中，天風吹散各西東。白頭重得爲僚友，同爲君王轄竹宮。

柱史荒壇僅有名，可能香火似承平。却愁近制難遥領〔一〕，直要先生出按行。

雲臺玉局舊曾諳，回首茅山亦再監〔二〕。惟有亳祠尤久任，白頭三度入冰銜。

〔一〕近：原作「似」，據翁校本改。

〔二〕再：原作「監」，據翁校本改。

陳亨叔司理見遺長牋小詩還贄

貧近山家作此行，潘輿來只費三程。責兒反鮓嫌疑謹，使婦供鮭奉養清。吾不入城避瓜李，子因謀野過柴荆。紫薇老病君房去〔一〕，自課樵歌代遠情〔二〕。

〔一〕紫：原作「柴」，據翁校本改。
〔二〕情：原作「遊」，據馮本改。

久雨二首

倏暖俄寒氣候偏，未梅一月雨連綿。移床自笑無乾處，鍊石渠能補漏天。風卷杜陵幾重屋，江通甫里百弓田。誰言野老無憂責，據枕終宵不得眠。

登高四望積雲深，失了金烏底處尋。未可漚麻需潦退〔一〕，臨當曬麥輒天陰〔二〕。寶開元畫憂嵐濕，惜善和書怕蠹侵。只道閑人無繫累，豈知亦有事關心。

〔一〕潦：原作「潦」，據翁校本改。

〔二〕輒：原作「轍」，據翁校本改。

挽趙虛齋二首

俱列儒臣侍細氈，各爲逐客問歸船。親賢有詔徵劉向，疎遠無人贖史遷。當日金臺諸客散〔一〕，暮年鐵壁幾人全。傷心滴露研朱筆，抱在螢窗雪案邊〔二〕。

前歲山人來訪逮，墓田丙舍報余知。法書尚寶元章帖〔三〕，拙筆深慙有道碑。重作《大招》難盡意，共談太極永無期。可憐老病忘昏晝，但記西窗剪燭時。

〔一〕當：原作「常」，據翁校本改。

〔二〕螢：原作「營」，據翁校本改。

〔三〕元章：原作「元常」，據翁校本改。

艾人六言二首

不惟寶劍衝斗，亦自高冠切雲。令祖豈非艾子，先師莫是茅君。
欹枕三彭暫去，燒船五鬼俱還。我欲膝行倒屣，君無髮上衝冠。

病起

病起龍鍾怯負犁，劣能扶杖視蔬畦。罷休自笑同芻狗，老去君當恕木雞。孤鶴驚飛沙苑箭，群烏嗔借上林棲。終須覓箇安巢處，萬疊青山繚碧溪。

後村先生大全集卷之二十四

詩

警齋吴侍郎再和余送行及居厚弟詩各次韻

朝陽鳳味更誰同，回首啾啾笑候蟲。洛下二龍閑馬吕，建中兩豸數鄒龔。山谷詩：「且喜龔鄒多冠豸。」呼來伯雅聊排悶，叱去奴星莫送窮。華髮未交衰颯甚，敢鳴破釜答編鍾〔一〕。古鍾鼓字皆從重。

朝騎寶馬聽雞聲，夕問歸舟竈婢驚。手板抽還無責任〔二〕，諫書訖了少施行。有時短褐過鄰舍，不記巍冠侍邇英。善類合離關世運，非人頬舌所能争。

曾聽仙韶晏玉津，辛亥恭謝日，某忝侍御晏。豈知金彈忽危身。誰爲高樹鳳凰語，無奈雕籠鸚鵡嗔。拙射元非落雕手，村眉難比掃蛾人。新裁白紵衣如雪，一點休教染俗塵〔三〕。

少小擕書借隙光，宵眠常晏起常忙。莫嫌茅舍曝朝日，猶勝板橋行曉霜。藜杖久疎前閣老，桃花不記舊臺郎。自慚道學工夫淺，晚却逃儒入老莊。

〔一〕釜：原作「谷」，據翁校本改。
〔二〕板：原作「扳」，據翁校本改。
〔三〕俗：原作「洛」，據翁校本改。

梅花一首

造化生尤物，居然冠衆芳。東家傅粉白，西域返魂香。真可壻芍藥，未妨妃海棠。平生恨歐九，極口説姚黃。孟郊詩云：「芍藥誰堪壻。」

蚍蜉一首

梅月炎官尚斂威，紛紛此物傍練衣。撲燈似怕光芒掩，撼樹都忘力量微。因愛積陰憎景日，逆知將雨洩天機。未應蟻子渾無援，時至皆能插羽飛。

攬鏡六言三首

背傴水牛泅碉，髮白冰蠶吐絲。貌醜似猴行者，詩瘦於鶴何師。

天上映藜已懶，霧中看花不真。顧我七十餘老，見公三兩分人。

蚊睫僂然不見，蠅頭老矣停披。盲左邱明作傳，瞎張太祝工詩。

送林元質侍郎赴宣城二首

江鄉民力已凋疲，妙選名臣往拊綏。此去天家增保障，向來帝子擁旌麾。蕭生補郡寧忘諫，謝守看山定有詩。相國若詢周柱史，爲言健似出關時。

玉階接武侍凝旒，歲晚同尋洛社遊。騎竹小兒迎輒去，戴花老監挽難留〔一〕。余階官貼職皆視大蓬。班春行李那容緩，亭午前茅盍少休。造物殷勤愛公處，傍無妙麗護衣篝。

〔一〕挽：原作「晚」，據馮本改。

抄近藁六言二首

和調失黏詩句，按摸出格文章。儘可追陪党進，不消更覓君房。

東鄰莫效西子，南窗何減北扉。一鳌道我來往，焉用宮蓮送歸。

代舉人主司問答六言二首

破題得李程賦，結語取錢起詩。遂令眊矂舉子，不滿冬烘主司。

夢裹誰無綵筆，暗中別有朱衣。蘇二得援失鷹〔一〕，歐九黜幾取煇。

〔一〕鷹：原作「薦」，據翁校本改。

採荔子十絶

策杖凌晨出，攜筐薄暮歸。未知故山荔，何似首陽薇。

一鶴爲前導，奚煩絳節哉。樵蘇私借問，何處地仙來。

開國何其忝，箋天未必俞。繳還三百户，換賜一千株。

日日煩湯使，年年費火攻〔一〕。暮齡知艾附，不及荔枝功。

解使冰腸煖，能令玉色腴。誰能補丹訣，素女絳羅襦。

童子偷無恠，先生老尚饞。採時留絶頂，猿鳥要分甘。

帝享老臞仙，丹苞實醴泉。猶嫌無供帳，賜以錦漫天。

包柚《書》云爾，分桃《傳》有之。憐渠生處遠，玉食偶然遺。

懷橘悲何及，芸瓜老不任。摘來先廟祭，灑淚向松陰。

傳得上林種，曾於艮嶽栽。吾君無嗜好，不貢一株來。

〔一〕年年：原作「三年」，據翁校本改。

贈日者朱俊甫二首

老子瞢騰大化中，支干一字不能通。請君留取談天口，去訪横渠與了翁。

謝公閉墅懶圍棋，董相還家且下帷。見説金甌殊未定，問君魁柄屬之誰。

贈羅攝官

一夢端爲文字祥，華宗復出小君章。無家來去如潮水，「自覺無家如潮水〔一〕，不思歸處去還來」，羅鄴詩也。有鬼揶揄向路傍。肯顧雀羅殊鄭重，欲爲雞黍媿荒凉。燕昭歿後金臺少，僮瘦驢飢驛堠長。

〔一〕水：原脱，據翁校本補。

哀仲妹

壼範班班在里閭，始知《列女傳》非虚。室無遺桂空花妄，溪有新塋宰樹疎。弟憶雪中聯汝句，兄行雷岸寄家書。自憐戴白龍鍾叟，猶向原頭駕素車。

挽方親采伯〔一〕

弆藏古物或千年，漢晉隋唐在目前。死有一孫堪付托，生惟四友共周旋。竇扶風篋如遼甫，臨永興書逼米顛。占盡人間最清事，吾碑百世後方傳。

〔一〕采：原作「来」，據翁校本改。

答楊浩

往前曾受銘文囑〔一〕，老病安知擬議差。柏下人埋將宿草，管城子秃已無花。自慙吾匪三長史，誰誤君尋五作家。王縉多爲人作誌銘，或送潤筆，誤達維處，維笑曰〔二〕：「五作家在那邊。」今代李邕寧袖手〔三〕，往來碑版不須嗟。

〔一〕受：原作「愛」，據翁校本改。

〔二〕注文之中，「縉」原作「溍」，「維」原作「淮」，據《王右丞集箋注》卷首所敘改。又詩中所云「五作家」，諸書所記皆作「大作家」。

〔三〕寧：原缺，據翁校本補。

九日遊華嚴寺二首

堂閉厨荒薜壁頹，重尋陳迹故堪哀。殘僧遠避遊山屐，飢雀空窺施食臺。鬢換絶無黑絲出，樽空不見白衣來。千林摇落秋容老，未有黄花一朵開。

古塔東偏景最奇，年深何處認苔基。碧紗籠毁雷轟壁，黄纈林疎葉脱枝。鵲没暮雲天杳杳，鶴歸舊里冢纍纍。牛山淚與龍山帽〔一〕，雨洗風吹在者誰。塔旁古離樹寺佳處有龔少任詩，四十年前曾題其後，今亡矣。

〔一〕牛：原作「中」，據翁校本、馮本改。

答建士謝昨二首

贊余一兩卷，攬罷恍然驚。老子猶堅壁，偏師忽劫營。今人輕雅道，造物靳詩名。自笑空空者，將何贈爾行。

偶有幽人訪，柴門始一開。大顛留偈去，小謝袖詩來。襆被嫌三宿，挑燈讀百回。惟應雙屐齒，歷歷在莓苔。

挽安溪黄丞 東起

未得毛錐力，空將鐵硯磨。暗投主司老，私淑里人多。三韭何妨飽，雙松不待哦。鄉鄰惜耆舊，爲輟相舂歌。

題趙主簿省試議併以將行

世儒通《易》少，公子信人豪。幾載韋編絶，三篇紙價高。素心鄙温飽，餘事及《風》《騷》。臺閫招徠廣，勾朱不足勞。

記夢

昔夢趨旃厦，巍冠預講論。孤忠鄙張禹，薄命類虞翻。稍覺芻言戇，徐瞻玉色温。放臣絶朝謁，無路可酧恩。

書事二首

空空都没一行書，行行徒矜九尺軀。面上帶妖真可耻，脚中有鬼不容扶。末年鐵拐傳仙訣，他日金錐抉冢珠。泉下定爲明允笑，果能看破半山無。

利刃斬風空惡毒，疾聲吠雪似獃顛。嗟余芻狗木雞爾，視汝螟蛉蜾蠃然〔一〕。墓上將軍堪嚇鬼，龕中大士且安禪。不須懺禮如來足，佛與波旬共結緣。

〔一〕蠃：原作「蠃」，據盧本改。

餞潘使君二首

送去迎來兩轂朱，如侯治行極稀疏。清惟薄採閩山荔，仁不曾苞丙穴魚。遺愛驗於還印後，歸裝貧似下車初。漢廷尚有公卿闕，頗怪龔黄欠璽書。

一念拳拳帝所臨，士民皆諒使君心。隨車雨每孚精禱，下瀨船多出俸金。兩載公真茹蘗苦，百年人尚愛棠陰。從今緊閉袁安户，庭雪平腰徑草深。

哭吳卿明輔二首

水心文印雖傳嫡，青出於藍自一家。尚意祥麟來泰時，安知怪鵩集長沙。忤因宮妾頭無髮，去爲將軍手污靴。他日史官如立傳，先書氣節後詞華。

吳兢史法蔡邕碑〔一〕，每嘆斯文尚在兹。老奪故交堪痛惜，晚徵集序未遑爲。單傳骨髓惟吾子，空嘔心肝向阿誰。道遠束芻攜不去，覆翻遺墨豈勝悲。

〔一〕兢：原作「競」，據翁校本改。按，兢唐人，撰《貞觀政要》者。

挽方惠倅

雷作

家譜推賢裔，鄉評號吉人。佩銀成短夢，冠玉漫長身。朱軨鸞膠斷，青林鶴表新。空令柱下史，反惜幕中賓。

挽葉謙夫尚書二首

履聲騰上逼星辰，俄駕朱轓去牧民。不作金張門下客，亦非牛李黨中人。公寧抽版還丞相，誰更移書責諫臣。爪距紛紛誇鷙搏，安知魯野有祥麟。

道山昔謬領羣仙，同舍推公最妙年。方立班心九霄上，忽騎箕尾列星邊。奏篇誰肯收遺藁，主祭妻爲選象賢。百嶂千峰環縣郭，未知何處是新阡。

冬夜讀几案間雜書得六言二十首

叔夜真龍鳳矣，嗣宗猶螟蠃然〔一〕。一以《廣陵散》死，一以《勸進表》全。

盤龍恨庾長史，太宰哀李崖州。達人能和大怨，壯士不報細讎。

有教聖愚無類，非人父子勿傳。此乃靖欲反矣，是亦羿有罪焉。

陰德必食陽報，忮心終爲餒魂。智伯死而無後，愚公生自有孫〔二〕。

鬼谷弟子捭闔，東方先生滑稽。彼哉妾婦道也，上以俳優畜之。

舉世盡兄孔方，無人敢卿王郎〔三〕。客喜大夫糞苦，奴誇太尉足香。

昔有初祖見性，今無導師指迷。死底埋震旦東，活底在葱嶺西。
人言美惡必復，孰若親冤兩忘。僧乃謗第二祖，佛不嗔哥利王。
横議遊俠四出，清流標榜自賢。血染瓜田方止，尸投濁河可憐。
箋疏蟲魚小物，抉挑草木微情。兔葵累劉夢得，燕泥辜薛道衡〔四〕。
□□本非家法，偶語安知朝儀。宫中遂有秘戲，殿上竟問小遺。
宋玉口多微詞，曼倩言不純師。陳賦颯薦枕女〔五〕，抗議斬賣珠兒。
鸚鵡洲猶自若，銅雀臺安在哉。老瞞真大不道，狂生恃小有才〔六〕。
巢居吸景休糧，壁觀入定放光。三萬里隔弱水，六千劫坐道場。
六郎子晉後身，董君漢廷近親。大羅天女男妾，館陶公主肥人。
進來金丹攙喫，放下玉笛偷吹。先丁寧雪衣女，勿漏泄錦綳兒。
李妹玉曜膚色，梅娘淡粧素衣。大主嗔老奴愛，三郎怕肥婢知。
帬是千葉榴染，鬟以折枝杏篸〔七〕。空問天孫乞巧，其奈君王愛憨。
寧置寒冰隘巷，勿長婦人深宫。兒□昭儀篋内，孫甃季龍抱中。
南朝有脂粉氣，季唐誇錦繡堆。接休文聲響去，夢太白脚板來。

〔一〕 贏：原作「羸」，據盧本改。

〔二〕生自有孫：翁校本、馮本皆作「子又生孫」。
〔三〕王：原作「五」，據翁校本改。
〔四〕辜：翁校本、馮本皆作「死」。
〔五〕枕：原作「桃」，據翁校本、馮本改。
〔六〕恃：原作「時」，據翁校本、馮本改。
〔七〕以：翁校本、馮本作「似」。

哭伯姊二首

弟爲龜湖妹製碑，伯姬舍我復何之。今彤史筆嗟誰在〔一〕，古錦囊詩獨姊知。起絮撒鹽才有間，燎鬚作粥力安施。瀾湍石畔霜風冷，行路無情亦涕洟。

幼以木蘭爲長兄，豈堪垂老隔幽明。空疎誰更譏匡鼎，衡姊譏衡學業不進。友愛何曾詈屈平。服已降期從變禮，聖猶尚左況諸生。追嚴不必伊蒲供，自有松風與澗聲。

〔一〕在：原作「炳」，據翁校本改。

答王掀將士

明時無復精英氣，化作祥風及慶雲。馬鬣安能埋此骨，□□亦可與斯文。當年賓客誰珠履，今日郎君尚練裙。獨有後村翁尚在，匹雛無力漫殷勤〔一〕。

〔一〕勤：原缺，據翁校本補。

新元二首

朝三暮四昔尚童，距七望八今成翁。見佛未肯右肩袒，對客嘗稱左耳聾。叩額有疏拜墀下，斷腕無麻納禁中〔一〕。自憐老病菁華竭，不及花枝歲歲紅。

朝來微霰閣輕陰，攬鏡空添雪滿簪。官送桃符猶懶寫，兒酬椒酒勿多斟。病於懽事全然淡，老覺春寒未易禁。惟有改詩成一癖，消磨不盡少年心。

〔一〕納：原作「迫」，據翁校本、馮本改。

夢館宿二首

花木扶疎月露清，昔人來此比登瀛。不知做得神仙未，身在喬松頂上行。

罡風誤送到蓬萊，昔種琪花今已開。僮鶴來迎俱嘆息，老仙又老似前回。

挽南雄林使君

東路歸何及，南柯夢忽醒。居然鳴輓鐸，都未製齋鈴。官已題華表，名空録御屏。遥知泉下意，猶待竹溪銘。

題趙西里詩卷二首

紫芝仲白飛仙去，常恐英才不復生。人歎斯文逢厄運，天留此老主齊盟。執鞭孰可爲之御，序齒吾猶事以兄。未必時人能着價，後千百載話頭行。

不向鶯邊繫寶鞍，海門東畔把魚竿。無蒲萄酒博太守，有《竹枝歌》傳小蠻。到處名山留屐齒，看來元氣在毫端。繡娃辛苦描新樣，肯信春風放牡丹。

燈夕守舍

百口惟翁懶入闉，讙傳畫隼出行春。冶容淇上多遊女，群飲街頭有醉人。聽黑簫韶用安重誨語成假寐，映青藜杖是前身。不知誰侍傳柑晏，早爲君王靖塞塵。

無題二首

江北塵高戰鼓酣，惜無赤壁順風帆。城池險固爲樓百，郡邑蕭條有户三。明主依然勞聖慮，諸君豈得尚清談。烏虖頗牧不復作，誰與兒郎共苦甘。

夕烽一夕徹甘泉，鑄印分弓玉座前。天狗如雷防急變，佛貍死卯竟譌傳。漢家豈可無三策，胡運何曾有百年。漸覺風寒逼堂奥，寄聲諸老急籌邊。

即事二首

秃翁未敢佚餘生，洗竹澆蘭立課程。辛苦謀身無甕筭，殷勤娱耳有瓶笙。鑪寒燒葉回春意，燭盡携書就月明。一欠伸間分夢覺，何須它日曲池平。

生涯草草旋安排，先架茅堂次竹齋。傍梢柮邊名燠室，有榕樹處當凉臺。且饒林下一人去，莫問門前幾客來。新買溪西山數畝，便思輦石更移梅。

久雨一首

春來能得幾朝晴，病叟深藏似凍蠅。獨夜山房惟燭影，暮年家樂只簷聲。墊巾此老猶標致，裹飯何人訪死生。村北村南泥滑滑，且宜高卧閉柴荆。

春寒二首

東皇太乙漫行春〔一〕，無賴封姨未霽嗔。薄酒不紅皺靴面，濕薪難直曲鉤身。埋腰健羨單傳者，墮指深慙遠戍人。莫笑布衾如鐵冷，也勝去傍相君茵。

百藝惟詩老始工，未應凍死杜陵翁。聳肩偏怯春衣薄，曝背尤貪曉日紅。草鼓燰於猻坐子，蒲龕清似肉屏風。幾時天地回生意，只費陽和一點功。

〔一〕皇：原作「里」，據翁校本、馮本改。

二月十八日過梅庵追懷主人二首

猶記尋梅負酒瓢，當時賓主正丰標〔一〕。通宵縱飲燒銀燭，攙早催開喚玉簫。摘艷人亡誰共賞，戴花翁在老無憀〔二〕。重來只是新華表，不忍攀枝更折條。

慣作梁園座右賓，非惟管鮑亦朱陳。自從石友幽明隔，誰訪瑶妃寂寞濱。花若無情還有恨〔三〕，樹猶如此況於人。不知宋玉歸何處，口誦《招魂》一愴神。

〔一〕丰：翁校本作「風」。

〔二〕憀：原作「膠」，據翁校本、馮本改。

〔三〕花：原缺，據翁校本補。

林貴州哀詩二首

四壁空留宅，雙旌漫典州。無錢堆別屋，有石壓歸舟。縱未封孫叔，猶當廟柳侯。吾銘皆實録，亦足繼前修。

歲晚淹留潦霧間，朱幡雖寵變蒼顔。潁川鳳下來何晚，浪泊鳶飛去不遠。道遠返喪新燧改，州貧無賻旅囊慳。新邱莫嘆封塋儉，絶勝癡人錦裹山。

待制趙公伯泳哀詩二首

趙氏源流自副樞，至公清節亢門閭。緒言猶接淳熙際，親擢何慚慶歷初。班馬定爲廉吏傳，韓歐無責諫臣書。可憐衮斧忠邪學，僅向甘泉扈屬車。

憶昔鵷行接武趨，與君肝膽素相孚。孤忠不忍棄明主〔一〕，健論真堪立懦夫。公是《意林》曾續否，退之手註尚存無。公嘗示余《春秋説》、《論語註》。暮年數出交遊淚，莫怪星星滿鬢鬚。

〔一〕棄：翁校本、馮本作「欺」。

禽言九首

杜鵑

門前客勸不如住，樹頭鳥勸不如去。廷尉重來客又集，丞相欲去門人泣。客誤主人固不少，哀哉人有不如鳥。

接客

向來客至投轄留，而今避客如避仇。山禽儆我似有理，何不握髮更倒屣。禽兮禽兮汝豈知，人生衰旺各有時。主人老病客勿怪，罌冷樽空無管待。

姑惡

有鳥有鳥林間呼，聲聲句句唯怨姑。夜挑錦字嫌眠懶，晨執帨巾嗔起晚。老人食性尤難準，冰天求魚冬責笋〔一〕。爺娘錯計遣嫁夫，悔不長作閨中姝。新婦新婦牢記着，人生百年更苦樂。他時堂上作阿家，莫教新婦云姑惡。

行不得哥哥

羊腸汝尚行不得，而況汝兄脚無力。何曾知有陟岡詩，聲聲叫兄不容釋〔二〕。四達之逵如掌平，井廩危道愼無行。禽鳥微類猶有情，鼻亭公豈不愛兄。

提葫蘆

朝愁暮愁愁不已，生爲愁人死愁鬼。百禽唯爾尤可喜，勸我移住醉鄉裏。劉伶畢卓善自謀，生前死後不識愁。

脱布袴

貴家紈袴金梭織，貧家布袴纔蔽膝。半夜打門持文書，脱袴貰酒待里胥。何時贖袴要禦寒，亦爲官掩催租瘢。

布　穀

墻壁雖有勸農文，不如禽語尤殷勤。春泥滑滑陂水滿，晨出下秧薄暮返。烏虖三農養一兵，汝曹努力勿惰耕。朱門日高眠未起，却嫌布穀聲聒耳。

婆餅焦

阿婆八十雙鬢皤，屑麥爲餅將奉婆。小家新婦拙烹調，不覺鐺熱令餅焦。高堂日晏婆停筯，小姑訶婢郎譴婦。新婦斂手前謝過，別就熱鐺翻一箇。

郭公

郭公郭公曾君國，魂化爲鳥憾未釋。滿目山河屬別人，舊時宮殿歸不得。更姓改物今千春，歷歷記憶常如新。郭公蜀帝兩癡絶，自古失國知幾人。

〔一〕責：原作「青」，據翁校本、馮本改。

〔二〕「兄」下原有「行」字，據翁校本、馮本刪。

後村先生大全集卷之二十五

詩

題近藁二首

吾年開八秩，形槁更心灰。禪縛病居士，詩殃凍秀才。坡云：凍死秀才衣帶有《雪》詩。無功上麟閣，有案在烏臺。攻苦三千首，誰曾着價來。

世間小家數，不瘦失之寒。都未飽鯨膾，徒然烹蟣肝。於今無對壘，亘古有荒壇。改竄無全句，明朝更取看〔一〕。

〔一〕更：原作「吏」，據馮本改。

瓦送

瓦送繡行均一去，如公之去獨賢哉。國僑存校如迂闊，涑水辭樞冀挽回。聊爲先師主精舍，不煩殘客到荒村〔一〕。半山未是忘情者，重拜頭廳便出來。

〔一〕荒：原作「翺」，據翁校本改。

村居即事六言十首

磐石時時垂釣，茅簷旦旦負暄。小杓行魚羹飯，長竿曬犢鼻褌。

呵凍畫灰鍜詩，傍人笑汝白癡。五百年有名世，七十翁如小兒。

鈍根無慧能偈，信必有梵志詩。黄吻少年妄語〔二〕，庬眉尊者不知。

老蚌剖胎枯矣，雄雞斷尾棄之。刎頸交誰救汝，犁舌獄無出時。

有時散髮松風，有時一劍秋空。講《易》白牛谿上，題詩黄鶴樓中。

風窗有竹相敲，地爐無葉可燒。亂書翻覆未了，一燈明滅頻挑。

一把算未能下，萬户碁苦不高。老子腹中無物，渠儂笑裏有刀。

坐處在細旃上，立時傍紅雲邊。寧罰公幹磨石，可使劉陶鑄錢〔二〕。

髮脱禿鶖無異，背傴槖駝逼真。不是進賢冠者，亦非靈壽杖人。

敝緼袍足蔽體〔三〕，惡草具可享賓。犢車榮過九錫，鮓飯甘於八珍。

〔一〕「少」字原缺，「妄」原作「忘」，據翁校本補、改。

〔二〕鑄：原作「鏄」，據翁校本、馮本改。

〔三〕蔽：原缺，據翁校本補。

春夜温故六言二十首

侍中譎取玉帶，尚書苦愛貂蟬。家破謫黎母矣，塚穿無髑髏焉。

私怨有公論者，反噬非人情哉。潁叔發修陰事，資深歎軾奇才。

鼎鑊烹東都黨，烟瘴磨元祐人。但看紙上陳迹，始知陛下至仁。

骨朽是非始定，怒炎毁譽未公。太平呼奇宰相，野狐目半山翁。

燕山張皇薄伐，艮嶽文飾太平。黼賀尅復受賞，瓘憂分裂有萌。

門前客已去矣，屋裏人安在哉。寒雀張羅可得，春鷰啣泥不來。
丞相訓子尤儉，夫人送女已非。盥面用瓦盆子，籍足以錦地衣。
出入息頃冷暖，翻覆手間雨雲。斬頭從教萬段，賣頌不直分文。
京檜皆黄髮老，攸熺各黑頭公。當時號爲小相，至今歎作頑童。
選人片言授鉞，貴臣萬里建侯。平洮致緑石研，復燕得碧雲油。燕山面膏也。
拔舌犯世深忌〔一〕，枕肱夸師緒言。徂徠生爲鬼怪，伊川死尚還魂。
子長交遊莫救，孫盛門户幾危。執簡而往誤矣，閣筆相視得之。
書姦書盗不隱，諱周諱魯若私。使亂賊懼直筆〔二〕，於定哀多微辭。
向來動脚已謬，末後濡尾轉非。伏生力辭不至，申公不合始歸〔三〕。
一部《日録》付壻，《三經新義》傳兒。躋翁超乎亞聖，贊父光於仲尼。
懲舒之志甚鋭，祚宋之言可悲。濃墨書姦黨石，長繩拽粹德碑。
圖霸卧薪嘗膽，爲農拾穗行歌。短衾斂首形矣，高官如跋疐何〔四〕。
《絶交書》謝伊輩，《養生論》真吾師。詩無風刺尤妙，史有天刑勿爲〔五〕。
辨材師苦死愛，文皇帝得許癡。温韜刼陵大盗，蕭翼穿窬小兒。
相郎穴厨而竊〔六〕，王相坎壁以藏。十襲爲傳家寶，一點無入已贓〔七〕。

〔一〕拔：原作「板」，據翁校本改。
〔二〕亂賊：原倒，據馮本乙。
〔三〕始：原作「婦」，據盧本改。
〔四〕高官：原缺，據翁校本補。
〔五〕有：原缺，據翁校本補。
〔六〕穴：原缺，據翁校本補。
〔七〕一點：原缺，據盧本補。

挽林韶州二首 興宗

墮落紅巾手〔一〕，崎嶇白刃間。死難令北面，因尚著南冠。漢使無金贖，相如與璧還。都將雙鬢雪，換得兩輪丹。

東起平戎策〔二〕，鈴齋晝掩扉。身留嶠南老，餉至洛中稀。瘴自茅花起，喪同薏苡歸。不知湯介子，朝論是耶非。

〔一〕手：原作「子」，據翁校本、馮本改。

〔二〕東：原作「東」，據翁校本改。

和黄户曹投贈二首

祖潤

羞問胡奴乞米炊，君恩樸斵老儋祠。蚤賡殿閣微凉作，晚課田園雜興詩。洛下共遊無在者，巖頭末句欲傳誰。天公別有相裨補，素髮星星兩鬢垂。

巫醫末技有師生，古道今人鮮復行。受子雲《玄》誰卒業，附韓公傳不埋名。虱猶可以箭鋒貫，蠅豈能增秤尾輕。頗欲他時觀續集，定將蒼老换朱榮。

又二首

萊菔可虀秔可炊〔一〕，絶勝遠訪碧溪祠。渠能去伴舒爲詰，時有來聽鼎説詩。江夏奇童今屬子，金華仙伯更傳誰〔二〕。錦囊倒贈貧家了，不管旁觀笑橐垂。

詩家事業可憐生，骨朽人間有集行。鍛錬鬼猶驚險語，折磨天亦妒虚名。長騎驢背嫌肩聳〔三〕，欲拔鯨牙恨力輕〔四〕。吟得擅場成底事，不如黄策挹浮榮。

〔一〕 薹：原作「薺」，據翁校本、馮本改。
〔二〕 傳：原缺，據盧本補。
〔三〕 騎：原作「倚」，據翁校本、馮本改。
〔四〕 拔：原作「投」，據翁校本、馮本改。

答楊公朝

昔抱遺編事悦堂，藞陵宰樹想荒凉。問君鄉土生悲感，家住秦溪又姓楊。悦堂謂吏部楊公通老。

鶴會三首

晚覺方家總寓言，儋書只説谷神存。不煩姹女來丹竈，忽有嬰兒出顖門。
肉眼安能辨聖凡，有時巾褐過城南。亦無《肘後》堪傳汝，且向純陽兩字參。
投不貲軀火宅中，須臾鬢雪换顔紅。暮年頗欲從翁去，共過蓬萊聽水風〔一〕。

〔一〕 水：原作「冰」，據翁校本、馮本改。

林知録和余梅百詠

一已爲多況百哉，得君詩卷久驚猜。乍疑姑射山頭比，誰喚勾芒雪裏廻。委壤可憐渠有命，傾城豈是子無媒。直須著意描香影，和靖宗人合詠梅。

送林知録 仲嘉

狗監知才子，雌堂惜上賓。歸船載畫重，清俸買書貧。已作扶犂叟，難留拄笏人〔一〕。洛英如見問，爲説卧漳濱。

〔一〕拄：原作「挂」，據翁校本、馮本改。

周天益辭歸延平

自説鐔津上，辛勤葺數楹。一家僑寄活，隻手拮据成。俗薄詩人厄，州貧太守清。聞君不由徑，想見攬衣迎。

送仙遊黃尉 巖孫　新授潮教〔一〕

三載仙谿上，蕭然少府廳。不曾填格目，但見纂圖經。黃綬離卑冗，青衿冒典刑〔二〕。泉潮相接壤，尤可奉親庭。

〔一〕潮：原作「朝」，按宋無朝州，此字必誤。又據《閩中理學淵源考》卷一八所記，黃巖孫乃惠安人，惠安屬泉州，與潮州相鄰，故後村詩云：「泉潮相接壤，尤可奉親庭」。可證「朝」乃「潮」之誤，因改。

〔二〕冒：原缺，據翁校本補。

贈貴上人

貴公葬法妙蓍龜，眼力尤高異管窺。先世曾從牧堂學，蔡西山之父。前身疑是涅槃師。服寒食散方誰驗，營土饅頭計已遲〔一〕。我卜寢丘將斬草〔二〕，重來莫負老人期。

〔一〕營：原作「榮」，據馮本改。
〔二〕斬：原作「蔪」，據翁校本、馮本改。

次韻黄户曹問訊二首

理窟騷壇兩罷休〔一〕，倒持麈柄讓名流。向來祖裼欲暴虎，老去短衣聊飲牛。歛退始知顔巷樂，迂踈空抱杞天憂〔二〕。名山何處無靈藥，長笑癡人入海求。

殘年宜去亦宜休，出處輸渠第一流。華表歸三千歲鶴，具區有四十蹄牛。見《甫里先生傳》。吟薰風殿曾微諷，祖夕陽亭尚隱憂〔三〕。乾鵲噪簷無別喜，書筒詩卷遠相求。

〔一〕理：原作「埋」，據翁校本、馮本改。
〔二〕天：原作「夫」，據翁校本、馮本改。
〔三〕祖：原缺，據盧本補。

寄題楊懋卿孝感堂

哭時聞者亦欷歔，雙鶴隨聲下碧虛。帝出絲綸照穹壤，官施綽楔表門閭〔一〕。今無陶侃誰能爾，古有蘇耽莫是渠。華髪史儋曾載筆，尚能濃墨爲君書。

〔一〕官：原作「宮」，據翁校本、馮本改。

摘玉堂紅皺玉二絶

顆顆苞甘液，年年飫老饕。絶勝九千歲〔一〕，三度竊蟠桃。

珍貴均摩勒，甘滋過醴泉。謂天不吾享，豈不厚誣天。

〔一〕千：原作「十」，據翁校本、馮本改。

樗庵採荔二絶

村叟相持捋白髭〔一〕，羡儂健似去年時。野儒枯槁無師授，傳得單方服荔枝。

墜殼紛紛滿樹間，更抛墻外費防閑。暗中仍被揶揄笑，此老冬烘可熱瞞。

〔一〕捋：原作「將」，據馮本改。

余平生不至廬山六月廿八日夜夢同孫季蕃游焉林木參天瀑聲如雷山中物色良是一刹甚幽邃傍人告曰此有不出院僧余與季蕃欣然訪之語未終而覺將曉矣窗外簷溜淋浪紀以二詩

似與孫郎有宿期，共穿紫翠探幽奇。水簾噴雪非常爽〔二〕，火傘張空了不知。蒙衲僧寧非惠遠，結茅人莫是凝之。惜今粉繪無名筆，尚可追摹入拙詩。

泉聲潨潨樹蒼蒼，云有高僧占一房。糧絶罕曾起烟火，佛來不肯下禪牀。緇流誰可傳宗旨，黄勑難招坐道場。何必真分一間住，偶爲但過亦清凉。

〔一〕爽：原缺，據翁校本補。

虎暴二首

趫捷超山徑，咆哮噉土墻。昔無當道卧，今有稅人場。班特歸欄早，韓盧入竇忙〔一〕。四山多伏弩，未可恃雄强。

噬至飽而止，出爲飢所驅。東鄰棧失羖，西舍廐亡駒。浪説裴旻射，難施抱朴符。雌雄已堪畏，況挾小於菟。

〔一〕竇：原作「寶」，據盧本改。

初秋感事三首

徧閲同參入涅槃，傍觀盡怪老僧頑。有詩傳世天機淺，無史藏山筆鉞閑。夢境瞿莊更喚醒，醉鄉陶阮夾扶還。吾廬寂寂人稀至，不是先生愛掩關。

跌蕩當年賦兩京〔一〕，晚抛筆硯事春耕。達空函啓已心懶，讀夾注書猶眼明。金匱舊聞虛論次，香奩少作悔流行。而今老病都休也，起聽秋聲百感生。

恩放歸田又數期，少猶迂闊況衰遲。日非夸父追能及，山豈愚公力可移。前席虛懷何日報，細旃密啓有天知。太陽所燭皆萌達，不照墻陰藿與葵。

〔一〕跌蕩：原作「跌薄」，據盧本改。又翁校本、馮本皆作「輕薄」。

贈宇文貢士　叔簡

君家忠節著先朝，廟院如今稍寂寥。晉代褒勛侯謝滄，唐人詔姓取顏標。地寒訪我門羅爵，天定看君世珥貂。欲掃空齋同夜話，山荒黃獨尚無苗。

跋青陽尉古賦　卯起

青陽少府筆如椽，袖出騷人體物篇。往昔上林推蜀客，後來赤壁有坡仙。自言避地僑江表，誰誦《凌雲》向上前。螢雪一生家萬里〔一〕，漢庭給札定何年。

〔一〕雪：原作「室」，據翁校本、馮本改。

尉姪寄百雀圖〔一〕

猶子知余嗜，封來半尺綃。誰將一兔穎，戲作百鶻鷯。具體侔針粟，卑飛集葦苕。笑他九萬里，辛苦上雲霄。

〔一〕姪：原作「姓」，據翁校本改。

夜坐二首

依約前生是蠹魚，坐窗不覺曉鐘餘。都忘還笏休官了，渾是擔簦應舉初。亥豕安能承謬誤〔一〕，雪螢尚欲補空疎。玄花生眼蜩鳴耳，貪校新抄數板書。

世法人情已盡拋，深林自占一枝巢。病來不飲疎歡伯，老去惟書作淡交。馬尾動煩刊筆誤，蠅頭尚可就燈抄。山空月落商歌起，不管秋風捲屋茅。

〔一〕「承」原作「丞」，「誤」原作「訣」，據翁校本改。

秋旱繼以大風即事十首

雖作堯時擊壤民，田家憂樂尚關身。抱珠難起龍公睡，走石誰撩颶母嗔〔一〕。

蘋末蕭蕭忽怒飛，松公欲仆竹君欹〔二〕。無人委曲鐫風伯，晚稻方花最怕吹。

作苦三時逸在冬，安知一簣尚虧功。愁聞地籟吹羊角，不見天標滴馬鬃。

曾立龍墀忝近臣，深知玉座最憂民。近傳奎畫蠲租賦，稽首觚稜祝聖人。

吳中見説亦枯焦，勺水如金汲路遥。但有清塵無灑道，不能破塊止鳴條。

抱甕區區溉旱苗，忍飢終勝似操瓢。飲堯井水耕堯野，偶作樵歌亦譽堯。

古人一念感而通，不待焚巫祭雨工。湯反諸身防六事，漢移其咎責三公。

老農相戒早輸官，何日爰書得少寬。明府安知簾外事，路人却見水中瘢。

禹功遠矣世猶思，誰穀吾州賴兩陂。待與閟宮碑歲月，併爲神作送迎詩。

少耽章句老明農，無意爲文忽自工。戲作小詩説場圃，細看似可續《豳風》〔三〕。

〔一〕撿：原作「掩」，據盧本改。翁校本、馮本皆作「生」。
〔二〕欹：原作「倚」，據翁校本、馮本改。
〔三〕績：原作「讀」，據馮本改。

雜興十首

蒼苔滿意上庭除，應爲新來客屨疎。老圃寧無螬半李，貧家尚有鼠餘蔬。身先退士吟《招隱》，兒勸尊公賦《遂初》。已與山靈盟歃了，龍鍾斷不就安車。

曾忝開元供奉班，君恩全護放還山。諸公縱欲俎豆汝，老子安能筆硯閒。試拂毛錐嗟已秃，便扶靈壽亦何顏。迴頭猿鶴休相笑，猶勝周顒去不還。

少喜清談拙自謀，行年至此復焉求。歸休誰肯争幽谷〔一〕，貧殺猶堪買沃洲。笛作曾垂安石淚，扇遮難護彦回羞。伯陽老去差姦黠，真出函關不少留。

旋插疎籬設矮扉，僅容老子自娱嬉。國蝸角上何嫌小，巢鳥窠邊不覺危。石槨無陳雞絮者，朱門有設雀羅時。平泉花木奇樟檜，辛苦栽培竟屬誰。

鬢髮蕭蕭牙齒疎，耄荒不記《兔園書》。有時待月□□榭，驀地看花命小車。早慕兩龔辭病去，晚從二仲卜鄰居〔二〕。阿戎解執牙籌耳，嵇阮中間却頓渠。

何止才疎亦命慳，暮年身世寄田間。望塵早不游金谷，投筆今難戍玉關。日禱泥龍晴自若，晝騎秧馬夕方還。跳丸只了東西走，不道能蒼壯士顔。

咸熙以後義熙前〔三〕，曹馬灰寒不復燃。寧作《歸來詞》引避，可爲《勸進表》求全？斜川妙語超言外，廣武狂談發酒邊。賴有遺文堪可質，世誰陶阮豈其然。

諸公袞袞一番新，留得山林著放臣。鞍破馬移它廄去，巢空燕覺主家貧。甥陪棋局何須客，兒舉籃輿不覓人。膜外浮榮酒中趣，看來二者孰關身。

迴首危途尚可驚，三家村裏送餘生。入無奥主常孤立，歸有鄰翁可耦耕。罵坐不聞因耳重，懸車已決覺身輕。小詩何必諸公誦，自向閒時詠太平。

古書踳駮承訛久〔四〕，新義支離折衷難。孔墨達觀無異道，觸蠻角立有爭端。壁中科斗經傳寫，甕裏醯雞□□殘。老子暮年親勘破，束書閣上不須看。

〔一〕幽：原缺，據翁校本補。

〔二〕仲卜：原缺，據盧本補。

〔三〕「咸」字原缺，「義」原作「栽」，據文意補、改，其説如下：咸熙爲魏元帝曹奐年號，司馬氏取而代之；義熙爲東晉安帝年號，時雖未亡，氣數殆盡。陶淵明之歸隱亦在義熙初。詳其下詩句，吻合無疑。馮本此句作「淳熙以後紹熙前」，按淳、紹乃南宋孝、光二帝年號，二者相連，並無間隔時段，則此句全無文義。又此句與全詩言魏晉事不符，故不取。

〔四〕 踳：原作「踏」，據翁校本、馮本改。

太守宋監丞新三先生祠刊二劉遺文以二詩紀實

兩翁仕不至丞郎，名節能流百世芳。窮巷號爲通德里，舊書藏在善和坊。古楹日敝加丹刻，老栢年深益黛蒼。太守懷賢崇教化，鄉先生盍祭於鄉〔一〕。

俱事重華著直聲，百年藏藁未流行。世評諫疏如劉向，公讀遺書感樂生。里有襄陽耆舊傳，史無齊魯大臣名。去歲得吴卿明輔書，云新史不爲艾軒及兩翁立傳〔二〕。孤孫白首荒家學，甘作滕民負耒耕。

〔一〕 鄉、盍：原缺，據翁校本補。

〔二〕 艾：原作「文」，據馮本改。

使君次韻再賦

當年雙璧甲科郎，未羨燕山五桂芳。奏賦何曾因狗監，諫書直乞罷鷹坊。聚螢窗冷韋編蠹，下馬陵蕪宰樹蒼。不是使君來北海，邦人豈識鄭公鄉。

下車不識疾呼聲〔一〕，郡政清平教亦行。曹相治齊賓蓋老〔二〕，何侯在楚厚龔生。甘棠通國俱懷惠，遺藁因公得記名。老受一廛無以報，先疇不腆尚堪耕。

〔一〕疾：原作「直」，據翁校本改。

〔二〕蓋：原作「益」，徑改。此用曹參禮蓋公事，見《漢書·曹參傳》。

芙蓉六言四首

東林百草摇落，老圃數株白紅。楚客空悲歲晏，班姬錯怨秋風。

雪白露初泣曉，酒紅日欲平西。王姬何彼禯矣，美人清揚婉兮。

月地不離人世，花城豈必仙家。且容康節向月，不羨曼卿主花。

羞作太真妃帳，寧爲屈大夫裳。帝賞此花高節，別賜一名拒霜。

端明無惰趙公哀詩二首

憶昔並居封駁地〔一〕，相期叶力共推車。慣看東閣批黄勑〔二〕，同向南衙沮白麻。高興竟歸安石墅〔三〕，大疑猶訪魏舒家〔四〕。僅存一鑑今亡矣，想見昕朝亦嘆嗟。

惜身顧影世滔滔，歎息斯人振古豪。中壘老猶獻封事，三閭去尚作《離騷》〔五〕。無金可遺貧如故，加璧難招節更高〔六〕。有淚數行芻一束，若爲飛渡浙江濤。

〔一〕憶：原作「惜」，據翁校本、馮本改。
〔二〕閣：原作「雀」，據翁校本、馮本改。
〔三〕興、墅：原缺，據翁校本、馮本補。
〔四〕大疑猶、魏：原缺，據翁校本、馮本補。
〔五〕閭：原作「間」，據翁校本、馮本改。
〔六〕節：原缺，據翁校本、馮本補。

惜筍二首

主人尤愛竹，老病鮮窺園。粟鼠競攜子，籜龍空長孫。化爲玉版去，留得錦綳存。雖有監臨者，貪眠晝閉門。

手移孤竹氏，遍地長孫枝。挺挺堪傳嫡，疎疎欲咎誰。汝饞猶可忍，吾俗恐難醫。雖有監臨法，寬柔不忍施。

後村先生大全集卷之二十六

詩

贈天台陳相士

逕草齊腰人跡稀，凌晨忽有叩柴扉〔一〕。遠攜吾子出疆贄，來看先生杜德機〔二〕。許燕領侯行且驗，評鳶肩夭是耶非。惜無斗酒堪澆汝，一曲勞歌贈北歸〔三〕。

〔一〕忽，原缺，據翁校本補。
〔二〕杜德機，原缺，據馮本補。
〔三〕勞：原作「老」，據翁校本、馮本改。

贈日者程士熙

竹溪滿口相稱説，韓慥林間一輩流。少不如人今已老，天之命我子難修。桑蓬壯志無成就，箕斗虚名有悔尤。試爲端蓍占歲晚，幾囷粟實幾蹄牛。

挽鄭永福

竹間梧畔故應佳，非但才高詩亦葩。世胄蚤通樞相譜，里人知是大魁家。誰言陶令纔爲米，不遣潘郎再種花。□□雲深華表遠，北風無賴送哀笳。

寄題趙尉若鈺蘭所六言四首

平生憎鮑魚肆，何處割山麝房。試與君評花品，不如渠有國香。

屈子平章荃蕙，荀卿區別芷槐。志潔真飲露者，性惡似漸滫來〔一〕。

高標可敬難狎，幽香似有如無。世間少別花者，海上多逐臭夫〔二〕。

遶林尋香不見，對花寫貌失真。癡人鼻孔無辨，俗子毫端有塵。

〔一〕漸：原缺，據翁校本、馮本補。

〔二〕多：原作「得」，據翁校本、馮本改。

答括士李同二首

憶昔駸駸逼要津，迂疎誰遣批龍鱗。羞爲慶歷一不肖，妄意熙寧三舍人。鬼質若非天奪魄，纍臣豈有地容身。江湖社友應相問，爲說蕭蕭雪鬢新。

秃翁門巷冷涔涔，僮報詩人遠見尋。微露毫芒足奇怪，少加煆煉愈高深。肯來鄰下從公幹，待向關中説季心。黄鵠池邊需應制，勸君莫學凍蛩吟。

贈永福黄國孫

余頃爲建陽令，丞黄之望亦永福人，君頗能道當時事。

尚記鳴琴錦水濱，華宗贊府偶同寅。涉哦松筆規隨我〔一〕，傳種花詞膾炙人。潘令鬢毛兩堆雪，崔丞詩賦一微塵。覽君姓氏詢鄉里，舊事關心感慨頻。

〔一〕規：原缺，據翁校本補。

强甫西上

平進差賢似躁求，乃翁豈不爲兒謀。今寒畯士難京秩〔一〕，古子男邦亦小侯。翹館詎宜頻造請〔二〕，孤山雖好勿淹留〔三〕。誰言此老心如鐵，臨别無端作許愁。

〔一〕秩：原缺，據馮本改。

〔二〕翹，原作「翅」，據翁校本改。

〔三〕淹，原缺，據翁校本補。

挽薛潮州

醇謹真賢胄〔一〕，廉能亦吏師。潘花一手種，韓木百年思。交友招魂些〔二〕，遺民墮淚碑。今無黄絹筆，書墓嘆吾衰。

〔一〕醇：原缺，據翁校本補。
〔二〕交：原缺，據翁校本補。

留别表弟方時父二首

四壁蕭蕭落葉聲，招留聊試子交情。不應華屋延珠履，得似蓬窗共鐵檠。襆被都無三宿戀，重裘未覺一寒生〔一〕。暮年彼此懽悰薄，相對清談聽斷更。

憶昔分擕今再聞〔二〕，君猶黑鬢我霜顛。絶憐盧弟真才子〔三〕，若比殷兄尚少年。渭北幾時重把酒，山陰作麽便廻船〔四〕。未知後會平安否，搔首臨風意惘然。李益外弟盧綸，唐大歷十才子之一也。白樂天詩：「猶有夸張少年處，笑呼張丈唤殷兄。」

〔一〕寒：原缺，據翁校本補。
〔二〕憶昔：原缺，據盧本改。
〔三〕子：原缺，據翁校本補。
〔四〕廻船：原缺，據翁校本補。

輓方宜人二首 林直院内子

□□□兒孝，姑云此婦賢。諸郎丹穴種，夫子玉堂仙。□□□寧忍，煎膠法不傳。多情潘騎省〔一〕，應賦《悼亡》篇。

分斷金釵股〔二〕，全遮玉鏡輝。竟令鸞獨舞，愁見雉雙飛。月照梁鴻案，塵凝孟母機。平生竺乾學，至此是真歸。

〔一〕省：原作「雀」，據馮本改。

〔二〕分斷金：原缺，據盧本改。

記顔二首

不涷肩山聳，方暄鬢雪濃。或云壽者相，敢道德人容。補助無靈藥，扶持賴瘦筇。傍觀莫相笑，年事合龍鍾。

恰纔猶兩髧，倏忽已雙皤。昔似衛洗馬，今成郭橐駝。窩中老康節，龕裏活彌陀。縱使加冠劍，其如醜怪何。

田舍即事十首

閩土資生少，農家作苦多。尚能蓋牛屋，未肯入雞窠。社裏戴花舞，原頭拾穗歌。設令生漢代，堪冠力田科。

場圃先修築，囷倉次補完。坐居鄰叟下，身雜役夫間。荷蓧侵星出，肩禾束藴還。小窗殘卷在，未敢便偷閑。

此日田舍漢，當年省禁臣。絲綸隔世事，蓑笠暮年身。龍棄真初祖，羊求在近鄰〔一〕。南朝足名士，吾獨愛吾真。

事國嘗陳力，明農晚乞骸。擊鮮兒勿費，執醬老難偕〔二〕。僅可從沮溺，安能望賜回。幾曾識奇字，門外客休來。

小築三家聚，新芻萬户春。昔豪幾腐脇，今病罕沾唇。太古華胥氏，豐年畏壘人。超然市朝外，未易葛天民〔三〕。

疇昔元疎懶，如今轉耄荒。都忘《高士傳》。僅記《庶人章》。棲畝牛羊飽，開囷雀鼠忙。老農識慙愧，先議道官倉。

小樹無丹雘，低墻略塈茨。辛勤趨穡事，快活過花時。懶獻《嘉禾頌》，閑賡《滞穗》詩。幸生太平世，不樂復何爲。

淺畎須穿浚，荒畦要糞除。何嘗舍耒出，亦或帶經鋤。古有神農學，今傳氾勝書。野儒曾涉獵，未可議空疎。

比屋篝車滿，深林鼓篴喧。簇花迎婦擔，抛果浴兒盆。古禮曾求野，先民或灌園。子孫記吾語，切勿羡華軒。

凋邑租符緊，荒祠木偶新〔四〕。吏談長官健，巫託社公嗔。烹犬看承客，吹螺降送神。二豪懷肉返，去詵別村人。

〔一〕求：原作「裘」，據翁校本、馮本改。
〔二〕偕：原缺，據盧本補。
〔三〕葛天民：原缺，據盧本補。
〔四〕「祠」原作「詞」，「偶」原作「耦」，據馮本改。

輓方倅巖仲二首

上世師朱氏〔一〕，慈闈祖艾軒。惓惓纂遺緒，歷歷識前言。柳記多先友，遷書賴外孫。悲哉此奇士，寂寞向寒原。

身後青名在〔二〕，辛勤卜此阡。書丹翰林筆，埋玉息庵錢。葛帔孤誰託，蒿簪婦亦賢。許丞無事業，千古以廉傳。

〔一〕朱：原作「未」，據翁校本改。

〔二〕青名在：原缺，據盧本改。

輓鄭郎公衛夫婦二首〔一〕

燈窗磨歲月，竹帛勒功名。晦迹溪西隱，終身谷口耕。似山猶有漏，於佛悟無生。尚喜家駒駿，何慚輔嗣甥。

遺言傳屬纊，内則冠幽閨。劉尹真長妹，黔婁處士妻。鸞離暮年恨，鶴弔凍雲迷〔二〕。慧性無生滅，幡花導向西。

〔一〕衛：翁校本、馮本作「衛」。

〔二〕雲：原作「飛」，據翁校本、馮本改。

題同班小録三首

猶記甲申引見，傳頭幾度春風。短夢聽鈞天樂，一生泣鼎湖弓〔一〕。

周章鶴碧朝服，咫尺猩紅御袍。風號先帝陵木，霜着孤臣鬢毛。

帳殿久移南内，橋山已隔西興。同時謁帝評事，回首不忘茂陵。是日評事胡夢昱輪對。

〔一〕湖：原作「胡」，據翁校本、盧本改。

丁巳啓建二首

一息營升斗，留翁寂寞濱。白頭攜暮子，來作祝堯人。

有意祝靈椿，無堪獻野芹。玉杯真繆巧，金鏡最忠勤。

夜坐二首

坐久烏薪盡，呼童掃葉忙〔一〕。海風過雪冷，冬夜抵年長。故紙真糟粕，枯骴孰臭香〔二〕。老無閑記性，讀罷轉頭忘。

併擁三重絮，猶新二尺檠。屋高先見月，城遠忽聞更。藜杖光芒歇，茅柴力量輕。若非簷鐵響，淡殺老書生。

〔一〕忙：原缺，據盧本補。

〔二〕孰臭：原作「息」而上缺一字，據盧本改、補。

南山感舊二首

鬒齔隨二親，旅泊承天寺。姆抱殿上嬉，忽覩瞿曇氏。自從出腹來，未嘗識奇偉。顧瞻忽眩晃，冷汗如潑水。戰掉病三日，湯熨乃能起。譬如秦武陽，震慴白帝子。彈指七十年，顏髮遽如此。棒喝夾攻之，碓磨備嘗矣。既具頂門眼，遂得少林髓。南山梵王宮，規模自唐始。輪奐絶鉅麗，像設尤卓詭。瓣香大雄前，怳然憶稚齒。儂久離怖畏，佛亦生歡喜。却看丈六身，僬僥國人爾。

挽陳建昌 夢凱

一麾逾嶠幾星霜，歲晚乘雲覲帝傍。方喜吾邱來春計，又聞翁子去懷章。百弓別業雖清曠，九尺長身已老蒼。原上悲風吹宰樹，傷心雞絮莫攜將。

連日寒甚懷强甫二首

同雲作色日潜輝，咄咄玄冥未霽威。驛使能無一枝寄，客程應有六花飛。烏公恩重宜親謁，絳老年高可蚤歸。想見仙霞三尺雪，布衾如鐵起添衣。

人生各有稻粱謀，暫去家庭作遠游。年事但看翁齒髮，天寒深念汝衣裘。履霜我獨知琴操，立雪誰來問話頭。但願茅簷相保守，千書説不盡離愁。

夜讀傳燈雜書六言八首

曾爲魔女攝入〔一〕，亦被岡明唤廻。錦覆陷穽可畏〔二〕，鐵鑄門關勿開。

稍喜世緣漸薄，尚嫌家事相關。种子入豹林谷，龐公遯鹿門山。

達人蘧蘧夢覺，猷漢屑屑往來。剪斷郭郎線索，送還趙老燈臺。

神秀元來得法，誌公了不見幾。半夜一鉢南邁，明朝雙履西歸。

麟經之筆既絶，蠶室之書遂行。聃非二子同傳，齊魯兩生失名。

悠然東籬把菊，登彼西山採薇。重華去我已久，神農没矣安歸。

贈半山翁甚美，責臨淄公不輕。大蘇肯念舊惡，小宋猶有宿酲。

孫以獻公稱祖，妻以康子謚夫。何必議郎博士〔三〕，千秋萬歲稱呼。

〔一〕女：原作「汝」，據翁校本、馮本改。

〔二〕陷：原作「蹈」，據翁校本、馮本改。

〔三〕博：原作「傳」，據翁校本、馮本改。

仲晦昆仲求近稿戲答二首

過去生平一念差，偶因薄技忝清華。寧吟韓子將歸操，不草韋郎起復麻。綺語預愁無間獄，綸言見笑當行家。見鄭某疏。而今老矣全瘖了，匹似枯株不著花。

辛苦搜腸更撚鬚，適資談者指瑕瑜。中郎碑好猶名愧，吏部銘高未免諛。餘忿燕泥能道否，遺言鶴唳可聞乎。從今一字休思索，千古文人一律愚。

贈洪道人圓定

道人三昧力，手閱幾巖塼。既用功追琢，何憂質得堅。玉因石攻美，月以斧修圓〔一〕。非遇良工剖，陶泓不受鐫。

〔一〕以：原作「似」，據翁校本、盧本改。

歲晚試筆一首

憶與諸賢共造廷，暮年屈指略凋零。顔郎衫色有時紫，潘令鬢毛無日青。小草自應慙遠志，落英猶足制頹齡。左丞豈識吾詩者，舉向村姑倚樹聽。用朱希真語。

題研六言四首

噓呵肌理泉潤，拊摩德性玉温。可謂無毫髮恨，何曾犯斧鑿痕。第一硯

其面固已睟然，其背貴不可言。寧捧以供李白，勿舉以擲鄭畋。第二硯

無駁雜者其色，不磷緇者其德。方巖求之不得，後村不求而獲。第三硯

眼如胡僧之碧，口如老龐之吸。子雲要伴《玄》草，添丁勿翻墨汁。第四硯

縱筆二首

虚費燈窗一世勤，老師曾許與斯文。玉臺不善諧新詠，金匱猶堪記舊聞。淺學安能演繁露，華

堂苦愛誦微雲〔一〕。史香騷艷無窮盡，歎息何人共摘熏。

風月佳時一放懷，幸無章綬束筋骸。眵昏端以親燈故，憂患皆從識字來。受業門人留不住，載醪客子儘教迴〔二〕，閉門自了身心事，寄語時賢莫浪猜。

〔一〕愛誦：原作「受」且下缺一字，據盧本改、補。
〔二〕儘：原缺，據翁校本補。

示畫者

眉宇巑岏鬢禿殘，愧君模寫向冰紈。削瓜古有形相肖，擲果今無衆聚觀。且可夷猶狎鷗鷺，不消夭矯比龍鸞。去爲將相開生面，莫貌山翁骨相寒。

書感

恩賜殘骸得返耕，孤臣安敢厭承明。羊腸曾有單車覆，牛背那無一篷横。俗子休疑眉宇異，癡人錯望耳毫生。老身雖厄心常泰，聽取商歌遶屋聲。

對卷

妙在心通與理融，卓然有見是英雄。大儒晚作韓考異，往哲曾非墨尚同。折角争希郭有道，鬃眉求似狄梁公。可憐老學孤無助，月落參横讀未終。

立春二首

絲切登盤菜，花垂插鬢幡。老人總無分，回施與諸孫。

枯槁蒙膏潤，誰非喜雨人。兒童翻懊惱，惜不看鞭春。

忿慾一首

忿慾傷生甚斧斨，《易》言懲窒味尤長。古人明著佩韋戒，前輩猶煩按劍防。養似鬭鷄逢紀渻，避如決鹿見毛嬙。小齋掃去閑書畫，專揭吾詩置座傍。

觀儺一首

烟熏野狐怪，雨熄畢方譌。惟有三彭黠〔一〕，深藏不畏儺〔二〕。
祓除嘯梁祟，驚走散花魔。切莫敺窮鬼，相從歲月多。

〔一〕黠：原作「點」，據翁校本、盧本改。
〔二〕儺：原作「誰」，據翁校本、馮本改。

歲除一首

兒童燒爆竹，婦女治椒花。獨有龍鍾叟，凄凉感歲華。
冰銜常恁麽，雪鬢轉皤然。一事差堪喜，多詩似去年。

戊午元日二首

過去光陰箭離弦，河清易俟鬢難玄。再加孔子從心歲，三倍周郎破賊年〔一〕。赤壁之捷〔二〕，瑜二十四。耄齒阻陪鳩杖列，瞽言曾獻獸樽前。磻溪淇澳吾何敢，且學香山也自賢。

敗絮蕭然擁病身，久疎朝謁作閒人。公卿各趁黄麾仗〔三〕，賓客誰看烏角巾。菱照無情難諱老，杏梢作意已撩春。卧聞兒女夸翁健，詩句年光一樣新。

〔一〕倍：原作「陪」，據盧本改。
〔二〕捷：原缺，據翁校本補。
〔三〕仗：原作「伏」，據翁校本、馮本改。

送山甫銓試二首并寄强甫

二昆南北各驅馳，季復隨群試有司。蕃衍皆因先世積，荒嬉端爲乃翁慈。争名古有答兒語，任運吾無責子詩〔一〕。萬一原夫能末綴，採蒲裹粽待歸期。

家事如今亦盡傳〔二〕，此冠未挂待何年。忍抛老□□□畔，去傍渠儂水鏡邊。逆旅我能幾時客，自家□□□人憐。歸鴻數寄平安字，莫遣衰翁望眼穿。

〔一〕吾無責：原缺，據馮本補。
〔二〕盡：原作「盍」，據翁校本、馮本改。

挽南皐劉二先生

克，字子至，秘書郎坦之父，靖君之子。

久無羔雁聘遺賢，白首邱園氣最全。聊與荆公續詩選，不聞譙叟入經筵。講師翁庶幾三昧，樸學余纔説一篇。兩侍細旃莫推挽，謏儒此愧若爲湔。丙午，余公□書説秘書，□時忝侍數條，欲□□緝熙，以《書》進講，方採公《説命》中獻之□□上。然余僅説至《盤庚》中章而去。

少時已誦水心銘，今息庵文可並行。椿筭過如大君子，蒲輪莫致老先生。縱無掌故來傳詔，盍有門人與易名。嘗辱蓬仙授經説，蓋陵道遠一傷情。

天基節口占二首

報道東方欲辨晨〔一〕，强扶衰憊起冠紳。差賢眇者與跛者，竊比封人祝聖人。野老豈知蒙帝力，農夫稍有告余春〔二〕。不須景慕斜川叟，且作田間擊壤民。

赫風隱隱聽宫縣，曾立紅雲一朵邊。天語下詢顔不遠〔三〕，帝歌自作墨猶鮮。臺郎誰是玄都舊，輿尉安知絳老年。散吏宫花能幾許，諸孫争怕落人先。

〔一〕道：原缺，據翁校本補。

〔二〕余：原缺，據翁校本補。

〔三〕遠：原缺，據翁校本補。

人日

元日至人日，未有不晴時。剥復觀《周易》，吟哦反杜詩〔一〕。將開户北向〔二〕，折到杏南枝。不得東風力，余寒豈易支。

〔一〕反杜詩：「反」原作「及」，據《永樂大典》卷三〇〇一所引改。按，杜甫《人日詩》云「未有不陰時」，而後村改「陰」作「晴」，固是反杜詩。

〔二〕將開：原缺，據《永樂大典》卷三〇〇一所引補。

君疇仲晦茂功蒙仲和余差鬚韻二詩再答二首〔一〕

懊悔平生擇術差〔二〕，誓將秋實代春華。幸無大節汙青史〔三〕，曾有狂言壞白麻。已約宗雷同入社，且饒燕許自成家〔四〕。傍人不必争殘線，秃筆何因肯再花。

衡與脩皆捋虎鬚〔五〕，不論公幹與元瑜。譏彈山寺詩爲謗〔六〕，指點滄州疏似諛。毛垢人將吹洗汝，涅磨渠不磷緇吾〔七〕。勸君刊落閑枝葉，佩服高柴一字愚。

〔一〕仲晦：原作「仰晦」，據翁校本改。

〔二〕懊：原缺，據翁校本補。

〔三〕青：原作「清」，據翁校本改。

〔四〕成：原缺，據翁校本補。

〔五〕衡：原缺，據翁校本補。

〔六〕謗：原缺，據盧本補。

〔七〕吾：原作「乎」，據翁校本改。

挽趙漕克勤禮部二首

渠觀英游轉首空，玄都葵麥幾春風。米郎筆絶九霄上〔一〕，子駿星移五莞東。雅拜從渠投石友，遺言以子爲山公〔二〕。定應去判芙蓉館，不墮蠻雲蜑雨中。

息影空山與世疎，感君意氣獨勤渠。頗憐鳳閣舍人老，猶寄羊城使者書。化鶴安知耽是我，騎鯨難問白何如。豈無尊鲫堪攜去，衰病誰扶上素車。

〔一〕霄：原缺，據翁校本補。

〔二〕爲：原缺，據盧本補。

燈夕二首

久矣龐公懶入城，偶逢節序尚牽情。盛鴟夷酒出行樂，鑄褭蹏金難買晴〔一〕。不與賢豪競華轂〔二〕，且隨兒女看優棚。老儒更爲明時喜，聞説西南黑祲清。

本子流傳自柳槳，着行線綵鬬鮮明。似從傀儡家傳出〔三〕，又説熙河帥教成。邊地烽烟差向裹，中州燈火尚承平。何嘗夜奪崑崙隘，真爲君王奏凱聲。研鼓

〔一〕蹏：原缺，據翁校本補。

〔二〕「賢豪」原作「遺毫」，「轂」原作「髮」，據翁校本、馮本改。

〔三〕傳：原缺，據盧本補。

又和宋侯三首

春風纔扇已微和，燈市新年笑語多。時有老農行拾穗，豈無太史筆歸禾。少留樓上三通鼓，休記雲間第一歌。傳説遨頭詩句好，曹劉墻短不難過。

鈴齋教令得民和〔一〕，月色今宵十倍多〔二〕。節物人家俱插柳，霽華田舍可鞭禾。坐中客醉儌儌舞，陌上花開緩緩歌。老子尚堪牽率在，夜歸已有木魚過。

梨園部裏奏雲和，衰惰煩公發藥多。有囀春鶯觴客酒，無如龍馬暴民禾。盍陪天下傳柑晏〔三〕，且聽民間秀麥歌。歸對蓬窗燈一點，却疑太乙夜相過。

〔一〕鈴：原缺，據馮本補。

〔二〕倍：原作「培」，據翁校本改。

〔三〕「陪」字原缺，據盧本補；「柑」原作「相」，據翁校本、馮本改。

和居厚弟一首

處處笙歌雜誦謡，盍簪一笑共今宵。宛然上齒尊三老，非若班廷序百僚。鄉飲詎宜先仗出，虞人不必以弓招〔一〕。明時各適鳶魚性，在野尤和似在朝。

〔一〕以：原作「校」，據翁校本、馮本改。

送質甫姪銓試

處和昔牧羅浮郡，不載南州一物還。醞藉汝何慚小阮，空疎吾謬作粱山。步趨諸老先生後，遨兀齋郎太祝間。華髪病翁無喜事，直須春榜一開顔〔一〕。

〔一〕直：原作「真」，據馮本改。

宋侯和燈夕詩再用韻二首

茜袂黄眉出滿城，賢侯遊豫順民情。鼓聲足驗村田樂，月色遥占輦路晴。定有儒臣映藜仗，又聞京尹折蓮棚。祠官一瓣無它祝，但願旄頭盡掃清。

近傳桂管置行營，想見臨淮號令明。《書》載舞干文德遠，曲名《破陳》武功成。小兒隊整遺風在，大將壇荒舊址平〔一〕。未得軍前實消息，强歌安得有歡聲。孟郊詩歌。

〔一〕舊：原缺，據翁校本、盧本補。

挽林計院二首　壽公

材名漢廷選，文學孔門科。不訪《治安策》，宜賡《喜起歌》〔一〕。三麾老龔遂，一榻病維摩。此事懸於命，吁嗟可奈何。

檢點齊年友，凋零重可悲。君逢庚子鵬，我嘆甲辰雌。鷗社同盟少，蕘陵會哭誰。暮齡多感慨，鄰笛更須吹。

〔一〕喜：原作「善」，據翁校本、馮本改。

録漢唐事六言五首

漁陽之鼓動地，蚩尤之旗竟天。梨園弟子按樂，竹宮方士求仙〔二〕。

群雄競起問鼎〔三〕，老賊傍觀朵頤。汾陰三趾去矣，桐江一絲繫之。

二聖已重勸了，西京無一塵飛。白衣山人辭去，青袍拾遺步歸。

文叔親臨卧所，君房邀過台司。脚加帝腹一笑，身居鼎足尚癡。

燕許秉筆封岱，歐虞揮翰登瀛。寧死開元貞觀，勿生天寶廣明。

〔一〕宮：原缺，據馮本補。

〔二〕群：原作「郡」，據盧本改。

後村先生大全集卷之二十七

詩

答章林伯 棩

自笑狂吟浪竊名，敢將孤壘敵長城。才高君策追風驃，計急吾陳背水兵。遠道書來如面見，異時序反託詩行〔一〕。殘年無復遊吳楚，樽酒何由得細評。

〔一〕序：原缺，據盧本補。

南康趙明府贈予四詩和其首篇二首 崇㯹

曾掌蘭臺纂舊聞，亦瞻玉座和來薰。戇愚漫有誅姦筆，疎拙元無乞巧文。執簡自知愧南董，免冠誰肯救朱雲。消磨不盡惟詩在，社友尋盟意尚勤。

二老風流接見聞，章泉、澗泉。餘香未遠尚堪薰。明師豈不使人巧，老僕安能重子文。策蹇何由追抹電，化龍吾亦願爲雲。從來作聖功夫處，不在生知在積勤。

送黃户曹 祖潤

拂榻遲居久，今纔問戍瓜。海鄉真佛國，府主似包家。仁宗朝優人刺廉者曰：「汝一箇包家，一箇司馬家。」友喜吟添藁，胥驚判有花。荀柑妙天下，長鋏不須嗟。

君疇仲晦蒙仲再和余差鬢一詩警齋侍郎又繼之趁韻走謝

丹爐爆裂話頭差，攬鏡顔蒼兩鬢華。不記省中詠薇藥〔一〕，徑歸韋曲問桑麻。卿雲方薦漢郊廟，郊島難鳴唐國家〔二〕。誰向玄都君子説，有春風處有桃花。

垢衣忘澣虱游鬚，豈有材情似長瑜。作《聖德》詩無乃怪，范公云：「被怪鬼壞了。」進《文鑑序》近於諛。水心云：「無一筆不諂。」熱中人有譏余者，殿後天將壽我乎。晚覺陶翁嗔子懶，不如坡老願兒愚。

〔一〕省：原作「雀」，據翁校本、馮本改。

〔二〕郊：原作「效」，據翁校本、馮本改。

奉酬吴洪二公三和之什

千層墜爲一豪差，柳詩：「那知千仞墮，只爲一豪差。」還了魚鬚脱革華。數尺了無懷内錦，三斤空有話頭麻。早曾謁帝吟薰殿，晚欲逃儒入墨家。自笑老人心尚駿，故吾不换换新花。半山詩：「新花與故吾，已矣兩相忘。」

衰容懶鑷白髭鬚，新詠難追紀少瑜。見《玉臺新詠》。攀檻公曾排禹佞，下帷我亦鄙宏諛。鉼沽何必太玄也，褐博嘗聞大勇乎。捽茹膾肝均一飽，不知誰聖復誰愚。

答卓常簿二首

神仙富貴擬皆差〔一〕，已把雲臺讓仲華。幸有庾郎三種韭，别無滕叔兩車麻〔二〕。斬新句子包諸體，放潑腔兒令一家。白白紅紅滿山谷，不知天女散何花。

點點新霜上鬢鬚，深藏誰辨握中瑜。曾爲上寢斜封濫，可使人譏曲學諛。已作鳳飛天外者，安能覺泛水中乎。近來贈誄多虚美，自考平生合謚愚。

〔一〕富：原作「留」，據翁校本、馮本改。

〔二〕「别」原作「判」，「滕」原作「藤」，據翁校本、馮本改。

諸公和差鬚二詩不已又得二首

壯志蹉跎隱事差，瓣香稽首向南華。歲收别業無千絹，晨起齋厨止一麻。麥飯何妨薦寒食，榆錢元不濟貧家。金瓶爛熳蔘姚魏，誰問幽蘭澗底花。

乏蕭生表褚公鬚〔一〕，那更癡年已倍瑜。瑜壽三十六，余七十二矣。愛北征詩窮愈壯，鄙東封藁死猶諛。譽臣亦有毁臣者，知我寧無罪我乎。惜取寶珍常自照，底須揭日耀群愚。柳云：「揭兹日月，以耀群愚。」

〔一〕褚：原作「楮」，據馮本改。

陪宋侯趙倅過倉部弟家園賓主有詩次韻二首

駕鷄棲尾隼輿行，取次亭臺若幻成。五畝季方榮獨樂，一麾侯豈厭承明。芳時別駕聯鑣出，歸晚華燈夾道迎。留得廣平春却否，傳聞已有璽書旌。

偶陪小隊謝池行〔一〕，雲澹風輕雨未成。夢草詩情全老退，見花病眼尚分明。張籍云：「昨日韓家後園裏，見花猶自未分明。」即今樵篴村童和，當日金蓮院吏迎。得向騷壇分半席，絶勝一品與三旌。

〔一〕陪：原作「倍」，據翁校本改。

次韻使君劭農一首

朱幡奉詔省春耕，掃去陰霾旋放晴。應有羅敷隨馬看，不煩桃葉渡江迎。棠陰民各爲封植，木德侯方體發生。少借一年天肯否〔一〕，要看穡寶得秋成。

〔一〕借：原作「惜」，據翁校本、馮本改。

中嶧春祀二首

少者游方老守閭，獨擕魚菽薦幽墟。何時汝輩無行役〔一〕，歲歲爲翁策蹇驢。

歸鞍常苦夕陽催，小憩聊分飲胙盃。萬一得年如小父，尚堪十度掃松來。習静先生年八十二，歲一至焉。

〔一〕役：原作「没」，據翁校本改。

延平湯使君惠雙溪樓記跋以小詩

吾評此記前無古，歷歷溪山在目中。潦後數椽誰樸斲〔一〕，雲間千尺忽青紅。比滁亭筆尤高簡，與洛橋碑角長雄。父老皆云侯苦節，咄嗟幻出化人宮。

〔一〕斲：原缺，據翁校本補。

次韻别宋希仁 慶之

西山寂寞南塘死〔一〕，此事今誰得緒餘。耳冷不聞前輩論，眼明猶讀後生書〔二〕。我如蒲柳驚秋早，君似芙渠出水初。此别未知重面日〔三〕，可堪回首送軒車。

〔一〕西：原作「四」，據翁校本改。
〔二〕生：原作「身」，據翁校本、馮本改。
〔三〕日：原作「目」，據翁校本、馮本改。

題張遜夫詩卷

憶昔乘雲覲帝傍〔一〕，一時聳聽鳳鳴陽。久無老子出幽谷，曾有謫仙流夜郎。嘿似銅人姑勿論，憂能玉汝義何傷。唾壺麈尾俱麾去，只挈隨身古錦囊。

〔一〕昔：原作「一」，據翁校本、馮本改。

蒙仲書監通守温陵以戴尚書肖望李内翰元善嘗歷是官即西偏作室扁以西清風月賓主唱和甚盛次韻二首[一]

懶即蓬萊訪具茨，平分不費一錢貲。子綦隱几而聞者，太白停盃以問之。螃蟹螯肥毋與事，琵琶調下莫題詩。是知二老回頭笑，不料清源有此奇。

□□終南捷徑行[二]，冰廳消得此嘉名[三]。且參光霽儒家坐[四]，誰管歌呼吏舍聲。碎安道琴時好淡，種文正竹話偏清。每聞酬倡皆皮陸[五]，耄矣無因共膾鯨。李公擇種竹館中日，人喚作李文正竹，同舍劉貢父戲之曰：「李文正能繫筆，亦能種竹。」即時有筆工姓名偶同。

〔一〕李：原作「季」，據馮本改。
〔二〕□□終南：盧本作「自北極南」。
〔三〕廳：原作「聽」，據翁校本、馮本改。
〔四〕坐：原缺，據翁校本、馮本補。
〔五〕每：原缺，據盧本補。

送陳郎玉汝之官二首

□□平津閣〔一〕，今隨孟博車。徑趨烏幕遠，漸向鯉廷疎。分袂三年別〔二〕，平安兩字書。何時迎畫繡，攜酒煮溪魚。

管鮑交三世，朱陳共一村。居慙阿承女，獲事太邱孫。惜別吾鍾愛，相賓古格言〔三〕。應憐垂白叟，計日望迴轅。

〔一〕津閣：原缺，據翁校本補。
〔二〕分袂：原缺，據盧本補。
〔三〕古：原作「右」，據翁校本改。

警齋侍郎和放翁與茶山五言寄余次韻一首

鬌齔參諸老，辱置書冊前。上起馬《本紀》，下迄李《續編》。積勤迫榆景，扶病登木天。貌醜況古粧，臂短非善緣。時人訕晚謬，弟子嘲晝眠。墮甑懶迴顧，棄扇羞乞憐〔一〕。衆皆騖曲徑，余惟泥方穿。平生憂世病，華佗不能痊〔二〕。仰即丹鳳騫，俯視磨蟻旋。居常哂觸蠻，安肯分濟川。舐鼎堪骨蜕，載質從心悁。何當坐一月，大勝讀十年〔三〕。惜哉已耄及，晨鏡雪滿顛。儸家能返童〔四〕，肘後儻能傳〔五〕。

〔一〕羞：原作「差」，據翁校本、馮本改。又「乞憐」二字原缺，據盧本補。
〔二〕能痊：原缺，據盧本補。
〔三〕十年：原缺，據盧本補。
〔四〕童：原缺，據盧本補。
〔五〕「肘」原作「財」，「能傳」二字原缺，據盧本改、補。

答尤溪趙廣文〔一〕維

怪來喜事上雙眉，袖有恬軒老子詩。□箇□□□斷，十年長敢比肩隨。公長余十五歲。古者舊傳猶堪續，今少微星更是誰〔二〕。笑殺太清劉管轄，此冠不挂待何時。

〔一〕尤：原缺，據翁校本、馮本補。

〔二〕微：原缺，據翁校本、馮本補。

題尤溪趙氏連桂堂〔一〕

一從五竇聯芳後，直至君家四桂堂。莫是燕山傳下本〔二〕，又疑蟾窟摘來香。即今録續題千佛，伊昔栽培記十郎。却笑郄生太矜露，一枝未足詫名場。

〔一〕尤：原缺，據翁校本、馮本補。

〔二〕下：原缺，據翁校本、馮本補。

戊午上巳謁何恭人墳三絶

織素塵機長寂寞，燎黄錦誥讓榮華。堪同絡秀書前史〔一〕，誰爲王符訪外家。

華堂不□千鍾養，荒壠空遺四尺封。愁絶狐狸潭畔路，不知更掃幾番松。

當日封崇殊草創，末年付授絶悲哀。子孫記取吾翁語，斗酒單鷄歲歲來。

〔一〕書：原作「盡」，據翁校本改。

夏旱五首

南蕩淺堪戽，北溝乾可田。龍船無頓處，欲起待明年〔一〕。
井以缾罌竭，溪堪揭厲行。蟹泉一摘子，辛苦上山迎。
尚食停珍膳，清齋禱竹宮。方當歌雲漢，未可和薰風。
奴挈君持去，丁寧費耳提。汝寧緩花塢〔二〕，吾欲救蔬畦。
士窮猶可忍，拾穗亦可歌。歲事還如此，畦間有穗麽。

〔一〕欲、待：原缺，據盧本補。
〔二〕緩：原缺，據翁校本、馮本補。

喜雨五首

簫鼓修雩祭，風雷起古湫。雖無豢龍氏，尚有斬蛟侯。

點點沃枯焦，聲聲伴寂寥。五更初聽雨，千載後聞韶。

巫祝呼神去，緇黄送水還。若非宿來雨，仙聖亦慙顔。

昕朝避黄屋，露禱動蒼穹。野老安知帝，豚蹄賽社公。

在處陂池白〔一〕，寧愁汲路遥。老猶堪抱甕，窮未至操瓢。

〔一〕陂：原作「波」，據翁校本、馮本改。

寄題心泉

之子幽棲恨未深，飛泉來處有亭臨。觚懸木杪猶煩耳〔一〕，《易》在牀頭且洗心。夸士十漿須五饋，癡人一帚享千金〔二〕。箕山潁水應如故，太息巢由不可尋。

〔一〕煩：原缺，據盧本補。

〔二〕帚享：原缺，據盧本補。

久雨五首

復置漢平準〔一〕，稍修隋義倉。羣公猶禹稷，陛下況堯湯〔二〕。
昔憂腹不穀，今恐耳生禾。誰向衛公説，翻瓢莫太多。
試倚高樓望，桑田化渺彌。安知爲野老，農事上雙眉。
噫聲初發竅，巨浸倐漫空。我欲鐫箕畢，爲天節雨風。
久斷過從客〔三〕，尤妨刈穫夫。羲和應爛醉，晨起失金烏。

〔一〕準：原作「隼」，據翁校本、馮本改。
〔二〕陛：原作「階」，據馮本改。
〔三〕客：原作「容」，據翁校本、馮本改。

挽朱吏部子明二首

渡江太史後，當世大儒門。諸老賢宗子，文公愛嫡孫。不來陪講席〔一〕，却去護留屯。寂寞馮唐老，無人爲上言。

忝居言偃室〔二〕，偶在鄭公鄉。盡識階廷秀，多窺屋壁藏〔三〕。數行杜陵淚〔四〕，一瓣孔林香〔五〕。吾老無行役〔六〕，何由瀝奠觴〔七〕。

〔一〕講：原作「請」，據馮本改。
〔二〕忝居：原缺，據盧本補。
〔三〕壁：原作「璧」，據翁校本、馮本改。
〔四〕數行：原缺，據盧本補。
〔五〕瓣：原作「辨」，據翁校本改。
〔六〕役：原作「後」，據馮本改。
〔七〕奠：原作「莫」，據翁校本、馮本改。

喜晴一首

□□尚紛擾，燭龍深伏藏。金鷄不能忍，騰出照扶桑〔一〕。

〔一〕騰：原作「滕」，據翁校本、馮本改。

警齋再和放翁五言過奬衰朽且示雄文二編次韻一首〔一〕

熟讀公詩文〔二〕，高出《騷》《選》前。蹇余相追逐，嚴句入杜編。里鼓聞咸池〔三〕，山歌混葛天。刀圭靳付受，分寸難扳緣。偶逢浮丘伯，月下吹簫眠。鳳咮不可和，蚓竅殊自憐。披我雲錦裳，易去短褐穿。啖我玉井藕，洒然渴肺痊。廻瀾使東之，斡天令左旋。斯文恃砥柱，諸老隨遊川〔四〕。交遊愧忝竊，薰摘勞結悁。當論先後覺，寧較大小年。已得渥洼駿〔五〕，共登崑崙顛。指點歸宿處，目覽非耳傳。

〔一〕奬：原作「槳」，據翁校本、馮本改。

〔二〕熟：原作「孰」，據馮本改。

〔三〕里、聞：原缺，據盧本補。

〔四〕遊：疑當作「逝」。

〔五〕已：原缺，據翁校本補。又「渥洼」原作「握洼」，按《史記》卷二四《樂書》有云，「得神馬渥洼水中」，後村當是用此典，因改。

倉部弟生日五絶

郎宿臨初度，村翁喜欲顛。要知儂甲子，老弟已稀年〔一〕。

爵並開鄉邑，官皆視大蓬。年齡高略似，鬚髮黑難同。

我昔單棲久，君今半被空。天公將老壽，裨補兩鰥翁。

菰甘因輟送，荔熟亦均分。食指真欺我，脾神不似君。偶腹疾不飲冷。

平生老兄弟，歲晚共婆娑。蘇氏推同叔，程家説二番。

〔一〕已：原缺，據翁校本補。

倉部弟和前韻再得五首

節腹羞浮食〔一〕，徐行畏疾顛。仙須有癯相，貴亦出長年。

莫放雙眉皺，休嗟兩鬢蓬。耆英圖裏看，若箇弟兄同。

荆花開漸少，瓜蔓摘幾空。賴有長頭子，相從禿鬢翁。

秧馬催予出，銅魚羨子分。無蓮照學士，有竹比封君。甫昔排閶闔，雄曾賦駊娑。而今行不得，切莫唤番番。駊娑：師古曰：殿名也。音先河反。《文選》音且可反，又在𥖁字韻。

〔一〕羞：原作「差」，據翁校本、馮本改。

精衛銜石填海

精衛銜冤切，輕生志可憐。只愁石易盡，不道海難填。幻化存遺魄，飛鳴累一拳。終朝納芥子，何日變桑田。鵑怨啼成血，鴟沉怒拍天。君看嘗膽者，終有沼吴年。

六言五首贈李相士景春

謗東家丘如狗，譽太史儋猶龍。卿可自用卿法，吾未始出吾宗。

少年勿議宿士，阿瞞自是相師。蒙叟詆黄項槁，桓郎眼小聲雌。

馬公帶些火色，孟生不合山肩。争問唐舉相法，誰贈君平卦錢〔一〕。

被人看殺叔寶，無地逃生伯喈。試問天人眉宇〔二〕，何如土木形骸。

眼有紫稜安用，眉無黄色何妨。自斷非封侯相，尚堪作牧牛郎。

〔一〕卦：原作「掛」，據馮本改。

〔二〕宇：原作「字」，據翁校本、馮本改。

再和仲晦監簿

少狂蘊奇志，探索刪畫前〔一〕。安能一措辭，何止三絶編。俚音和薰風，短夢游鈞天。竟無魚水分，姑了螢雪緣。北扉失脚墮，南窗抱膝眠〔二〕。寧爲英雄笑，不受兒女憐。徐侯金閨彦，歲晚鐵硯穿。掊擊羣疑亡，發藥沉痾痊。鯨浪怒噴薄，蟻封妙回旋。精博昔騎省，奇逸今師川。望古多慷慨，感時嘗憂悁。肯羡蕭芥榮，甘保樗櫟年。君有論絶交，吾無書辨顛。米老與時相書，自辨非顛，世謂之《辨顛帖》。倡和誑飢腹，聊與好事傳。

〔一〕畫：原缺，據翁校本、馮本補。

〔二〕抱：原無，據翁校本、馮本補。

兑女余最小孫也慧而夭悼以六言二首

性慧於靈照女，年小似善財童〔一〕。急急之符奪汝，琅琅之音惱翁。

不合小時了了，可堪長夜茫茫。暮年欠汝淚債，已乾更滴數行。

〔一〕財：原缺，據翁校本補。

借韻跋林肅翁省題詩

昔冠南宮淡墨書，當年萬卷各名糊〔一〕。至今處子尚綽約，應笑老婆曾抹塗。詠慶雲圖如着色，和薰風句肯從諛。行三十里余方悟〔二〕，敢與楊脩較智愚。

〔一〕糊：原作「湖」，據翁校本、馮本改。

〔二〕悟：原作「悮」，據翁校本改。

温陵諸賢接刊拙藁竹溪直院有詩助譟戲和一首

行世安能保不刊，自憐敝帚笑傍觀。熏香未可疎班馬，抓癢無過看杜韓。雷挾六丁來取易，天教兩鳥不鳴難〔一〕。吾聞海上鯨堪膾，休把鸞刀切蟻肝。宋玉《小言賦》。

〔一〕不鳴：原缺，據翁校本補。

挽陳梧州二首

起

谷目多名士，西軒與石門。族皆通一譜，君獨秀諸孫。叔季斯人少，耆英幾箇存。可憐同社叟，反袂賦招魂。

小室夷之築，荒州舜所藏。身過冰蘖苦，面帶瘴茅黄。察使臨陽子，遺民笑化光。定知廉吏傳，他日一名香〔一〕。

〔一〕他日：原作「化目」，據盧本改。

後村先生大全集卷之二十八

詩

竹溪直院盛稱起予草堂詩之善暇日覽之多有可恨者因效顰作五十首亦前人廣騷反騷之意内二十九首用舊題惟歲寒知松栢被褐懷珠玉三首倣山谷餘十八首别命題或追録少作並存於卷以訓童蒙〔一〕

駐蹕山

險絶朝鮮國，微茫海四環〔二〕。帝於焉駐蹕，人以此名山。虜讋天威近，師行雪浪間。車旂臨鳥道，草木識龍顔。露布虬鬚喜，鐃歌鴨緑還。可憐房與魏，扈從不隨班。

腐草化爲螢

造化於微物，生生品彙兹。流螢倏然集，腐草化而爲。雨逕陳荄積〔三〕，寒塘碧色衰。與星門光彩，助月吐神奇。明滅形無定，枯榮理孰推。莫矜太陽近〔四〕，會有肅霜時。

乘月登樓

越石通身膽，英英管樂儔。防秋戍孤壘，乘月上高樓。粉堞齊雲迥，冰輪出海浮。目中無虜騎，笑裏有邊籌。梟羯言猶壯，聞雞志未酬〔五〕。素娥知往事，猶照麗譙頭。

望祀蓬萊

齊魯多方士，荒唐競自媒〔六〕。微茫隔煙霧，向望祀蓬萊。甲帳雲旂下，離宮月户開。海難架橋渡，風易引船回。求藥童安在，乘槎使不來。空令仁聖悔，世豈有仙哉。

登封泰山

天下名山衆，巖巖獨岱崇。聖朝久熙洽，天子乃登封。清蹕臨危頂，鈎陳備祲容。下觀紅日出，中起白雲濃。太史陪祀見，燕公載筆從。安知千載後，樵者斧壇松。

爲郎牧羊

式也堪其選，非貲所可爲。誰知省郎者，自處牧羊兒。夜襆青綾被〔七〕，晨趨白玉墀。都忘列宿貴，甘慕乘田卑。衣布猶平日，烹桑聳一時。廻頭憐犬子〔八〕，空獻上林辭〔九〕。

道不拾遺

通國興仁遜，渾然太古時。不營分表事，肯拾道傍遺。山步多樵笛，郊行足酒旗。馬應無失塞，羊豈有亡岐。墜李羞三咽，堆金畏四知。如何仙聖境，著得竊桃兒。

登單于臺

五葉英雄主，長驅等拉摧〔一〇〕。單于先退舍，天子自登臺。鳴鏑經營遠，乘輿警蹕來。穹廬空漠遁，黄屋半天開。鴈塞三更月，龍廷一炬灰。公卿争上壽，扈從翠華廻〔一一〕。末四句又云：飛將奇難耦，中郎老未廻。貳師知帝意，萬里致龍駷。

公主嫁單于

莫愛於公主〔一二〕，情鍾掌上珠。是誰誤天子，遣嫁與單于。帝女生而貴，王姬禮亦殊。竟令乘鳳侶，遠適牧羊奴。不信和戎者〔一三〕，真能保塞無。如何丈人行，金絮奉胡雛。

聞鷄起舞

百動俱休息〔一四〕，遥聞野外鷄。起提孤劍舞，肯戀一枝棲。乍枕琱戈寢〔一五〕，俄驚絳幘啼〔一六〕。自嗟褐寬博，不覺裦昂低〔一七〕。茅店寒聲絶，函關曉色迷。細腰方按曲，風雨漫凄凄。

寒機曉猶織

婉彼小家女，終年樂事稀。忍寒惟業織，曉至尚聞機。漏聽銅壺滴，梭隨玉腕揮。只愁老姑促，忘送素娥歸。甚矣獻裘切，傷哉恤緯微。盈庭皆賜帛，何以補宵衣。

太平無象二首

試聽輿人誦，如何是太平。有生遂其性，無象得而名。刁斗三邊静，鋤耰萬里耕。毋庸奏奎聚，不必誦河清。堯豈容知識，文非以色聲。樵歌殊質俚，未足賛休明。

治象難言説，風謡採道塗。太平於此盛，曠古以來無。腰笛童鞭犢，烹葵婦饁夫。文如未見者，堯豈可名乎。禮樂河汾策，衣冠洛社圖。□□工黼黻，筆力若爲摹。

祖餞二疎

祖席爲誰設，諸公愧二疎。雖無主人眷，賴有史官書。故里山川近，都門供帳初。百城圖畫筆，幾兩送寒車。老氏先知足，逋翁晚定儲。蕭生亦宮傅〔一八〕，歲晏竟何如。

四更山吐月

夜境沉沉寂，高城忽四更。山收霾凈盡，月吐魄初生。已過三通鼓，猶殘二尺檠。始疑千嶂合，徐覺半窗明。顧兔空留照，荒鷄太少情。應須煩玉斧，缺處更修成〔一九〕。

鷄鳴度關

關法晨方度，其如夜未明。危機真虎口，急計假鷄鳴。唱罷城烏起〔二〇〕，聞來野雉驚。秦人百二險，齊客兩三聲。珠履顔何厚，狐裘計已行。昭王見事緩，食頃遣追兵。

墮淚碑

治化無深淺，要諸久始知。遺民它日淚，太傅向來碑。反袂緣何事，輕裘若在時。勳名一片石，尸祝百年思。不比山公醉〔二一〕，惟應湛輩悲。征南亦深刻，感慨者爲誰。

五言長城

五字非容易，鬚曾斷幾莖。身雖居破屋，人比作長城。塞北李都尉〔二二〕，江東阮步兵〔二三〕。偏師攻不下，老將望而驚。立幟騷壇峻〔二四〕，降旗敵壘平。可憐秦系輩，淺陋欲争衡。

杏壇

夫子昔居地〔二五〕，流傳後代看。竹藏壁中簡，杏落水邊壇。流藻尤繁盛〔二六〕，依槐免折殘。一時雩舞樂，千古孔林寒。漁父拏舟聽〔二七〕，門人捨瑟嘆。世多伐木者，吾道欲行難。

圍棋賭博〔二八〕

安石心夷曠〔二九〕，難將淺見窺。能拚百弓墅，只賭一枰棋。苻虜投鞭急〔三〇〕，羊生對奕遲。土山今乞汝，泉石更由誰。侍女收殘局〔三一〕，羣兒走捷旗。拊箏并折屐，無喜亦無悲。

飲馬長城窟

絕塞多爲窟〔三二〕，秦時所築城。因憐吾馬渴，教飲彼泉清。霜雪盧龍塞〔三三〕，風烟驃騎營。遠從貳師壘，嘗過武安坑。心誓投鞭虜，身先荷杵兵〔三四〕。寧爲伏波死，不作李陵生。

鴈足書〔三五〕

塞鴈先荒徼，琱弓莫射渠〔三六〕。心懷南向意，足有北來書。翔集鴻毛迅，緘題鳥跡疎。上言存魏闕，下説厭穹廬。隴右平安遠，雲中探報虚。不知子卿婦，錦字託誰歟。

門多長者車

小徑通車轍〔三七〕，全家隱薜蘿。俗人望崖返，長者及門多。往往知蝸舍，時時叩雀羅〔三八〕。鶵栖伯厚去，犢駕太丘過。驥尾聊同托〔三九〕，驪駒且莫歌。平生疑泄柳，不納意如何。

笛裏關山月

月裏誰横笛，秋深戰壘閑〔四〇〕。别吹新曲調，偏照舊關山。嚮激商飈起，聲隨隴水潺。遠傳邊塞外，高入廣寒間〔四一〕。解白嫦娥髪，能蒼壯士顔。倚樓人謾拜，何日凱歌還。

濟河焚舟

河勢尤湍急，滔滔去莫留。此行期死敵，既濟遂焚舟。背水陳師出〔四二〕，乘風縱燎休。若非拚血戰，不復渡黄流。竹帛今猶載，桑榆晚始收〔四三〕。後來燒棧道，毋乃祖餘謀。

漁父辭劍

父隱於漁者，憐渠後騎追。得船從此逝，贈劍漠然辭〔四四〕。一葉吾貧甚，千金子寶之。僅存釣竿在，焉用太阿爲。齊客彈何鄙，徐君挂尚疑。不如葦間叟，千古勵清規〔四五〕。

扁舟五湖

種蠡功名士，吾評蠡最優。五湖足春水，一葉寄扁舟。變姓乘單舸，翻身退急流。千金徒鑄象，萬里孰馴鷗。震澤鱸堪膾，蘇臺鹿已遊。君王既稱霸，求盡沼吳謀。

瓜田不納履

君子防微謹，嫌疑遠未然。從來納履處，不傍種瓜田。樊圃芸初熟，耕畦瓞已綿〔四六〕。黃臺雖可摘，東郭未嘗穿。尾虎懲危道，揮蠅慕昔賢。浪云擇地蹈，濡血在山前〔四七〕。

李下不整冠

李下雖云僻，行人冷處看〔四八〕。彼方垂美實，渠可整巍冠。纔見花初縞〔四九〕，俄驚核可鑽〔五〇〕。吾寧墊雨過，君欲切雲難。鶖集枝多折〔五一〕，螬侵顆半殘。誰令服章甫，拘束畏傍觀。

無絃琴

□□□琴癖，淵明獨不然。所藏聊備物，欲拊更無絃。焦尾珍無價，朱絲絶有年。曾參徽外趣，肯問譜中傳。抱在王門下〔五二〕，彈於日影邊。兩生爲巧累，益見此翁賢。

夢見周公

汲汲懷人夢〔五三〕，皇皇救世功。有心哉魯叟〔五四〕，所見者周公。政績簡編在〔五五〕，精神寤寐通。宛如尚爲左，忘却已遷東。鳳去經綸遠，麟來筆削終。空令千載下，跪奠兩楹中。

碁聲花院閉　少作

静院閉花時，沉沉晝漏移。偶然聲出户，應是客圍碁。夜寂推枰響〔五六〕，機深落子遲。惱禪天女去，入定老僧知。鵲至難傳藝，鶯啼許借枝。須臾分局勢，何待爛柯爲。

蒲鞭　少作

陌上兒童説，時清長吏賢。豈能無朴教，不過示蒲鞭。采彼輕柔質，施諸牧御權〔五七〕。坐令强梗者，若撻市朝然。院舍棠陰合，園扉草色鮮。弛笞能敗子，威愛貴兼全〔五八〕。

隔竹敲茶臼

午杵誰敲臼，山童髻兩髽。偶因聲隔竹，不覺意思茶。北牖沉沉静，南墻故故遮〔五九〕。微聞孤杵響，初試一旗斜。門掩王猷宅，泉甘陸羽家。搜腸攪文字，毋乃太清耶。

西狩獲麟

獲處從西鄙，胡然瑞物臻。子因書曰狩〔六〇〕，世始識爲麟。出匪於中國，來常以聖人。皆云麕且角，誰辨獸而仁。已嘆吾無位，於嗟汝不辰。茂陵好奇怪，得者惜非真。

客星

不爲劉郎屈，蕭然釣遠汀。當時無此客，其象見於星。龍衮思同學，羊裘謁廣庭。九行仰黄道〔六一〕，一耀動青冥。帝座容伸足，雲臺肯繪形。少微非大隱，光彩謾熒熒。

掬水月在手　押清字

月體無拘礙，那堪得水清。暫從掬處動，還在手中明〔六二〕。長物瓢安用，寒光握不盈。注眸蟾彩亂，入掌蚌珠生〔六三〕。顧兔攀難住，騎鯨捉太輕。猶勝倒持版，去作晉公卿。

弄花香滿衣

偶弄閑花久，春濃晚露晞。是誰設香供，終日滿人衣。戲把繁枝玩，常愁一片飛。疑薰沉木過〔六四〕，似惹御罏歸。若愛流芳遠，深憐逐臭非。平生好奇服，未忍改菲菲。

肅時雨若

肅在於方寸，高高已嘿知。端能令雨若，焉敢諉天時。此念淵冰凜，其機影響隨。寶薰一隊起，銀竹四簷垂。有物皆膏潤，無民更怨咨。諄諄書喜閔，麟筆寓箴規。

渴不飲盗泉水

飲啄於身切，宜無決擇然。豈其陽忍渴，嫌以盗名泉。北澤行猶至，夸父飲渭河不足，北走欲飲大澤，道渴而死。東陵惡莫湔。羞爲濫觴者，寧作挂瓢賢。激齒希高士，流涎異醉仙。枯腸一勺足，勿傍石門邊。

熱不息惡木陰

觸熱慵休息，誰知志士心。既名爲惡木，不可就繁陰。炎赫當三伏，輪囷欲百尋。蔽牛徒隱映，下馬復沉吟。濁世無孤竹，中原有鄧林。飄然遠遊興，散髪更披襟〔六五〕。

洗硯魚呑墨

一硯常磨拊，寧容點涴痕。洗教殘墨去，乞與小魚呑。巖石微塵浣，窪泉寸鬣翻。安知馬肝紫，姑愛麝膠渾。體製該秦篆，飛騰慕禹門。校人勿烹汝，腹有素書存。

烹茶鶴避煙

吾鶴尤馴擾，俄如引避然。何曾厭茅舍，多是爲茶煙。活計窮桑苧，枯腸老玉川。蒼頭猶爨下，丹頂已松顛。渴飲誰能免，高飛爾自賢。須臾休茗事，欲下竹傍邊。

僧敲月下門

古寺何年廢，松門月似冰。閒然孰爲主，敲者只歸僧。地僻禪扃寂，天高兔魄升。周遊何處晚，剥啄有誰聽〔六六〕。未易分鄰燭〔六七〕，又難上佛燈〔六八〕。安知無島輩，開户結詩盟。

惜花春起早

清早披衣起，春深好事家。非干眠警枕，自是惜名花。培溉疎泉脉，攀翻帶露葩。看常先曉蝶，來未散晨鴉。風惡爲臺避，晴烘著幕遮。古人云晝短，莫待夕陽斜。

愛月夜眠遲

性癖多幽事，尤於愛月偏。遠從天際待，遲至夜深眠。方恨冰輪缺，俄欣玉鏡圓。且哦丹桂下，未傍大槐邊。快欲騎鯨去，輕如化蝶然。徘徊惜餘景，窗下映陳編。

師直爲壯

勝負無常數，先觀曲直知。隱然壯吾國，孰敢敵王師。致討皆聲罪，徂征必有辭。一言明逆順，大勢決雄雌。縞素炎圖定，包茅霸業基。後儒喜穿鑿，妄意説升陑。

歲寒知松栢 二首

植物惟松栢，蒼蒼貫四時。歲雖寒不改，人到老方知。風籟龍吟冷，冰枝鶴立危。一株獨青在，《莊子》：「松栢獨青青。」萬木後凋誰。齊寢樵蘇矣，秦宮點涴之。斧斤尋未已，善保棟樑姿。

松栢無姿媚，平時未易看。要知渠特操，直待歲隆寒。塞草枯先白，江楓冷變丹。凛然友青士，至此識蒼官。物遁天刑少，人全晚節難。惟應漆園叟，與舜合而觀。

被褐懷珠玉

珠玉嫌輕衒〔六九〕，深藏意自佳。不歸胡賈手，却入褐夫懷。寬博寧儒戲，從容與道偕。用之薦郊廟，捨則媚淵崖。龍起驚空藏，虹來貫小齋。平生不求售，非爲價難諧。

〔一〕題中「恨」、「前」、（反）「騷」、「於」字原無，並據翁校本補。又「五十首」原脱「五」字，據後文所述補。又「或」原作「式」，據翁校本改。
〔二〕微：原作「薇」，據馮本改。
〔三〕積：原缺，據翁校本補。
〔四〕矜：原作「務」，據翁校本改。
〔五〕雞、酬：原缺，據翁校本補。
〔六〕唐競：原作「塘絕」，據翁校本改。
〔七〕青：原作「清」，據翁校本改。
〔八〕犬：原作「大」，據翁校本改。
〔九〕林：原作「抹」，據翁校本改。
〔一〇〕摧：原作「推」，據翁校本改。

〔一一〕翠：原作「醉」，據馮本改。
〔一二〕莫：原缺，據盧本補。
〔一三〕不：原缺，據盧本補。
〔一四〕百：原缺，據翁校本補。
〔一五〕乍：原缺，據翁校本補。
〔一六〕驚：原缺，據翁校本補。
〔一七〕裒：原缺，據盧本補。
〔一八〕宫傅：原缺，據《永樂大典》卷二四〇八所引補。
〔一九〕成：原作「城」，據翁校本改。
〔二〇〕唱：原作「燭」，據翁校本改。
〔二一〕不：原缺，據盧本補。
〔二二〕塞北：原缺，據盧本補。
〔二三〕阮：原作「長」，據盧本改。
〔二四〕立幟：原缺，據翁校本補。
〔二五〕夫子昔：原缺，據翁校本補。
〔二六〕藻：原缺，據翁校本補。

〔二七〕漁父：原缺，據馮本補。
〔二八〕博：馮本作「壆」。
〔二九〕安石：原缺，據盧本補。
〔三〇〕苻：原缺，據盧本補。
〔三一〕侍：原缺，據盧本補。
〔三二〕絕塞：原缺，據盧本補。
〔三三〕霜雪：原缺，據盧本補。
〔三四〕杵：原缺，據翁校本補。
〔三五〕書：原作「言」，據翁校本改。
〔三六〕弓：原作「兵」，據馮本改。
〔三七〕小：原缺，據翁校本補。
〔三八〕時叩：原缺，據翁校本補。
〔三九〕驥：原缺，據翁校本補。
〔四〇〕壘：原作「疊」，據翁校本改。
〔四一〕寒間：原缺，據翁校本補。
〔四二〕背：原缺，據翁校本補。

〔四三〕收：原無，據翁校本補。
〔四四〕辭：原缺，據翁校本補。
〔四五〕規：原缺，據翁校本補。
〔四六〕耕：原缺，據翁校本補。
〔四七〕濡：原作「儒」，據馮本改。
〔四八〕冷：原作「令」，據翁校本改。
〔四九〕纔見：原缺，據盧本補。
〔五〇〕核：原作「枝」，據翁校本改。
〔五一〕鶯集枝：原缺，據盧本補。
〔五二〕抱在：原缺，據翁校本補。
〔五三〕汲汲：原缺，據盧本補。
〔五四〕魯：原缺，據翁校本補。
〔五五〕政績：原缺，據翁校本補。
〔五六〕夜：原缺，據盧本補。
〔五七〕御：原缺，據翁校本補。
〔五八〕貴：原作「遺」，據翁校本改。

〔五九〕故故：原脱一「故」字，據翁校本補。
〔六〇〕子：原作「予」，據翁校本改。
〔六一〕行：原缺，據翁校本補。
〔六二〕手：原作「水」，據翁校本改。
〔六三〕珠：原作「蛛」，據翁校本改。
〔六四〕木：原作「水」，據翁校本改。
〔六五〕散：原作「撒」，據馮本改。
〔六六〕聽：原缺，據翁校本補。
〔六七〕分：原作「公」，據翁校本改。
〔六八〕佛：原缺，據盧本補。
〔六九〕衒：原作「街」，據翁校本改。

後村先生大全集卷之二十九

詩

送明甫赴銅鉛場六言七首 按：缺第三首。

文度何須膝上，阿奴姑可目前。載馳載驅王事，一喜一懼父年。

《鹽鐵論》兒讀否〔一〕，聚斂臣子攻之。公卿大夫民賊，賢良文學汝師。

山程行店絶少，官舍去家匪遥。吾聞粉□□□，□□紅巾已梟。

旦市有攫金者，地靈豈愛寶哉。零陵貪而乳盡，合浦清而蚌廻。

世禄鮮由禮法，家駒勿使荒嬉。但願兒讀十紙，孰云孫隔一皮。

化螺但貪睡美〔二〕，舐犢尚爲愛牽。三年不見心痗，十日無書眼穿。

〔一〕鹽：原缺，據翁校本補。

〔二〕螺：翁校本、馮本皆作「蝶」。

戊午生朝和居厚弟五絶

懶值懸弧渾不記，老當還笏復奚疑。潞公未得爲全福，晚惜齋旄尚涕垂。

符輩安能剗且編，可憐辛苦事雕鐫。絶絃舉世無能聽〔一〕，覆瓿他時未必傳。

晚福全輸於少公〔二〕。

靈龜曳尾防鑽殼，老蚌潛光怕剖珠。史筆久無兩龔傳，畫家曾有二踈圖。

曾結詩約玉座傍，放狂歸去老知章。鈍遲一任嘲元白，迂闊皆因駮録黄。

〔一〕無能：原缺，據翁校本補。

〔二〕本首僅存一句。句中「輸」原作「輪」，據翁校本改。

昔與仙遊傅常博父子游從識其幼子方總角晚歸田里忽袖二詩見訪余開八秩君亦六十矣感歎之餘因次其韻

議郎座上識郎君，竊意趨庭有異聞〔一〕。客屨今無同輩在〔二〕，書燈昔與長公分。蟲冰寒暑余侵毫，螢雪光陰子尚勤。見説架籤猶萬卷，肯將濁臭博清芬。君伯兄彦卿高才而夭。辟穀差賢東郭乞，歸耕莫待北山移。

窗下陳編懶更窺，還丹難染鏡中絲。後生可畏前賢遠，妄校皆封老將奇。鳳凰池聽渠儂奪，不奪溪邊放鴨池。

〔一〕趙：原作「超」，據翁校本改。

〔二〕輩：原缺，據翁校本補。

送方蒙仲赴辟江閫分韻得既字〔一〕

昔忝玉麟招，主君解衣衣。於時事會來，中原方鼎沸。封侯命大謬，更僕談未既。俯仰四十年，歲月堪累欷。多壘諸公辱，萬竈大農費〔二〕。玁狁至於涇，顓臾近於費。譬如寢積薪，徒幸火然未。邊人厭虜暴，別都尚王氣。管鑰居守尊，衮鉞宗臣貴〔三〕。呼吸草檄書，蒐揀拔茅彙。粲粲玄英孫〔四〕，魯叟之所畏。枚鄒願游梁，陳阮亦客魏。非惟揖將軍，抑可歡大尉〔五〕。殺羊必及斟，啖鵝肯移毅。拙謀鄙畫江，長策在耕渭。駕馭雄狡服，拊摩軍民慰。要當掃旄頭，寧論爛羊胃。病翁越世久，嚼蠟淡無味。瞻薄怯觀井，憂深遑恤緯〔六〕。臨分執玉手，苦言君勿諱。

〔一〕聞：原作「問」，據翁校本改。
〔二〕萬：原作「莒」，據翁校本改。
〔三〕衮：原作「宂」，據翁校本改。
〔四〕粲粲，原脱一「粲」字，據翁校本補。
〔五〕「抑」下原有「又」字，據翁校本删。
〔六〕憂，原缺，據翁校本補。

再送蒙仲二首

昔人曾歎擇棲難，今子翺游二相間。對奕未妨看露布，論詩未合上齋壇。沉來鐵鏁真兒戲，吟退氈裘却凱還。班固作銘谿捷表，待揩老眼細傳觀〔一〕。

送君懷舊一銷魂〔二〕，謝墅孫陵髣髴存。下瀨樓船皆萬斛，曲江宫殿尚千門。笑陳狎客爲俳體，與晉諸賢洗淚痕。定有奇謀裨玉帳，莫揮麈尾事清言。

〔一〕揩：原作「偕」，據馮本改。
〔二〕懷：原作「還」，據馮本改。

題讀碑圖

二人共讀道傍碑，一敏一鈍天賦之。敏者過目躍騎去，鈍者停鞭方凝思〔一〕。哀哉德祖丹頸禍，伏於伯喈黄絹辭〔二〕。古人服善有公是，回也知十賜知二。聖師笑曰女弗如〔三〕，未聞端木甚顔氏。嗚呼，向使顔氏逢若人，未知何地堪容身。

〔一〕凝：原作「疑」，據馮本改。
〔二〕絹辭：原缺，據馮本補。
〔三〕女弗：原缺，據盧本補。

溪庵放言十首 六言

石槨隄防速朽，金棺粧點涅槃。説乾矢橛差勝，戀臭皮袋一般。
八斛四斗舍利，一丈六尺金身。右脅已寂已滅，雙趺是妄是真。
擬拉陶潛入社，不消王翰卜鄰。有夢通華胥國，無德薰晉鄙人。

客子相過有攜，先生爛醉如泥。暮年尚可三爵，他日不煩隻鷄。排日有載醪者。
辟疆驅名士出，穰侯怕説客來。樗庵無一錢事，柴門作八字開。
少而汲汲皇皇，老猶踽踽凉凉。即今歸□□□，□□起瞻四方。
蒙叟之言卓詭，尹喜之事誕夸。白雲騰上尸假，紫氣横空眼花〔一〕。
林處士功行滿，譙先生鬚眉蒼。見説兩川喪亂，不知二叟存亡〔二〕。
廢陵有斧栢盜，清野無澆松人。百年幸生佛國，一點不吹戰塵。
市朝易得虚誇，鄉井難諱實年。還笏殿前已晚，飾巾牖下差賢〔三〕。

〔一〕横：原缺，據翁校本補。
〔二〕存：原作「在」，據翁校本改。
〔三〕飾：原作「飾」，據翁校本改。

别宋倅一首

往昔少司農，朱幡牧剌桐〔一〕。見碑懷叔子，有廟祀文翁。家法惟清白，軍儲必腐紅〔二〕。左翼軍餉屬倅所〔三〕。遥知門户肅，不與賈胡通。

〔一〕桐：原作「相」，據翁校本改。
〔二〕紅：原無，據翁校本補。
〔三〕鮈：原作「飼」，據馮本改。

酈生長揖圖

高陽狂生六十餘，入謁自通臣博徒。劉季嫚士如庸奴，對客濯足以兩姝。生云足下扶義初，奈何不禮長者乎〔一〕。隆準一笑延坐隅，與隨何輩載後車〔二〕。刻六國印識尤迂，向微留侯幾誤渠。胡雛聞人説《漢書》，千載而下猶揶揄。掉舌所得良區區，投身沸鼎何其愚。烏乎〔三〕！博徒果不賢腐儒。

〔一〕奈何不禮長：原缺，據翁校本補。
〔二〕「後車」及下句「刻六國印識」，原缺，據翁校本補。
〔三〕乎：原缺，據翁校本補。

觀調發四首

路傍紛紛送者誰，相顧淚下如綆縻。妻牽郎衣留不得，兒抱爺頸尤可悲。寄聲征夫且止淚，矯情勿爲識者窺。國貧端坐養士耳〔一〕，汝曹衣廩民血髓。邊頭戰士寒墮指，霜風獵獵陣雲起。湓城善地亦靠裹，□□□□□□□。

南州健兒生佛國，平時寬博如逢掖。一朝烟塵起荆益〔二〕，半夜虎符來抽摘。逗撓法嚴羽檄迫，倉皇受甲面藍色。病夫少也曾從戎〔三〕，今成新豐折臂翁。兒郎行矣早策功，安知行間無呂蒙。虜來定作太尉公，虜去暴露賞亦濃。

大胡自來未易當，謂鞭可投沙可囊。廟謨先事自爲備，天塹雖險難撤防。健兒白叟鄉之望，願聞一語以自壯。老儒無以激發君，歷歷爲君説名將。武襄貴不除黥文，韓岳亦隸河北軍〔四〕。當時繿縷何足云，異日掛劍圖元勳〔五〕。

胡馬止能戰平地，安知東南有長技。大江無時起風濤，下瀨樓船如屋高。丕堅二子曾奪魄，曰彼有人此勍敵〔六〕。當時百萬鳥獸奔，況爾小醜真游魂。婦語藁砧閑語罷〔七〕，鼓行勿信傍人嚇。明年漢淮春水生，凱旋笳吹來相迎。

〔一〕士：原缺，據翁校本補。
〔二〕起：原作「豈」，據翁校本改。
〔三〕從戎：原倒，據翁校本乙。
〔四〕韓：原作「翰」，據翁校本改。
〔五〕掛：原作「卦」，據翁校本改。
〔六〕勍：原作「効」，據馮本改。
〔七〕砧：原作「玷」，據馮本改。

九日二首

拒霜過了菊尤慳〔一〕，紈扇知收覺薄寒〔二〕。鄰有新芻謀醉易，家無舊繡補衣難。今誰狂客同吹帽，老不中書合免冠。人到暮年親舊少，登臨非復曩時歡。

戲馬呼鷹蓋世豪，廢臺千載委蓬蒿。不愁絳縣疑年甲，生怕清溪照鬢毛。濁酒悶人聊飲濕〔三〕，小樓攜客準登高。落英果可充腸否，空和陶詩續楚騷。

〔一〕尤：原作「又」，據翁校本改。

〔二〕知：原作「如」，據翁校本改。

〔三〕酒：原作「人」，據翁校本改。

三和友人有所思韻

某邱某水晚重遊，絶勝才翁在許州。懶學少年條痛楚〔一〕，且同騷客賦牢愁。懸知五鬼爲渠祟，不曉三彭有底仇。兀坐蓬窗無意緒，凍蛩唧唧更鳴秋。

〔一〕楚：原缺，據翁校本補。

四　和

昔年東觀接英遊，歲晚南柯各拜州。炊黍有時成幻夢〔一〕，著書自古要窮愁。散花魔女聊相惱，□□□□□仇。詔募佽飛求跅弛，與公投筆去防秋。

〔一〕有時成幻：原缺，據翁校本補。

雜韻十首

雞絮交懽遠〔一〕，琵琶寄恨深。早知胡地冷，永巷亦甘心。

鴈足書良是，鸞膠事已非。如何子卿内，不待藁砧歸。

人事多翻覆，由來不可量。安知議郎女，遠嫁左賢王。

寄語涉川女〔二〕，安知往問津。水神不妬汝，偏妬冶容人。

短夢曾留枕，餘情更獻璫。宓妃空絶代，不得偶陳王。

春煖披香殿，夜寒長信宫。帝方安禍水，妾敢怨秋風。

姊弟皆殊色，專房擅主恩。何曾送歸妾，但見啄皇孫。

父魄下沉淵，兒聲上徹天。向令逢孔氏，是亦女參騫〔三〕。

淑妃寒食語，千載尚堪哀。不念同光帝，□□□□。

劉季開基主，周昌託子臣。不能活如意，何況戚夫人。

〔一〕雞：原缺，據馮本補。

〔二〕語：原缺，據盧本補。

〔三〕騫：原缺，據翁校本補。

送方楷之官

博雅今蕭翼，招延小盂嘗。雖操牙筭子，不廢□□□。秘篋珍儲富，公車薦墨香。惟應猿鶴怨，三載□□房。

余自戊申春得疾止酒十年戊午秋開戒小飲二首〔一〕

久罷長鯨吸，寧逃偃鼠嘲。不蒙藥王力，悮絶麴生交。撲鼻詩情動，澆胸世事抛。暮齡尋舊好，如以漆投膠。

自是病軀孱，元非飲量慳。災星俄引去，美禄稍支還。兀兀醺酣後，蘧蘧解脱間。祖云誰縛汝，妙語頗相關。

〔一〕開：原缺，據翁校本補。

漳蘭爲丁竊貨其半紀實四首〔一〕

五十盆蒼翠，皆從異縣求。不能防狡竄，未免破鴻溝。慘甚兵初過，苛於吏倍抽。渠儂慕銅臭，肯爲國香謀。

主人拙樊圃，家賊巧穿窬。鼠子敢予侮，麟翁以盜書。濂溪有「感麟翁」之句。空搔雙白鬢，不奈一長鬚。自笑關防晚，花傍且燕居〔二〕。

池遠疎澆溉，墻低劣蔽遮。初無虎守杏，況有蝶穿花〔三〕。薄采難紉佩，深培待茁芽。嗟余愧迂叟，招汝興仍賖〔四〕。

《離騷》賞風韻，百卉莫之先。菊止香九日，蕕曾臭十年〔五〕。麝房吾割愛，鮑肆爾垂涎。晏相惜花者，紅梅被竊□。

〔一〕第一首原缺，據翁校本補。

〔二〕且：原缺，據翁校本補。

〔三〕蝶穿花：原缺，據翁校本補。

〔四〕興仍賖：原缺，據盧本補。

〔五〕十年：原缺，據翁校本補。

蒙仲以二畫壽予生朝各題一詩

人彘昔擅寵，奪嫡謀甚工。留侯莫容喙，何況短後雄〔一〕。挽回龍準帝，全賴皓首翁。昔去避嬴世〔二〕，今來安劉宗〔三〕。吕媼及新君，略未聞褒崇。豈非羽翼成，翩然返橘中。奈何一代史，不載四叟終。商山有遺廟，郭謂太古風〔四〕。《四皓圖》

□漢七葉主，勵精致中興。非惟霸王雜，亦以刑名繩。哀哉三能臣，來如蛾赴燈。賢矣二大夫，逝若魚脱罾。韓蘇至崛彊，異世猶服膺。嗟余歸已晚，釣游記昔曾。雖無都門餞，幸有下澤乘。獨恨賜金盡，無以懽親朋。《二踈圖》

〔一〕雄：原缺，據翁校本補。

〔二〕嬴：原作「羸」，據馮本改。

〔三〕劉宗：原缺，據翁校本補。

〔四〕太古風：原缺，據盧本補。

冬煖海棠盛開三絶

敗荷折蓼溪村景，黄葉青苔野老家。賴有海棠相煖熱，小春重放一番花。

少爲紫陌看花郎，歲晚維摩住病坊。忽被彩雲瞞老眼，錯呼青女作紅娘。

當年手種滿河陽，人樹而今各老蒼。誰向棠陰遺老説，潘郎不是舊潘郎。

余作生壙何生謙致檜十株答以六言二首

高聳心抽筆直〔一〕，下蟠上鋭塔圓。深入蟄龍穴處，肯傍眠牛石邊〔二〕。

一奴荷鍤足矣，二客穿冢誰哉〔三〕。宰上又添十檜，庭前不必三槐。

〔一〕高：原缺，據盧本補。

〔二〕「眠」原缺，「牛」原作「牢」，據翁校本補、改。

〔三〕冢：原作「家」，據翁校本改。

題崔白訪戴圖

好事過子雲，謫仙訪賀老。載醪談文字，其樂侔擊考。子猷稍崖異〔一〕，入剡殊草草。船頭一籧篨，船尾一村僚。飛揚滕巽怒〔二〕，飄瞥林岫縞。何曾攜爨具，清景自可飽。溪邊處士廬〔三〕，雪深無人掃。肯來斯已奇，倏去良亦好。遊子有飢色〔四〕，主人省行攬。異世覺繪事，拊掌爲絕倒。

〔一〕子猷：原缺，據盧本補。
〔二〕飛：原缺，據盧本補。
〔三〕溪邊：原缺，據盧本補。
〔四〕遊：原缺，據翁校本補。

題賺蘭亭圖

山陰繭紙見者希，辨才傳之於永師。年行八十手不披〔一〕，棲之梁上鬼莫窺。虬鬚天子欲得之〔二〕，威以禍福僧詭辭。智勇至此無所施，相國房公乃設奇。東臺御史奉詔馳，易服變姓謁老緇〔三〕。止客置醴因聯詩，評書訂畫猶塤篪。稍稍益狎不見疑〔四〕，卷而懷之若拾遺。須臾□都得臺移，都督傳詔來龍墀。僧絶復蘇成白癡，始悟學究即繡衣。文皇如堯房如夔〔五〕，礌礌落落兩曜垂。譎取一帖安肯爲，帖歸天上神護持。搨本之價猶不貲，他日昭陵以自隨。温韜掘者果是非，世人空寶定武碑。

〔一〕拔：原缺，據翁校本補。
〔二〕句首原有「乳」字，據翁校本刪。
〔三〕姓：原無，據翁校本補。
〔四〕狎：原作「押」，據翁校本改。
〔五〕皇：原作「房」，據翁校本改。

溪庵種藝六言八首

且與古梅爲友，未論茯苓可仙。一寸靈根蟠地，十年黛色參天〔一〕。松

卿輩敗人清思，此君有歲寒心。寧許子猷借宅，莫放阿戎入林〔二〕。竹

悟漆園自伐語，愛淮南招隱草。臭與流芳孰愈，老而彌辣何妨〔三〕。桂

此翁見事常遲，八秩尚移荔枝。何曾無戴白老，會須有擘紅時〔四〕。荔枝

功名胡蝶夢裏，心力橐駝傳中。環合千林蒼翠，參錯數株白紅〔五〕。桃杏

閬苑花神妬艷，晏家園吏偷春。當時傳一二本，今日化千億身。紅梅

蟠據祠前得地，生長石間棄才。子美永歌不足，之罘苦招未來〔六〕。栢

杜曲有攢眉老，漢庭無反脣人〔七〕。但看靈妃啓齒，不煩里女傚顰〔八〕。笑花

〔一〕黛色參天：原缺，據翁校本補。

〔二〕戎：原作「林」，據翁校本改。

〔三〕而：原缺，據翁校本補。

〔四〕須：原缺，據翁校本補。

〔五〕錯：原缺，據翁校本補。

〔六〕罘：原缺，據盧本補。苦：原作「若」，據馮本改。

〔七〕反脣：原作「友辱」，據翁校本改。

〔八〕煩：原缺，據翁校本補。

竹溪惠白鷴三絶

白雪通身潔〔一〕，丹砂傅頂紅。贈余有深意，鷴義與閑通〔二〕。

鸜鵒鴝鵒賦，鷴寧愧二蟲。吾衰邊幅窘，姑置小池中〔三〕。

世有殊尤物，天慳賦詠才。恨渠生較晚，不及見鄒枚〔四〕。

〔一〕雪：原作「雲」，據翁校本改。

〔二〕通：原缺，據翁校本補。

〔三〕池中：原缺，據翁校本補。

〔四〕鄒枚：原缺，據盧本補。

挽宋泉倅

連墻終歲少相過，時聽書聲警睡魔。懶續膠絃歡意薄〔一〕，雖分風月皺眉多〔二〕。廉如玉雪誰知者，仕止牙緋奈命何〔三〕。昨送華軒今哭墓〔四〕，傷心相挽不成歌。

〔一〕意：原缺，據翁校本補。
〔二〕皺：原作「皱」，據翁校本改。
〔三〕奈：原缺，據翁校本補。
〔四〕墓：原缺，據翁校本補。

種蓮一首

姝麗如同産，朱鉛各異施〔一〕。吾方參素女，渠自比□□。

〔一〕鉛：原作「公」，據馮本改。

後村先生大全集卷之三十

詩

志仁監簿示五言十五韻夸徐潭之勝次韻一首

嵐翠屏環墅，溪光練抹坤。尚書華棟改，先輩釣磯存。久卧漳濱疾，誰招楚澤魂。昔慚葵衛足，今喜葉歸根。自誌臺卿墓，休争謝傅墩。牧慵貪草暖，鳥急怕林昏。時許樵分席，何煩客掃門。早嫌皮袋臭，晚悟髑髏尊。童子便高枕，偷兒瞰短垣。歲寒始知栢，劫火不焚璠。恩未忘簪履，衰難戀廄軒。抽身脱膠擾，掩耳避啾喧。聯句那無藉，藏書幸有繁。故交頻煖熱，新貴斷寒暄。籬落多疎闕，猶須折柳樊。

和鄉守朱監丞勸駕一首

龔陳盛事記當年，重見奎星聚舊躔。《瑞日賦》工豈迷色，《慶雲》詩妙似非烟。柳子厚省試

《慶雲圖》詩有「非烟繞御爐」之句。馳千里足相期遠，占百花頭孰敢先。老子扶衰看畫錦，瓊林春好莫留連。

送德甫姪省試

絶出雕蟲輩，相期竹馬年。二魁家有樣，四世里興賢。吾家尤利鄉舉。雪鬢吾還笏，霜蹄汝著鞭〔一〕。微痾真換骨，骨換不難仙。

〔一〕蹄：原作「歸」，據翁校本改。

餞鄉守宋監丞二首

東起蒲鞭教令清，郡人未識疾呼聲。甌閩莫不興於學，虞芮忘其所以争。父老見棠思舊愛，兒童騎竹若初迎。何須更説郎官省，小却猶當拜水衡。

牛屋漁磯在履封，晚將身世託春風。荒原拾穗誰憐我，小隊尋花屢屈公。耄有鬚眉如蓋老，衰無歌誦美文翁。明時各遂飛潛性，去矣鞭鸞碧落中。

贈音上人 本右庠諸生曾一飛

脱白披緇迹涉奇，傍人能説舉幡時。禪家合掌來參請，烏寺摇頭不住持。喜捨未逢大檀越，實封輸與小沙彌。是凡是聖都休問，且爲渠看一袖詩。

贈王月軒用意一韻

江湖少菰米，京洛足風塵。生命主窮鬼，贈詩多貴人。芒鞋雙堠遠，斗糴一家貧。吾力輕於羽，安能舉百鈞。

己未元日

久向優場脱戲衫，亦無布袋杖頭擔。化彌勒身千百億，問絳人年七十三。諸老蕭疎留後殿，高僧滅度少同參。未應春事全無分，醉折緗桃蒲帽簪。

淮捷一首

掃地南來蜂出窠，裔夷謀夏欲如何。傳聞撻覽斃一矢〔一〕，驚走單于騎六騾〔二〕。匹馬隻輪番部曲，寸天尺地漢山河。晉公幕府多名士，不欠寒儒作凱歌。

〔一〕覽：原缺，據翁校本補。

〔二〕騾：原作「羸」，據盧本改。

凱歌十首呈賈樞使

孔明籌筆即天威，謝傅圍棋亦事機〔一〕。武騎散群望洋退，佛狸忍渴飲溲歸。

翦稱名將豈其然，汲汲惟求宅與田。見說淮兵殊死戰，相公喝犒是私錢。

活俘萬户虜無酋，拔寨宵奔黑祲收。不用偏師追出塞，殺胡林只在揚州。

東南立國惟王謝，西北籌邊只范韓。公不衮衣假黃鉞，吾能右衽更巍冠〔二〕。

君親一念與天通，麾下人人可即戎。豈敢全軀顧妻子，相公將母在軍中。

將謂長淮已蕩平〔三〕，豈知什塹又顛坑。從今莫近他城子，怕有南人夜斫營。
清野都無寸草留，暴師塞下欲何求。東風借便天亡敵〔四〕，春水方生早去休。
羽檄聯翩趣募兵〔五〕，單槍一劍覓功名。健兒争欲趨淮閫，宣相相看若父兄〔六〕。
殘黨分兵盡撲除，遊魂多不返穹廬。肅清執至龍顔喜〔七〕，又奏淮西有捷書。
自古勳名勒鼎彝，老於文學即今誰。腐儒尚可軍馬司，試作平淮第二碑。

〔一〕棋：原作「基」，據翁校本改。
〔二〕袄：原作「社」，據翁校本改。
〔三〕已蕩：原缺，據盧本補。
〔四〕敵：原缺，據翁校本補。
〔五〕檄：原缺，據翁校本補。
〔六〕相相：原缺一「相」字，據盧本補。
〔七〕至：翁校本作「玉」。

飲艮翁宫教新第二首

拂袖歸來計未疎〔一〕，别規爽塏卜新居。即今獨擅百弓地〔二〕，當日惟携一束書〔三〕。户外何須置行馬，坐中不必盡懸魚。渠亦若與人家國，輸與興公賦《遂初》。

負郭依山遠市廛〔四〕，高宜臺榭下宜田。徑當膏抹從盤谷，似向丹青見輞川〔五〕。别墅暮□□□□，□□□□□南遷。與君辛巳抽身了，共結黄雞白酒緣。

〔一〕拂：原缺，據翁校本補。

〔二〕地：原缺，據翁校本補。

〔三〕一：原缺，據翁校本補。

〔四〕負：原缺，據翁校本補。

〔五〕輞：原缺，據翁校本補。

次韻二首

老懶尤於筆硯疎，難陪騎省賦《閑居》。去周柱下誰爲史〔一〕，傳鄴侯家尚有書。臺饋不煩公粟肉，户租難辦客車魚。側旁萬一鄰堪買，便擬誅茅近太初。

半生竊禄取禾廛，晚節休官失秫田。伴陸先生遊甫里，同陶徵士訪斜川〔二〕。鳳池信美其如奪，鶯谷雖幽不願遷〔三〕。自笑劉墻如許短，謫仙壇未易扳緣。

〔一〕柱下：原缺，據翁校本補。
〔二〕徵士：原作「徵事」，據翁校本改。
〔三〕不願：原作「□顧」，據翁校本補、改。

翌日宫教惠詩次韻二首

忘機鷗鳥日相親〔一〕，鼻祖曾言畏四鄰。幸有山林容此老，不將籬落寄他人。誰能交結今韓吕，猶記周旋昔鄭陳。晞髮中庭蹻足卧，絶勝雅拜望車塵。

即今身在水雲間〔二〕，不著斯人玉笥班。子美步歸猶戀闕，浩然肩聳徑還山。人情薄似平原酒，世路危於灔澦灘。華棟把茅皆幻假，祝君黄髮映朱顔。

〔一〕鷗：原作「漚」，據翁校本改。

〔二〕今：原作「令」，據翁校本改。

再次韻二首

阮生未老各情親，誰道先生不覿鄰。莫管彈丸驚鴨者，豈無沽酒與魚人〔一〕。何曾膝上推文度，亦許車中載小陳。太丘訪荀叔長，載著車中。賜第京師即山鑄，得如跳出軟紅塵。

投老參陪杖屨間，頗容摘宋更薰班。端能面我九年壁，去國九年。不惜分君一半山。絶喜庚桑來畏壘，懶爲涑水續君灘。夷居巷處何嘗陋，但看當年孔與顔。

〔一〕沽：原缺，據盧本補。

題聽蛙方君寫生六言〔一〕

少濟南生十歲，與磻溪叟同庚。陳巖方氏耆儁，後村老子師兄。

〔一〕生：原無，據翁校本補。

小飲

暮年衰老讀書慵〔一〕，惟有杯中興尚濃。枕麴惰人真遠祖，看花跛子亦同宗〔二〕。鯗魚蝦鮭何虧汝，蜾蠃螟蛉妄議儂〔三〕。帝賜醉鄉爲食邑，此生不必更移封。

〔一〕暮年衰老：原缺，據盧本補。
〔二〕亦：原缺，據翁校本補。
〔三〕蠃：原作「蠃」，據翁校本、盧本改。

試筆六言二首

病鶴尚能孤唳〔二〕，凍螢相守殘編。世間有豁達老，天上無愚戇仙〔二〕。
薰玉蕤香解穢，挽銀河水滌塵。雖非補造化筆，不似食烟火人。

〔一〕「病」字原缺，「唳」原作「淚」，據翁校本補、改。
〔二〕戇：原缺，據翁校本補。

即事一首

過了田光盛壯時，年今望八復奚爲。薄澆磊磈嫌紅酒，懶讀聱牙喜白詩。釋子書求名卯塔，社人卜請記叢祠。吾文誰道難施用，後有中郎賞斷碑。

田舍二首

雨逗餘寒曉露濃，絮衣著破索重縫。清狂昔作帶花監，衰病今爲賣菜傭。負來耦耕沮桀溺，操盂三祝棄句龍。暮年飽識西疇事，不問家邱問老農〔一〕。

白布衫寬烏角巾，誰知曾扈屬車塵。行婆内翰共鄰曲，田父拾遺相主賓。設苜蓿盤殊菲薄，沽茅柴酒半漓淳。直令爵齒如荀爽，晚節依然愧逸民。

〔一〕不問家邱：翁校本作「學稼應來」。

挽林法曹實甫二首

老學多推誼，諸公孰薦雄。郤行吾日暮，渴睡汝冬烘。宰木經春雨〔一〕，園花逐曉風。寢門哀未盡，寓在薤歌中。

昔我叨馳馹，惟君伴聚螢。病翁尚佔畢，良友忽幽冥。古有東方贊，今無貞曜銘〔二〕。不知吟幾些，叫得屈原醒。

〔一〕宰：原缺，據盧本補。
〔二〕貞：原作「真」，據馮本改。

翀甫姪西上

同向溪邊卜一邱，獨憐出處不同謀。吾今老矣佚吾老，子好遊乎與子遊。漫對芰蘭懷幼度，可教白馬笑之罘〔一〕。人生無過家山好，京洛風塵莫久留。

〔一〕罘：原缺，據盧本補。

答林逮贄卷以送行

都忘几桉有華牋，但怪虹光夜屬天。唐律胚胎梨嶺作，古文骨髓艾軒傳。蚤陳董大夫三策〔一〕，肯覓原夫輩一聯〔二〕。若過溪邊叩宗旨，爲余問訊玉堂仙。

〔一〕董：原缺，據翁校本補。
〔二〕一：原缺，據翁校本補。

寄題竹溪平遠軒

顛米含毫野處名〔一〕，略安欄檻不施扃。原田足雨陂塘白，天海無雲島嶼青。鄰叟扶犁耕斥鹵，行人休樹濯清泠。何時去作軒中客，併欲傳公《道德經》。竹溪新註是書。

〔一〕顛：原缺，據盧本補。

司令爲牡丹集次坐客韻

古人曾道四并難，酒量黄花頓覺寬。誰與蔡歐脩舊譜，且爲姚魏煖春寒。飲狂尚欲簪巾舞，漏盡何妨秉燭看。國色老顔不相稱，世間何處有還丹。

挽李法曹一鳳内子

□□藁砧死，先疇自墾耕。雙飛鸞影拆，獨力燕巢成。教子鄒人母〔一〕，持家寡婦清〔二〕。今無形史筆，猶幸有鄉評。

〔一〕教子：原缺，據翁校本補。
〔二〕清：原作「情」，據翁校本、馮本改。

東澗爲余序後稿余以國帖唐碑古壺潤筆反成□桃抛引小詩謝之

玄晏居然託序行〔一〕，緼袍被衮豈非榮。家徒四壁窮難諱，字答三縑禮尚輕〔二〕。金薤銀鈎俱妙絶，石泉香餅太青生。如何更費公搜索，緘送松煤與水晶。

〔一〕玄晏：原缺，據盧本補。
〔二〕縑：原作「謙」，據翁校本改。

次韻竹溪一首

藏山覆瓿兩相癡，辛苦纔供世俗嗤。壯不如人徒自悔，老能學《易》未過時〔一〕。懶猶堪草歸田賦，鈍豈能吟對御詩。用薛昂事。惟有聃書宜北面，存元守黑畏人知。

〔一〕易：原缺，據翁校本補。

諸家牡丹已謝小圃忽開兩朵皆大如斗戲題二絶

地荒豈有雕欄護〔一〕，日烈元無繡幕遮。九十種俱開謝了，末稍開到後村花。歐譜云：錢思公屏上録九十餘種。

踏青人被色香迷，擊壤翁看蓓蕾知。漏籍譜中無可恨，花開殿後未爲遲。

〔一〕欄：原作「蘭」，據翁校本、馮本改。

記牡丹事二首

暴骸獨柳冤誰雪，藁葬青山過者悲。甘露殿中空誦賦，沉香亭畔更無詩。

西洛名園墮劫灰〔一〕，揚州風物更堪哀。縱攜買笑千金去，難唤能行一朵來。張又新有「牡丹一朵直千金」、張祜有「一朵能行白牡丹」之句。

〔一〕劫：原作「却」，據馮本改。

送勳姪銓試

十日陰霾潦未乾，可堪送女上征鞍。店荒待米晨炊晏，橋毁呼船野渡難。尚喜山公銓綜允，莫愁冰氏户門寒。筆耕無準先疇薄〔一〕，且着青衫揖上官〔二〕。

〔一〕疇：原作「籌」，據馮本改。

〔二〕着：原作「看」，據馮本改。

送方添倅

忠惠横經地，今將五十秋。諸生迎謁廟，吾子往監州。吏散齋堂静，朋來鄭校修。勿嫌員外置，風月滿鴻溝〔一〕。

〔一〕滿：原缺，據盧本補。

即事二首

厨人失職晏忘炊，賴是先生貫忍飢。一客覆羹真小事，舉家食粥已多時。自憐氣餒魚難膾〔一〕，漸覺身輕鶴可騎。屈指故交無厚禄，未知太保李公誰。

厨荒竈鬼未須嗔，君看先師尚在陳。老退休貪太倉腐，清虚聊燕上池津。今無能采金膏者〔二〕，古有曾逢石髓人〔三〕。自笑冰銜三百户〔四〕，難分圭撮餉比鄰。

〔一〕魚：原作「鮮」，據翁校本、馮本改。

〔二〕能采：原缺，據盧本補。
〔三〕曾：原缺，據盧本補。
〔四〕銜：原作「衡」，據翁校本、馮本改。

六言五首爲倉部弟壽 六月十七日

映青藜燈娛目，吸金莖露入脾。寧作履霜逐子，肯隨向火乞兒。
幼道一生第五，文淵萬里建侯。假令加驃騎號，何如騎欵段游。
天既勞我佚我，侯偶得之失之。安用爾銅魚使，且伴吾竹馬嬉。
薄田足可躬稼，餘俸尚堪買山。家庭有箇郊時〔一〕，姬院欠他素蠻。
丹田舊種梨棗，冰柈新摘荔蕉。年年此夜待月，年年此日迎潮。

〔一〕時：原作「畤」，據翁校本改。

荔厄一首

怒潦浮槎去，狂飈拔木飛。不饒後村荔，如奪首陽薇。任土包茅闕，過時碩果稀。誰言長卿渴，且嗤上池肥。

以宋香方紅送聽蛙翁答柬云兩年來啖荔顆則動氣按本草等書云荔枝能蠲渴補髓未聞其動氣也口占一首發翁一笑〔一〕

奩封名品餉耆年〔二〕，誼比羹芹曝背然〔三〕。帖報能生采薪疾，譜言曾有荔枝仙。朵頤笑我脾神餒，節腹知君氣□全〔四〕。來歲郎官香爛熟，君家名品。定分千顆沃饞涎。

〔一〕啖荔：原缺「荔」字，據盧本補。

〔二〕奩：原缺，據翁校本補。

〔三〕羹：原缺，據翁校本補。

〔四〕「全」及以下文字原缺，據盧本補。

挽方倅景楫二首

上世曾通好，君尊昔托孤。初聞攜一束，俄見賦三都。皆謂終童雋，安知董相迂。禿翁老無力，愛助尚區區。

屢薦於諸老，斯人可在廷。不令客翹館，僅使直都廳。史漫存融表，墳猶待愈銘。西風已蕭瑟，哀鐸更堪聽。

仲晦監簿和放翁七十三吟三篇華予初度走筆趁韻答之〔一〕

鏡中雪鬢數莖新，歸作田間負耒民。仕五十年難諱老，封三百户敢嫌貧。諸無物實師龐蘊〔二〕，萬苦非真試子春〔三〕。到得邢楊遭勘辯，始知鐵漢是全人。

諸公袞袞幾番新，留得淳熙一老民。就枕驚回鷄攪睡，委巢飛去燕欺貧。貪生尚惜桑榆景，排悶全憑麯米春。賴有平生金石友，年年歲歲記陳人。

□□下飾墨又新，以史名官不治民。後死漫爲諸老殿〔四〕，粗完深愧兩翁貧。譬牛山木全高壽，讓馬塍花門早春。兀坐空齋形對影，載醪裹飯更無人〔五〕。

〔一〕趁：原缺，據翁校本補。
〔二〕諸無物實：似當作「諸物無實」，方與下句「萬苦非真」相對。
〔三〕苦：原作「若」，據翁校本、馮本改。
〔四〕「殿」及下句「粗」，原缺，據翁校本補。
〔五〕褏：原缺，據翁校本補。

送强甫赴惠安六言十首

宰社如宰天下，其難舉者莫勝。忍事吸醋三斗，不飲彊飯二升。昔宰建陽，白事府下，府公程内翰舉范魯公吸醪醋語勸余忍耐，追記其語於此。

予奪平心足矣，痛癢以身體之。薙本何須先拔，蒲鞭不可妄施。

古云若保赤子，亦曰如烹小鮮。雉馴萬物遂性，犬吠一村廢眠。

巽以行權亦可，方於事上未然。或迎使者負弩，或爲刺史挽船。

腦上筆不會插，心頭肉其忍剜。乍可儂無花判，莫教渠有租瘢。「瑞袁虔吉，腦上插筆」，江西彦語。

警報環四面至，急符寓一分寬。吾兒行矣無怨，大守似元次山。
彼民若不駭輿，廼翁可就安車。擊鮮之力不足，啜菽之歡有餘。
村叟昔嘗爲宰，溪民今未忘吾。汝父德薄勿效，前有子野易□。
得百里地雖小，作三年計勿忙。但願彼禾稼熟〔一〕，莫愁汝松菊荒。
或問漢庭名卿，僅數洛陽耆英。汝見諸公執贄，各爲老子寄聲。

〔一〕願：原作「原」，據翁校本改。

別陳宗院

送客頻張酒，迎賓久倚轅。何曾薄西邸，不忍□□□。宦拙從渠巧，甥榮覺舅尊。福唐遺父老，應看□□□。

憶昔二首〔一〕

憶昔金鞭觀玉臺〔二〕，當年並駕盡龍騋。恰逢居易投詩去，又報奇章袖贄來。病謝交游空感舊，老無氣力尚憐才。孟陽殘錦都能幾，莫爲諸君更剪裁〔三〕。猶記顓蒙昔未開，自鞭寧待父師哉。殘編常到鷄聲徹，警枕頻驚蝶夢廻〔四〕。且可徧參學童子，未應一跳至如來。叢林箇箇談宗旨，誰是禪家大辯才。

〔一〕題首原有「惜」字，據翁校本删。
〔二〕昔：原作「惜」，據文意改。
〔三〕爲：原作「悟」，據翁校本、馮本改。
〔四〕驚：原作「警」，據翁校本改。

縱筆二首

忽忽韶顏變老蒼，叵堪屋角兩輪忙〔一〕。羣花獨菊香尤晚〔二〕，大木惟樗壽最長。眉有白毫垂過眼，腹無墨汁苦搜腸〔三〕。荒村偶有優旃至，且伴兒童看戲場。

髮似秋霜身槁枝，相逢驚怪此翁誰。能談范丈齏鹽日〔四〕，曾識荆公疥癬時。不待姓名尊德齒〔五〕，要知戒臘□鬚眉。融修漢士中翹楚，商略纔堪大小兒〔六〕。

〔一〕叵：原無，據翁校本補。
〔二〕尤：原缺，據翁校本補。
〔三〕汁苦：原缺，據盧本補。
〔四〕談：原作「啖」，據翁校本改。
〔五〕齒：原缺，據翁校本補。
〔六〕纔：原作「總」，據翁校本改。

即事二首

碧玉去隨年少易，絳桃留待主君難。喚郎豈有雲神女〔一〕，觴客寧無黑牡丹。漢上謾爲留佩惱〔二〕，湘東曾被淡粧瞞〔三〕。維摩老病禪房冷，一點青燈伴夜闌〔四〕。

非人不暖豈其然，卷起桃笙設艾氈。老物可憎吾頓覺〔五〕，盛時一失汝堪憐。有分香妓空遺臭，無散花魔莫惱禪〔六〕。多謝小窗半規月，夜深長伴絳紗邊。

〔一〕神：原缺，據盧本補。
〔二〕留：原作「空」，據馮本改。

〔三〕淡：原缺，據盧本補。
〔四〕青：原作「合」，據翁校本、馮本改。
〔五〕頓：原缺，據翁校本補。
〔六〕莫：原缺，據翁校本補。

老歎〔一〕

功名幻妄炊粱枕〔二〕，歲月奔忙下坂輪。昔作時來木居士，今爲暑退竹夫人。白襦帬穩於歸衮〔三〕，黄獨苗甘似食珍〔四〕。老漢禿殘惟齒髮，不妨句子尚尖新。

〔一〕歎：原作「歡」，據翁校本改。
〔二〕炊粱：原作「炏梁」，據翁校本改。
〔三〕帬：原作「羣」，據翁校本改。
〔四〕甘、珍：原缺，據翁校本補。又「食」原作「倉」，據盧本改。

余常用小端硯失之經年忽在常賣人手中以錢贖歸紀實一首

幾年共學久相於〔一〕，中道如遺忽棄予。韞匵而藏機不密，竊鈎雖小法當誅。匹夫有罪因懷璧，象罔無心偶得珠。戒飭家僮嚴護守，即今鼠子巧穿窬。得來矻矻相親附，飇去頻頻入夢思。盗璧相爭笞掠汝，竊弓子筆貶誅之〔二〕。償今在我寧從厚，拜石爲兄若好奇。待喚良工鐫硯背，偷兒攜出有人知。

〔一〕於：似當作「與」。

〔二〕貶：原作「亦」，據翁校本、馮本改。

挽趙碩人一首 儔老之内，仲鱉之母。

華轂早于飛，深知夢幻非。幽閒林下氣，澹素嫁時衣。客不聞轑釜〔一〕，兒猶賣斷機。天風環佩遠，兜率是真歸。

苦戀萊衣樂，非貪漢繡行。上方優斡腹，兒未可陳情。風木終身恨，朝華過眼榮。誰言彤史廢，阡表自崢嶸。

〔一〕客不：原缺，據翁校本補。

送宇文倅二首〔一〕

昔以縣爲灘，於今倅亦難。縱令急符下，且放大絃寬。航海船粳白〔二〕，游山譜荔丹。應憐銅墨吏，舒慘在毫端。

自佐文忠幕〔三〕，初新肅愍祠。昔曾瞻古栢，今始識孫枝。西鄙方頭重，南轅若背馳。漢朝如諭蜀，草檄舍君誰。

〔一〕宇：原作「字」，據翁校本改。
〔二〕航：原缺，據翁校本補。
〔三〕自：原缺，據翁校本補。又盧本作「祖」。

挽鄭令人二首 葉新之侍郎之内

廼翁自是里名儒，箴史遺言幼染濡。設饌禮如初作婦，貤封誼不忍先姑。色絲尤妙於前製，彤管從删以後無。一事可紓存没恨，即今丹穴有雙雛。

宗伯中朝第一人，向來曾卜泰初鄰。凝香侯有孤高趣，擁絮翁餘老病身。「敗絮自擁，何慙兒子」，淵明《悼亡》句也。嗟汝棄予寧返顧，祝公存我勿傷神。用荀令事。瑞雲道遠西風冷，想見齋居百歲新。

哭趙百嬂少蓬二首

書筒舊歲尚諄諄，曾幾何時哭蜀珍。對紫薇邊還老手，近紅雲處立長身。禁中視草蒙天笑〔一〕，湖外埋輪觸相嗔。直氣雄辭俱已矣，西風懷友一沾巾。

長君尤歲輩流稀，君直西垣我北扉。襆被本無桑下戀，聯鞍猶記柳邊歸。錦殘尚足邱遲用，斤妙曾看郢客揮。聞卜菟裘殊未定，吳中埋玉是耶非。

〔一〕視：原作「神」，據盧本改。

夢與尤木石論史感舊七絶句

學士朋來似堵墻，共看老筆出提綱。繡韉張蓋傳呼寵，不比倡優蓄子長。

錫山落在暮雲邊，幾載無書寄老仙。公藝九齡余望八，夢商史藁覺凄然。

加璧年高公誤矣，免冠髮禿上憐之。懸知黃鵠飛難返，獨恨青牛去稍遲。

眼昏漸覺聚螢難，閑殺蘭臺舊史官。縱使青藜重下照，細書如蟻不能看。

金榜朱扉此帝居，舊游恍似夢清都。可憐白首充修撰，到了藏山一字無。

徑畈山栖謝宦情，竹溪巷處閉柴荆。然藜曾伴劉中壘〔一〕，起菴誰招魯兩生〔二〕。余爲少蓬，時二君爲正字。

久軒雖貴尚儒癯，商略斯人似蔡謨。給札曾來爲學士，拂衣不愛作司徒。

〔一〕然：原缺，據翁校本補。

〔二〕魯：原作「曾」，據翁校本改。

菊

性遲故故待霜天，珠蕾金苞帶露鮮。曾有餐之充雅操，又云飲者享高年。騷留楚客芳菲在，史視胡公糞土然。莫道先生真鼻塞〔一〕，幽薌常在枕囊邊。

〔一〕莫：原缺，據翁校本補。

芙蓉

紛紛亭錦映池塘〔一〕，艷冶姿容淡泊粧。醉去恍疑曾被酒，集來未必可爲裳。有懷絶色真如面，誰改新名作斷腸。只合尊前簪老監，石丁之事太微茫。

〔一〕紛紛：原缺一字，據馮本補。

後村先生大全集卷之三十一

詩

送葉制參

聞説秋防急，安危寄閫臣。無心致羔雁，有分上麒麟。氈帽環吾境，綸巾賴此人。晉朝陶庾輩，豈必靠江神。

題方海豐詩卷

詩境高吟太白倫，梧州下筆李潮親。今觀天馬非凡種，肯厭家雞問外人。力大鰲來吞釣餌，心專虱看似車輪。盛年出手追風雅，莫與香奩作後塵。

訓蒙二首

漢魏以前猶古雅，宋齊而下稍淫哇。剪裁貧女機中素，撲賣都人擔上花。括帖不離《初學記》，管蠡烏覩大方家。世間跛鱉難鞭策，安得龍媒出渥窪。

少喜浮名謬激昂，晚温故讀稍精詳。《易》全何患乾坤毁，《騷》在堪争日月光。漆簡字更經學誤，玉臺體出選詩亡。殘年欲尚鞭吾後，誰道先生已耄荒。

船子和尚遺跡在華亭朱涇之間圭上人即其所誅茅名西亭精舍介竹溪求詩於余寄題三絶

誠和尚昔挂孤帆，圭上人今架小庵。老去身無安頓處，挑包便擬作禪參。

自昔吳僧標致清，經禪之外有詩名。士衡止在東家住，恨不同聽鶴唳聲。

萬頃烟波百尺絲，禪家宗旨有誰知。自嫌固陋如高叟，却爲僧箋把釣詩。

意一元樞稱張君平星術相法小詩將行

雖別號君平，誰知異姓名。嚴惟下簾坐，張乃挈家行。烽火連畿輔，冰霜滯客程。吾窮有詩耳，資汝謁公卿。

久不得池陽書

黑幟游魂尚未還，列城處處受風寒。遥知魯女悲而嘯，深愧龐公遺以安。道遠家人無恙否，時危身世苟全難。何時火伴并鄰里，沽酒封羊賀木蘭。

挽顧君任倅二首

有酒常相覓，無金尚欲揮。竟騎黄鶴去，誰見素騾飛。用石曼卿事。華屋俄零露，蓉城果是非。自嫌聞道淺，懷舊忽沾衣。

占斷慈恩塔，歸來履道坊。耆英真率社，少尹釣游鄉。子可傳汾曲，甥能述渭陽。如聞無恙日，治塚建祠堂。

又一首

流輩多凋謝，君侯獨典刑。德公耆舊傳〔一〕，子野老人星。宦路羞由徑，家山預卜塋。何須更封樹，手種萬松青。

〔一〕公：原作「功」，據翁校本、盧本改。

記顔六言三首

謗之則喪家狗，譽之則人中龍。華髮去周柱下，深衣立魯門東。
坐客驚問誰子，小孫道是吾翁。文章呼延太尉，鬚眉張鎬相公。
無空函達元子，有報書絶山公。非牛溪負苓者，即鹿門採藥翁。

贈天台通上人

老倦逢迎揖客稀，上人乃肯顧柴扉。愧無林下茶瓜待，忽有空中杖錫飛。師瘦能吟無本句，吾窮難贈大顛衣。此行不枉觀南海，採得珊瑚滿載歸。

送三趙 與淘、與闡、必濟

聞説金雞下帝傍，徑從楚澤返虞庠。當時只道芻言切，今日徐思欖味長。中壘幾封知有漢，奉天一詔可存唐。却憐依附冰山者，不信雲開見太陽。

次君疇洪卿韻送宗學趙優奏 良爌

欲爲乾坤掃積陰，萬言忠憤上穹臨。相嗔平地風波惡，主聖如天雨露深。葛藟尚爲庇根計，莪葵難改向陽心。明時安肯尋斤斧，自古高材出鄧林。

次韻趙優奏良爏投贈二首

不留妄念著胸中，弋者何心更慕鴻。疇昔直前焚藁草，即今殿後著談叢。放言遺興詩瓢滿，野史誅姦筆鉞公。埋骨家山百無恨，聖賢厄蔡更徂東。

禿翁無物可將行，在野安能致魯生。曾伏端門攻鬼質，始知中壘是宗英。君如丹鳳鳴尤偉，彼化黄熊罪尚輕〔一〕。田里誦言仁聖悔，天其或者再昇平。

〔一〕罪：原缺，據翁校本補。

七十四吟十首

早衰安敢望年高，鏡裏雙眉有白毫。消夜賭棋張晝燭，怯寒添絮入綈袍。百骸受病惟詩健，萬事輸人獨飲豪。梨栗滿山皆碩果，何須海上訪蟠桃。

鄰雞呼覺强冠簪，病起屠蘇且淺斟。旋讀生書無記性，冥搜警句有貪心。生慙族老封高尚，死慕先賢謚醉吟。有司議樂天謚，宣宗曰：「醉吟先生足矣。」自笑此翁迂闊甚，後千百世待知音。

兒縈薄宦女從夫，誰伴龐翁擁地爐。頗憶都嘗煨芋否，肯歸同賣漉籬無。春游捉轡惟宗武，晨起稱觴僅阿奴〔一〕。一句汝曹牢記取，家山差穩似江湖。

萬里當年慕建侯，而今癡坐衲蒙頭。臭皮袋有形爲累〔二〕，古錦囊無句可收。拾穗翁饑歌不輟，散花人黠去難留。荒村不辦肩輿者〔三〕，未害先生策杖游。

養生之説要形勞，井臼何須晚自操。齒豁未須煩祝鯁，臂攣殊不礙持螯。除驅病祟無靈劑，裨補脾神賴老饕。尚有一襟哀郢淚，久疏夜飲省春遨。

翠華未可議時巡，自古安危繫重臣。聞説紫巖親督戰，孰云赤壁後無人。諸公盡作鑽天令，老子重爲擊壤民。萬里陰霾冰霰合，一通露布挽迴春。

黠兒蒙蔽聚羣陰〔四〕，豈料雲收杲日臨。壞證遺憂與宗社〔五〕，捷書分喜到山林。擎天畢竟還高手，偃月從初謬用心。客自京師傳吉語，放歌不覺有和音。

戍邕潰卒導蕃夷，聞説衡湘被禍奇。羣盜忍殘勝業柏〔六〕，六丁應護中興碑。赭君山木渠何罪，招國殤魂鬼亦悲。早晚嶽雲俱汛掃，挽天河水洗瘡痍。禹柏在勝業寺。

遊戲人間又一年，非儒非佛復非仙。歷官甘出倚相後〔七〕，序齒叨居絳老先。世難見花常濺淚，時平逢麴亦流涎。無端風月相勾引，不是先生愛放顛。

提鰲批鳳雲時榮，身與浮名孰重輕。摩詰已爲病居士，伯倫終是大先生。彼拳雞肋恃朝氣，此把蟹螯猶宿酲。未必頹然真茗艼，老人羞共少年爭。

〔一〕僅：原缺，據翁校本補。
〔二〕形：原作「刑」，據翁校本、馮本改。
〔三〕辦：原作「辨」，據翁校本、馮本改。
〔四〕點：原缺，據盧本補。
〔五〕社：原缺，據翁校本補。
〔六〕柏：原作「相」，據馮本改。
〔七〕後：原缺，據翁校本補。

送伯紀禮部造朝兼簡息菴二首

傳聞東澗拜南宮，朝野皆昕泰道通。不比唐家超子厚，柳自言超取顯美。壹如元佑起坡公。官箴健論猶當續，雪月浮文不必工〔一〕。十載帝城無點墨，有懷難託北飛鴻。

謝遣弓旌久掩關，十年坐閲幾蒲團。老臣憊不堪將橐，丞相嗔因乞挂冠。廟筭渾如孤注賭，林栖未保一枝安。暮雲萬疊江閩遠，相見除非插羽翰。

〔一〕雪月：原僅有「雪」字而上空一格，據盧本補正。

居厚弟和七十四吟再賦

用世文章莫太高，空言詎有補絲毫。呼來誰遣批黃敕，謫去何須着錦袍。齒耋自應陪九老，詩低不足列三豪。僕家夢得無標致，愛説玄都觀裏桃。

聞説朝家念履簪，朵頤安肯學羊斟。批塗曾舉詞臣職，芹曝終懷野老心。曉鏡鬢鬚難染摘〔一〕，夜檠手口尚披吟〔二〕。世間蚓竅更鳴和，未識王孫半嶺音〔三〕。

久拋弓冶作耕夫，故步人猶記鐵爐。已老安能歌競病，從初不合識之無。房帷那復伶玄妾，部曲惟餘潁士奴。春暖小車時一出，絶勝朝士典西湖。

麾下偏裨盡拜侯，孰俘已漆月氏頭。飲江馬去黄旗捷，巢幕烏來黑眚收。上不解衣常北顧，公宜歸衮勿東留。幾時四野狼烟起，爛醉花間秉燭遊。

曾厭承明儤直勞〔四〕，中宵麻卷攬衣操〔五〕。退閑久已袖雙手，老懶渠能注二螯。雲水生涯今易足，人天供養昔非饕。三家村未聞戎捷〔六〕，但見槫翁又出遨〔七〕。

列城若箇是張巡，拊髀方思志義申。懷印綬亡多委郡，援鍪弧死更無人。肆雞竿赦還遷客，出裹蹏金聚散民〔八〕。待得玄冥解嚴了，東皇太乙又行春。

光堯倉卒幸山陰，或者謁傳蹕再臨。長筭決於春思殿，捷書來自殺胡林。奔逃尤甚騎猪窘，懲創從前飲馬心。强作凱歌殊下俚，不如《商頌》有遺音。

雪埋磴道古壇夷，疇昔茲遊境絶奇。石上猶存周故轍，山尖難訪禹殘碑。雲開天柱峰雖出，血作陳清水可悲。帝賞戰功無吝色，定分賓枕療金痍。

占斷溪山不紀年，俗開謗道是獃仙。馬遲甘殿他人後，棋劣常輸敵手先。饑咬萊根美熊掌，窮燒栢子當龍涎。可憐陳賨無精識，欲以繩維大厦顛。

得喪傍觀有悴榮，此翁勘破一毫輕。謙披香殿猶前日，出大槐宫已隔生。未許季咸覘老態，旋呼伯雅解春酲。不知觸氏并蠻氏，勝負元因底事争。

〔一〕鬚：原缺，據翁校本補。
〔二〕尚：原缺，據翁校本補。
〔三〕王：原缺，據翁校本補。
〔四〕傫直：原作「□耳」，據盧本補、改。
〔五〕宵：原作「霄」，據翁校本、盧本改。
〔六〕村：原缺，據盧本補。
〔七〕見：原作「在」，據翁校本、馮本改。

〔八〕「裒」字原缺，「虢」原作「號」，據翁校本補、改。

景定初元即事十首

祲掃青山峽，功高赤壁磯。只宜奉頭竄，莫待剖羓歸。

糲食憂民瘠，茅廬念士寒。一生憐此老，錯把兩眉攢。

諸老雲臺上，人人畫一籌。奈何令退士，長抱杞人憂。

昨朝捷旗至，明日警書馳。避殿猶如故，來庭定幾時〔一〕。

臣繇《賀捷表》〔二〕，臣結《中興碑》〔三〕。亘古雄辭在，於今老學誰。

客駭蒙倛面，兒扶痀瘻身。有時臨鏡問，此老是何人。

溪水拍浮滿，野花紅白多。老夫被牽率〔四〕，信步出雞窠〔五〕。

飲狂插紅杏，醉倒藉蒼苔。董子窺園出，龐公上塚廻。

邕題碑板富〔六〕，郊因詩句窮。濡毫乏精思〔七〕，隨馬有奚童。

倦攬今書尺〔八〕，時將晉帖看。殷生與宰相，一體問平安。

〔一〕來：原缺，據翁校本補。

〔二〕繇：原缺，據翁校本補。
〔三〕臣結：原缺，據盧本補。
〔四〕率：原缺，據翁校本補。
〔五〕窠：原作「家」，據翁校本改。
〔六〕邕題：原缺，據盧本補。
〔七〕思：原缺，據翁校本補。
〔八〕倦攬：原缺，據翁校本補。

送延平張生歸南溪

問訊南溪水〔一〕，韓張泛幾廻。侍郎何處在，司業有孫來。韓愈有《南溪始泛》詩〔二〕。張籍《祭退之》詩〔三〕，有「廻船入南溪」之句。

〔一〕訊：原作「計」，據馮本改。
〔二〕韓愈：原缺，按《南溪始泛》詩載《五百家注昌黎文集》卷七，據補。
〔三〕退之：原缺，據《張司業集》卷一補。

挽翁中山常卿二首

進由孤士列華簪，曾對薰風和舜琴。資善禮行貂豎肅，議郎疏出馬羣瘖。畿民猶説張京兆，宮媛皆知李翰林。麾去招來關氣數，浩穹於此本無心。

昔駕輶軒忝外臺，愛文學掾有高才。曾留太白論文去，亦辱奇章贄卷來。玉樹枝成終古訣，紫薇花對別人開〔一〕。時危國蹙英賢夭，空撚霜髭賦《八哀》。

〔一〕別：原作「剐」，據翁校本、馮本改。

挽參與蔡公三首

蔡公遂委篤〔一〕，朝野共歔欷。子不税冕去，王將以衮歸。風濤如此急，人物眇然稀。自古難全傳，今無一可譏。

磊落多奇節，源流自父師。力扶舉幡士，顯拒賣珠兒〔二〕。無復金甌覆，空令玉鉞悲。太常誰議謚，可不采吾詩。

昔仕高陽里〔三〕，登堂執束修。深知二郎故〔四〕，曾接兩翁游〔五〕。面棘新班峻，然藜舊話休。空藏笥中帖，世世寶銀鈎。

〔一〕蔡：原缺，據翁校本補。
〔二〕責：原作「負」，據翁校本改。
〔三〕仕：原作「任」，據翁校本改。
〔四〕故：原作「做」，據翁校本改。
〔五〕游：原缺，據翁校本補。

贈術者施元龍

信上多人物，華宗譜最蕃。遥遥忘世胄，僕僕傍誰門。眼毒偏奇中，心靈每預言。禿翁無阿堵，何以贈南轅〔一〕。

〔一〕轅：原缺，據翁校本補。

題孫母陳孺人墓誌

誨子如陶母，持身比伯姬。攜扶同出峽，僑寄未還枝〔一〕。阡有時而表，魂無所不之。一端差慰意，徐字與楊碑。楊彥極誌，徐景説書。

〔一〕枝：原缺，據翁校本補。

讀陳湯傳

短後衣裝腰寶刀〔一〕，空言無實世滔滔。掉齊虜舌何其易，斬郅支頭豈不豪。異代武夫猶奪氣，當時文吏若吹毛。漢廷誰是持衡者，只罪邀功不賞勞。

〔一〕後：原作「夜」，據翁校本改。

書事十首

幼作淳熙版籍民，老逢景定改元新。殘年且盡杯中物，他日誰澆栢下人。長鑱谷中忙斸雪〔一〕，小車花外徧尋春。吾評子美饑寒態，不似堯夫快活身。

罪己綸言徧九州，桑榆雖晚尚堪收。下山東詔爭扶聽，讀奉天書有淚流。加霍嫖姚冠軍號，拜車丞相富民侯。崆峒麥熟無人刈，何日王師且少休。

天塹猶艱限臭夷，江邊蚌鷸久相持。昔珠簾閣俱清野，今琵琶亭亦浚池〔二〕。户萬八千封作麽，計三十六走安之。平生師慕堯夫者，老去無端也皺眉。

生長承平玩細娛，變興倉卒不支吾。輕裘太守抛鈴下，寶玦郎君泣路隅。諜報長驅殊未覺，經書大去可勝誅。世間果有桃源否，千載無人更問途。

旦旦尋斤傑木衰，艱危深動聽鼙思。賜龍墀對詢韜略，復雁門踦建義旗。古有舉迎聾主簿，今誰卧載臏軍師。不應在野無賢雋，林密山深世未知。

魁柄推移偶屬渠，可堪一擲付狂疏。文中子處無熏染，桑大夫邊竊緒餘。癡物汝爲何等相〔三〕，纖兒吾惜好家居。時人悮把朱崖比，若比朱崖盡欠書〔四〕。

不知邊信近何如，但見朝朝發虎符。河北幾於九節度，漠南奚止五單于。黑天肥瘗猶存孽，紅賊巢荒尚有雛。安得四方皆猛士，旄頭掃盡一塵無。

晉士材疎辨舌優，俗雖虚誕尚清修。可容卿等數百輩，亦過江來第一流。元老縱然揮玉麈，七賢已有執牙籌。後來靈寶真兒態，書畫惟憑奪與偷。

戰鼙非起自漁陽，到寇皆由偃月堂〔五〕。相國裘雖來賀捷，蚩尤旗尚未收芒。厨車古有刑都市，寶劍今誰請尚方。莫倚聖朝家法恕，前盧後蔡亦投荒。

漢重貂璫鼎軸輕，力扶弱勢賴公卿。劾侯常侍如張儉〔六〕，訟石中書有更生。伺夜九頭猶作祟，過時百舌未收聲。虞廷可是無儀鳳，底事相看噤不鳴。

〔一〕谷：原作「光」，據翁校本、馮本改。

〔二〕琵：原作「琶」，據馮本改。

〔三〕等：原作「空」，據翁校本、馮本改。

〔四〕若比：原缺，據馮本補。

〔五〕到：似當作「致」。

〔六〕儉：原缺，據《後漢書》卷九七《黨錮列傳·張儉傳》補。該傳載儉劾侯常侍（名覽）事甚詳。

録顔魯公事

世亂朝危節少全，魯公大義薄雲天。憫忠覩以舌舐血，罵賊尸猶爪透拳。曾餌仙丹元不死，求容鬼質豈其然。郎君自有翹材客，焉識堂堂父執賢。

挽史館資政木石尤公三首

往年晕玉頂，典領偶然同。我去如廷秀，君來似放翁。周僧駕牛出〔一〕，魯叟感麟逢〔二〕。縱有招魂些，誰爲寄浙中。

雖云鈞二府，終未到頭聽。密勿多中赤，淹留了汗青。讒能離主眷〔三〕，史果有天刑。太息崇儒世，申公不在廷。

歷代名書畫，中原古鼎彝。不教蕭翼看，常怕米顛知。此物空盈笈，何人與掌匙。貴無它嗜好，焉用太清爲。

〔一〕周：原缺，據翁校本補。

〔二〕逢：原缺，據翁校本補。

〔三〕讒：原作「纔」，據翁校本改。

贈崇安劉相士

向來種花地，曾與五夫鄰。有客我同姓，見君如故人〔一〕。赤身窮至骨，碧眼妙通神。且問兩元老，陳徐二公。何時定秉鈞。

〔一〕故：原作「似」，據翁校本、馮本改。

得江西報六言十首

大江已浪頭白，中原未棗兒紅。折北不愁春水，吠南何必秋風。

巧發過如蠆毒，困鬬尤防獸窮。老种有騎河語，小姚無劫寨功。

師整亦勁敵也〔一〕，將能彼有人焉。國老可當十萬，兒輩止消八千。

石天祠有煙焰，游帷觀亦腥膻。小龍子入於海，老仙翁飛上天。

金騎越天塹至，水犀破雪浪廻。兒單于嗚鏑走，父令公免冑來。
□弓已耕甫里，雙旄昔牧宜春。虎過有殘聚落，鶴歸無舊人民。
典午無蜀可也，孫氏畫江守之。輕裘緩帶自若，拔刀斫案不疑。
芊姓公子哀郢，黍離大夫憫周。杜云野老潛哭，谷謂寒儒浪愁。
四野有農復業〔二〕，三邊無虜游魂。作烘虱詩和友，把相牛經教孫。
但見盈城盈野，誰能去食去兵。山東河北捲土，江右湖南失耕。

〔一〕勁：原作「勅」，據盧本改。
〔二〕復：原缺，據盧本補。

清明

挾彈飛觥迹已陳，賞心事去負芳辰。數經風雨花尤厄，試説關山柳亦顰。人到蒼皤方覺老，天無紅緑不成春。近來未有池塘夢，誰道先生意尚新〔一〕。

〔一〕尚：原作「上」，據馮本改。

嘲柳花

吹去飛來似有情，禁烟時節徧春城。比氈鋪徑何其宴，擬雪因風得許清。閲武活殘兒命薄，章臺走倦尹才輕。滿池無處看金鯽，閑倚朱闌聽咳聲〔一〕。

〔一〕倚：原作「猗」，據翁校本改。

擷陽阡二首

無論晴及雨，歲歲到寒原。下馬陵如故，書麟筆不存。心燈長在世，諫笏尚傳孫。毫髮皆翁賜，難忘罔極恩。

特起雖名世，相承必象賢。亦嘗窺石室〔一〕，終莫續銅川。頗覺卿懸長，徒知物本元。此生甘寂寂，白首抱遺編。

〔一〕窺：原作「細」，據翁校本、馮本改。又盧本作「紬」。

寒食

聞道江鄉吹戰塵，叵堪鼙鼓震於鄰。荒城少有飛花處，高塚多無擘紙人。沙塞榆枯難取火，玉關柳少化爲薪。遥知玉座焦勞處〔一〕，閑却龍舟閣水濱。

〔一〕「處」及下句「閑却」原缺，據盧本補。

海棠七首

蜀女羞施粉〔一〕，輕裝愛淡紅〔二〕。抹塗尚年少〔三〕，膏沐爲誰容。

范公蜀西曲，陸老劍南詩。子美渠曾道，淵材輩豈知〔四〕。范石湖詞云：「止爲海棠，也合來西蜀」。

莫惜千銀燭，頻添兩玉缾。不須雷羯鼓，花睡未曾醒。

一種穠纖態，三郎未必知。浪將妃子比，妃子太濃肥。

神女漂紅者，顛姨發赤然。年年吹洗了，未必恕今年。

恰見如丹粒，俄驚似紫綿。山翁無供帳，只就落花眠。

地行臣耄矣，稽首告天公。藉草千場醉，留花十日紅。

〔一〕蜀：原缺，據盧本補。

〔二〕輕裝、淡：原缺，據盧本補。

〔三〕尚：原缺，據盧本補。

〔四〕材：原作「明」，據翁校本、盧本改。參《海棠譜》卷上引《墨客揮犀》。

送金仙玢上人主講隆壽院

昔委荆榛誰起廢，今增輪奐不爲奢。微神通力營經藏，須海潮音轉法華。況有緊幫王打供，豈無長者子傾家。此行非作衣鉢計〔一〕，饒益尤多等筭沙。

〔一〕鉢計：原作「盃許」，據翁校本、馮本改。

久雨

晴旭常難保，春寒未易禁。鋒交馬旋濘，室毁鸛巢林。民望兵如雨，人言潦屬陰。何當抉雲霧，放出太陽靈〔一〕。

〔一〕靈：翁校本作「臨」。

後村先生大全集卷之三十二

詩

漁村林太淵相訪 泳[一]

不但親傳亦鮑參，妙年青乃過於藍。一斑昔已竊而見，三顧吾何德以堪。之子鳳兮真有種，汝曹聵耳可無慙。自嫌老病難留客，只伴樗翁數刻談。

〔一〕泳：原無，據翁校本補。

竹溪痔後齒痛小詩問訊

天壽斯文嘿護持，區區二豎莫兒嬉。炊糜足以留佳客，啖麪賢於聘上醫。渴見紫芝常入夢，共游黃蘖屢愆期。溪邊雨過春泥滑，借問門前褁飯誰。

臨江使君陳華叟哀詩一首

衆聞嗚鏑驚麏散，獨奮空拳躍馬迎。嚼齒罵聲殊未絶，歸元血面尚如生。睢陽合祀無南八，河北諸城有杲卿。可惜援師來已晚，當時巷戰只州兵〔一〕。去歲相過寂寞濱，心如符券迹參辰。骨香萬死何曾腐，膝屈千生不復伸。哀仲行詩誰續古，補中丞傳豈無人。短歌雖愧招魂作，或可留傳達史臣。

〔一〕只：原作「不」，據翁校本改。

挽方揭陽内子一首

旅燕營巢切〔一〕，鳴鳩愛子均。荆練孟光飾，玉雪敬姜身。女史無其匹，宗姬有若人。里中多作誄，何況忝朱陳。

〔一〕旅：原缺，據翁校本補。

挽貢士方清卿

矯俗非崖異，誅姦似刻深。世無愛才意，天有不平心。陋巷貧猶樂，孤墳死尚吟。絶憐蔚宗史，未及共研尋。

六言二首贈月蓬道人

我與蒙倶相類，君似季咸而非〔一〕。老子曾傳口訣，道人勿洩天機。

希夷所見良是，麻衣之説未然。幾人能急流退，這漢即平地仙。

〔一〕咸：原作「城」，據馮本改。

題畫二首〔一〕

奮雄何勇猛，取履若兒童。眇是沙中帝，不如圯上翁。《取履》

絶頂風吹酒，中流浪駭舟。參軍顛落帽，處士悔科頭。《落帽》

〔一〕二詩末之小字注原無，據翁校本補。

有感

蹕移退保一隅偏，幅裂纔餘半體全。恰見測圭營洛邑，忍看披髮祭伊川。胡行如鬼無逃地，帝剖爲羓得罪天。直待健兒歸洗甲，補還幾覺北窗眠。

得池陽書

出門一步即天涯，何況迢迢隔九華。汝性惠於靈照□〔一〕，翁年高似木蘭爺。帛書寄遠□□□，□□無憑□□差。嫁與官人成底事，荆釵只合偶田家。

〔一〕惠：馮本作「慧」。

挽羅慶元 澄源

昔與先君子，同時宰建溪。晚看康樂鳳，亦割武城雞。幼嗣萊妻立，新阡樂令爲〔一〕。卿君作銘。傷心埋玉早，□□遠難攜。

〔一〕爲：原缺，據翁校本補。

送徐平父往水南

東漢高士後，晚唐先輩家。聚書十年讀〔一〕，中鵠一毫差〔二〕。昔有人還贄〔三〕，今無佛雨花。水南士淵藪，彈鋏不須嗟。

〔一〕書：原缺，據翁校本補。
〔二〕差：原缺，據翁校本補。
〔三〕昔：原缺，據翁校本補。

挽朱丞一首 履常

伯厚漢人推雅操，慶餘唐世擅詩盟。辭家東走先□□，奉對南廊晚策名。昨日庭移二松種，幾時墳有一芝生。遥知靈鷲山邊路，烟慘雲愁薤露聲。

送顏□之清漳六言二首〔一〕

擇人尤嚴師友〔二〕，名世不在文章〔三〕。既是來從顏巷，如何去傍劉墻。

清漳古佛子國〔四〕，尚書今魯郡公。始信十年夜讀，不如一月春風〔五〕。

昔有華陽真逸，今惟員嶠老仙。懸弧小余□歲，拈花先我兩年〔六〕。余近有此情。

〔一〕之：原缺，據翁校本補。
〔二〕擇：原缺，據翁校本補。
〔三〕名世：原缺，據翁校本補。
〔四〕子：原缺，據翁校本補。

〔五〕一：原缺，據翁校本補。

〔六〕花：原缺，據翁校本補。

送魏録事

君去民稱頌〔一〕，吾州録事廉。平心決蠻觸，恕筆讞髡鉗。守法仁人勇，持身處女嚴。城中旗榜盛，不欠惡詩拈。

〔一〕稱頌：原缺，據翁校本補。

題竹溪近藁二首

□上翁新授□□，□□字字費精研。韓嬰豈敢爲□□，郭象安能□□□。曾是嘔心多警語〔一〕，或疑枕膝有奇傳〔二〕。溪□□僻□□□，何日真乘入剡船。

□□久讓□□□，□□墻低怯淺攻。白敏居常嘲杜甫，愈謙自説效盧仝。三千首探驪頷寶，九萬里搏鵬背風。欲往從之翅羽短〔三〕，碧天無際海連空。

〔一〕曾是：原作「□嘔」，據盧本補、改。

〔二〕奇：原缺，據盧本補。

〔三〕羽：原缺，據盧本補。

平舟場□□□□□爲郡人劉某言某有客曰玉□□□□□一再班荆語而别余贈以一詩今□□□□有盧繩孫貢士過門余倒屣□□□□□平舟者乃其翁也□□葬霍□□□□小詩還贅〔一〕

州牧有佳客，□□□□□。愛吟老乂句，猶記照鄰文。□□□□□，□□□□□。吾無恤孤力，懷舊意空勤。

〔一〕今：原缺，據盧本補。

□□□□次竹溪韻

□□□□□□□，拂塵猶認壁間題。於何林叟自拾□，却遣□□□□□□。白也新詩追鮑庾，遷之《自叙》本重黎。不知□□□□□，□在牛欄更向西。

採荔二絶

日三百顆沃饞涎，肘後丹方勿浪傳。晚與放翁争曠達，荔枝顛向海棠顛。

思蓴羮豉辭京洛，爲海棠花客劍川。帝憫後村翁老病，即家除拜荔枝仙。

和族兄計院二首

□□雖存闕北王，君公已隱墻東□。□□□□□□□，□下首陽誰拙工。兄健享年過壽□，□□□□□□蓬。客嘲賓戲都休管，雙耳新來漸□□。

疇昔曾賡殿閣凉，君恩重管舊□□。□□□□□□誚，賀八惟宜道士裝。社裏戴花□□□，

□□□□□差彊。摩挲壁記懷今昔〔一〕，□□□□□□□。

〔一〕挲壁：原作「抄壁」，據馮本改。

次韻竹溪

剥啄誰歟没膝泥，斜封□□□□□。□□□□□□□，猶勝□來僅糝□。□□□□□□□，□□□□□□黎。□生於淳□丁未。暮年不記蓬萊路〔一〕，□□□□□□□。

〔一〕年：原脱，據馮本補。

竹溪除司封郎中走筆賀

猶記摛毫侍玉除，溪傍□□□□□。□□□□□□久，白首馮唐顧問初。□□□□□□□，□□□□□無書。不應更作含色香，□□□□□□□。

送仲晦徐監丞

曩歲屢嗟蕭補郡，此行稍喜□居中。□□□□□□□，清議從來在澤宫。未必諸生無郭泰，□□□□□□□。遥知共起淹中葩，不必畦間拾穗翁〔一〕。

〔一〕穗：原缺，據盧本補。

被旨趣行和計院兄韻

耄耋即今同隊少，宗盟於我數年加。陳根尚□□□□，新咏真堪續《棣華》。狂老監猶能嗜酒，□□□□□生花。何時手板抽還了，杖履追隨莫去家。

李邕眉宇誤人看，敢□□□□□翰。此去□□□□□，向來上雍從和鑾。□□□□如前夢，烏不相尋待歲寒。臨□□□開酒禁，人間不似醉鄉寬。

行期一首

□□同登市駿臺，柳邊花底早朝廻。仕如枘鑿難投合，身幾麾招老去來。近師曠傍吾豈敢〔一〕，居枚叟右衆應猜〔二〕。暮年怕與家山別，門外弓旌莫苦催。

〔一〕師：原作「恩」，據馮本改。
〔二〕衆：原缺，據馮本補。

挽抑齋陳公四首

夾輔曾調鼎，分憂屢建牙。虜猶聞范老，盜亦説宗爺。公晚參黄蘗，人癡望白麻。臨歧却葷茹，應怕念頭差。

已老烏衣巷，何心虎節門。予寧無可毀，公尚有流言。客散翹材館，樵窺獨樂園。空留殿後者，頭白賦《招魂》。

昔有羆當道，今無雀可羅。憖遺公已矣〔一〕，殄瘁國如何。末句拈花笑，前知曳杖歌。晚交惟趙子，曾作誄文麼。

受學龍圖老，於今五十春。常爲鶩坐客，不比掃門人。薦我煩金口，酬公盍漆身。自憐雙鬢禿，扶憊演恩新。公建鄉闈、再挂冠及贈少師三制，皆余所草。

〔一〕愁：原作「愁」，據翁校本、馮本改。

酬净慈綱上人三首

參寥燈一點，不審是誰傳。晚識綱書記，元來在汝邊。

和靖肘後訣，不曾埋土中。煩師試尋看，尋得報衰翁。

社友携詩訪，憐予滿面塵。么么今出局，不是社中人。

挽閩漕章吏部二首

邂逅曾傾蓋，殷勤許掣鈴〔一〕。榮枯一炊黍，聚散兩浮萍。方喜占郎宿，俄驚隕使星。遥知華表路，新種短松青。

昔我如冰冷，惟公獨歲寒。杯難洗馬鬣，篋尚寶龍團。吟筆兄誰和，調琴予忍彈〔二〕。蕞陵百餘里，欲往愧衰殘。

〔一〕掣：原作「製」，據翁校本改。
〔二〕調：原缺，據翁校本補。

洛浦善先長老贈詩自方無本惠勤答詩一首〔一〕

安知先長老，不是昔勤公。爾有五七字，今無六一翁。入佛名無本，歸儒字浪仙。韓公雖稍黠，不曉句參禪。

〔一〕答詩：原無，據翁校本、馮本補。

答番易使君胡直院一首〔一〕

老欠人書債，惟公幸恕之。不逢斲窗處，即值攬衣時。東坡有「詞頭夜下攬衣忙」之句。贍薄書行詔，才慳倚閣詩〔二〕。自憐雙鬢秃，猶忝屬車隨〔三〕。久别番君國，山川遠問之。惟應殘夢裹，壹似舊游時。方草淮南詔，難酬渭北詩。都忘今契闊，但記昔追隨。

〔一〕昜：原作「易」，據翁校本改。
〔二〕慳：原作「怪」，據翁校本改。
〔三〕屬車：原作「爲軍」，據翁校本改。

壬戌首春十九日鎖宿玉堂四絶

無情蓮炬剪將殘，有樣葫蘆畫不難。盡笑翰林麻草拙，誰知老子布衾寒。
十年前已卜菟裘，老戀君軒不自由。衰颯秃翁垂八十，四更燭下作繩頭。
秀師罪我當犁舌〔一〕，賀母嗔兒欲吐心。老去未償文字債，始知前世業緣深。
掐腎搜腸極苦辛，先賢曾嘆費精神。瓣香重發來生願，世世無爲識字人。

〔一〕秀：原缺，據盧本補。

二月二十日再鎖宿四絶

角門閉了曉方開，坐撚霜髭盡雪灰。縱有浩然堪共直，法嚴不敢喚渠來。

憶昔初寒已拂衣，當時曾悔出山非。而今老去都忘了〔一〕，開盡荼梅尚未歸。辛亥九月鎖宿小詩中有《荼梅》一絶，月餘去國。

才薄何堪草兩麻，封題進了鼓三撾。平明掣鎖無公事，閑看金魚嚥落花。

上水舡須寸寸挨，摩挲空腹愧非才。熱瞞舍下癡兒女，道是先生視草來。

〔一〕都忘：原缺，據翁校本補。

送鄧侍郎

追陪豹尾恰踰年，劉叟安能望鄧先。聖主憂賢勤召對〔一〕，諸公祖道羨登仙〔二〕。降庚寅歲雖相似，雌甲辰旬守自憐〔三〕。風雨滿天春水闊，不知若箇是君船〔四〕。

〔一〕勤召：原缺，據翁校本補。
〔二〕仙：原作「先」，據翁校本改。
〔三〕雌、句守：原無，據盧本補。又「憐」字原脱，據翁校本、馮本補。
〔四〕詩末原有「余丁」兩小字横排，兩字之下各當有缺文。

三月二日被命祈晴上天竺舟中得六絶句

手寫八詩寄，耳聾三日驚。何須論句法，年自讓吾兄。
浪説無文字，楞伽面壁看。元來有懷挾，一世被矗瞞。
無盡談空學，縱横膽似天。如何兜率説，不肯許他禪。以上呈晦巖照上人。
寥昔十年字，新今百八篇。男兒自傳世，何必託坡傳。
僧句多枯槁，舟公錦繡堆。如何涉吾地，咄咄逼人來。
勤本小家數〔一〕，韓歐大秀才〔二〕。二公需作料，勾入集中來。以上答新首座舟上人。

〔一〕勤：原缺，據盧本補。
〔二〕大：原無，據翁校本補。

恭和御製進讀唐鑑徹章詩 并序

臣恭惟皇帝陛下天縱將聖，日臨邇英，以《唐鑑》書命諸儒紳讀之清燕〔一〕。慕貞觀開元之全盛，思致隆平；覽元和會昌之中興，欲追前烈。然其身修家齊，雖慚於古訓〔二〕；其治少亂多，可戒於後人。忠哉臣祖禹之格言，參以我本朝之成憲。史明乎得失，不逃聖王取舍之間〔三〕；學典於始終，無待謏儒誦説之助。臣徒持淺陋，適際休嘉，宸奎分雲漢之章，帝賜廣鈞天之宴〔四〕，遭逢希闊，錫賚便蕃。譬鼠飲河，已過滿腹之量；如蟈鳴夏，自聲感躍之情〔五〕。謹昧死仰和聖製一首陳謝以聞。臣無任瞻天望聖激切屏營之至。

考詳唐事炳蓍龜〔六〕，精論微言訓戒垂。度贊元和中興業，徵開貞觀太平基。覽拔賢似銅爲鑑，顧問謙然木就規。孤遠謏儒叨執卷，白頭兩和緝熙詩。臣丙午忝説書，嘗恭和御製《讀禮徹章詩》。

〔一〕諸：原缺，據翁校本補。

〔二〕雖：原缺，據翁校本補。

〔三〕聖：原缺，據翁校本補。

〔四〕賜廣鈞：原缺，據翁校本補。
〔五〕「感」上原有「深」字，據翁校本删。
〔六〕唐：原缺，據翁校本補。

進讀唐鑑徹章謝恩唐律一首二十韻

勛華嗟已遠，最近莫如唐。祖禹忠於宋，云周監有商。雖然張萬目，終未立三綱。貞觀初勤恤，開元末怠荒〔一〕。録忘曲江獻，鏡惜鄭公亡。節鎮私齋鉞，兵權假貴璫。甫聞平夏蜀，尋又失河湟。歷歷前朝事，惓惓治世防。幾年藏秘府，一日進華光。主聖勤稽古，臣愚值徹章。重瞳悉該貫，吶舌愧精詳。前接夔龍武，後陪鵷鷺行。舜歌奎宿燦，鎬宴木天凉〔二〕。鳳夸分新焙〔三〕，魚鬚出尚方。玉驄五花白，寶帶萬釘黄。内醖霑宣勸，朝衣惹御香。染濡乏才藻，賡載仰明良。拔擢由民伍，推遷侍帝旁。榮猶戀旃厦，憊不任簪裳。尚念申公老，非如賀監狂。

〔一〕末：原作「未」，據文意改。
〔二〕木：原缺，據盧本補。
〔三〕夸：原缺，據盧本補。

恭和御製聞喜宴詩 并序

臣叨蒙聖慈賜臣聞喜宴御書聖製詩一軸者，仰惟皇帝陛下策多士於漢廷，宴嘉賓於鎬邑。儒有厚待〔一〕，霑宮花綾餤之榮；帝賡作歌，儷仙籍恩袍之句。輝光下燭〔二〕，稀闊罕逢。臣位雖忝於論思，材有慙於賡載。輒忘固陋，恭和御詩一首，昧死僭塵乙覽以聞〔三〕。臣無任瞻天望聖激切屏營之至。

□□□□□□冠，聖世君師自鑄顏。海運而南六月息〔四〕，辰居於北衆星環。宴開鎬邑升平際，樂奏鈞天縹緲間。慙愧微臣蒙特起〔五〕，羨他先輩奪標還。

〔一〕有厚：原缺，據翁校本補。
〔二〕輝光：原缺，據翁校本補。
〔三〕以聞：原缺，據翁校本補。
〔四〕「息」及下句「辰居於北」，原缺，據翁校本補。
〔五〕慙愧微：原缺，據翁校本補。

□□長老住寧國光孝寺併題雪磯三絶

净慈僧

去春蒙尹召，曾一泛湖光。和靖應相笑，君房有許忙。

占斷一房居，磯邊足釣徒。如何貪出世，亦典了西湖。

昔把釣竿垂，今拈拂子揮。磯邊漚鳥問，師出幾時歸。

皇女周漢國端孝公主挽詩二首

孝謹親顔悦，端嚴婦德修。鵲橋猶紀節，鸞扇忽驚秋。魯筆王姬卒，湘絃帝子愁。願言寬聖抱，已返蘂宮游。

甥館恩通内，妃塋詔卜鄰。來應自仙佛，去尚戀君親。望送龍綃濕，封崇鶴表新。不能秉彤管，羞愧作詞臣。

寄肅翁紫薇

當年臨鏡學施朱〔一〕，不信人間有彼姝。瞥見内家眉様別，回看鏡裏是村姑。

〔一〕當：原缺，據翁校本補。

過建陽

城郭依稀人物改，橋邊感舊一銷魂。小童子已成黧黑，久寓公惟見子孫。耄矣千絲羞覽鏡，去之三紀尚攀轅〔一〕。當時手種花無數，問訊而今幾樹存。

〔一〕紀：原作「記」，據翁校本改。

無題一首

毫揮萬字思如泉，曾映金蓮讀奏篇。藜杖方燃芸閣上，葉舟忽傍釣臺邊。詩成渭北空相憶，謀寢淮南恐未然。君去吾當從此逝，未知握手定何年。

挽林侍郎二首

端平初偶忝朝班，親見仙枝折廣寒。揭曉名高推虎榜，凌雲賦奏動龍顔。烹桑猶記攻京尹，諫草何妨上史官。膜外浮榮姑勿論，長留公是在人間。

玉殿龍墀元會日〔一〕，千官拜舞奉堯樽。問周大老今安在，指魯靈光尚獨存。次對職清褒橐從，中書君禿愧□□。自憐洛社歸差晚，舊話無人可共論。

〔一〕玉殿：原缺，據盧本補。

和吳鷩齋侍郎二首

□□抽得不貲身，慚愧君恩厚老臣〔一〕。扇障絶勝一青蓋〔二〕，杖扶安用兩朱輪〔三〕。門無造請冠裳懶，室有昭回翰墨珍〔四〕。道是全人吾豈敢，温公纔做九分人。

帝憫龍鍾許放還，夢魂尚記侍威顔。難陪貢禹王陽後，猶在申公轅固間。昔領羣仙上蓬島，今爲居士老香山。癡年八十官三品，不欠浮名只欠閑。

〔一〕恩厚：原倒，據翁校本乙。
〔二〕蓋：原缺，據盧本補。
〔三〕杖：原缺，據翁校本補。
〔四〕室：原缺，據翁校本補。

挽六二弟二首

寥寂三良盡〔一〕，龍鍾一老存。瓜稀悲摘蔓，豆泣惜同根。夢句空遺恨〔二〕，連床不踐言。奈何令杖者，要經向寒原。

向來造詣極深醇，土苴浮名貴重身。無愧里中稱正士，有辭地下白先人。大招誰識三號禮，小斂惟消一幅巾。老別親朋猶作惡，可堪白首哭天倫。

〔一〕寥寂：原缺，據翁校本補。

〔二〕夢句：原缺，據翁校本補。

送陳郎玉汝赴淮南計幕

臺使方求助，征鞍倍道馳。君懷翁定省，吾念女傷悲。玉塞烽全少，金閨籍未遲。暮年怕離別，計日數歸期。

挽顔尚書二首

憶昨端平際，煩公尹帝京。解絃三輔理，免胄一軍驚。舉國言尊勇，無人議敞輕。如何開濟手，寂寞向佳城。

昔有顏光禄，依稀即此翁。祖傳孫愈盛，官與姓皆忠。遺訓言猶在，《楞伽》讀未終。遥知空巷送，笳鼓咽城東。

次韻徐守宴新進士

銀袍鵠立帝當陽，曾看天街馬綴行。一鼓諸君俱作氣，七襄吾老不成章。先賢肯靠三場飽，男子須留百世芳。學取侯家楳埜樣〔一〕，奏篇日月可争光。

〔一〕楳：原作「棋」，據翁校本改。又按，宋徐元杰號「楳埜」，有《楳埜集》傳世，後村所稱當是此人。

挽李宜人〔一〕 陳澈之母

上將馳齋幣，元台助麥舟。鄉評榮此母，治命買新邱。夫婿於陵子，郎君定遠侯。嗟予衰甚矣，不及酹原頭〔二〕。

〔一〕宜：原作「直」，據翁校本、馮本改。
〔二〕酧：原作「醉」，據盧本改。翁校本作「拜」。

寄題上饒方氏野堂

尊君曾索野堂吟，忽忽歸舟忘至今。舊有田廬無偃仰，新移花木已幽深。遠書來責訂金諾，拙咏聊酬挂劍心。行盡四方垂八十，始知朝市愧山林。

子真子常餉雙鴛將以五言效顰二首以謝

重重金殿裏，鎖向帝王家。縱得游靈沼，何如睡暖沙。
栖非梧不憩，渴以醴爲漿。回首笑鴟輩，方争腐鼠忙。周宗子。
顧影矜毛羽，晴川偶泳游。不知誰打鴨，驚去不回頭。

贈四明余天與

七聚惟莆最僻窮，四明狂客此飄蓬。聖門性命言猶罕〔一〕，俚俗支干説未通。子術縱高於季主〔二〕，吾年已老似申公〔三〕。貧家無處撰車馬，草草搜詩亦欠工。

〔一〕猶：原缺，據翁校本補。
〔二〕於：原缺，據翁校本補。
〔三〕似申：原缺，據翁校本補。

送鄭甥主龍溪學

去年殿上侍天顔，親見龍墀拜敕還。瓜地我歸芸小圃〔一〕，杏林君去主荒壇。春光已過三分二，寒食都無數日間。天氣未佳宜且住，老來不喜聽陽關。顔魯公云：「天氣未佳，汝定成行否？寒食只數日間，得且住爲佳耳。」

〔一〕小：原缺，據翁校本改。盧本作「舊」。

書近事二首

壞局今猶勞聖慮，窮塗自嘆失人心。貴曾顯面居金鼎，謫尚於飛戀繡衾。罪大□□□柳下，恩寬許卧古藤陰。殯時惟有青蠅集，此外應無吊客臨。

石衛尉家先没入，黔婁生處亦誅求。客嘲未悟漫天戲，鬼瞰皆知偃月謀。不許他人分越國，預拚異日去崖州。傍觀莫枉爲酸鼻，鹿死無魂豈有愁。

送勳姪之官嵢峽五言五首

津吏難繩束，灘舡易覆翻。能除一方害，不忝二劉孫。

李下與瓜田，嫌疑謹未然。先賢監竹木，不食笋多年。

襆被囊書去，譏征市與關。姑全蘭卿璧，勿買鄭商環。

機難下鷗鳥，察至見淵魚。何日抽回去，商人願出塗。

太守今元結，論交四十年。汝行勿前却，如在父兄邊。

寄題小孤山二首

鼻祖耳孫同嗜好，買山世世種梅花。直從和靖先生户，割上寒齋處士家。

梅花種子無窮盡，和靖何曾占斷休。若向鼻端參得透，孤山不必在杭州。

奉題付珠二首

象罔得來還失了，寒齋拾去閟藏之〔一〕。臨行此物猶難忍〔二〕，不付他人付二兒。

初祖西來但指心，大光明藏在胸襟。世間盲漢渾忘却，誤向驪龍頷下尋〔三〕。

〔一〕閟：原作「悶」，據翁校本改。

〔二〕難：原缺，據翁校本補。

〔三〕下：原作「不」，據翁校本改。

後村先生大全集卷之三十三

詩

信庵丞相爲余作墨梅一軸謝以小詩

天畀村翁一段奇，發函虹氣貫茅茨。肯移金鼎調元手，爲作玉龍棊雪枝。絶艷從教百花妬，秘藏莫遣六丁知。信庵丞相親分付，麾去花光與補之〔一〕。

〔一〕麾：原作「麽」，據翁校本改。

挽長樂王明府 澡之子，濩之姪

奉常齟齬坐剛腸，月旦評君小奉常。父子相傳似孤竹，越鄞兩處有甘棠。人間夢事一炊熟，宰上埋辭萬丈光。西澗葉尚書銘其墓。曾識尊公與賢叔，薤歌吟罷意淒涼。

題梁撫幹見一堂 應庚

勇歸陶子元非矯，素懶稽公每不堪。僧賀新堂初見一，友忻舊徑再開三。渠儂去矣涯之北，此士佳哉斗以南〔一〕。遮莫肯招房魏客〔二〕，老夫或可作同參。

〔一〕佳：原缺，據翁校本補。

〔二〕魏：原缺，據翁校本補。

送古爲徐聘君

少君早有箕山志，昔者聞之西澗公。傾蓋無堪贈程子〔一〕，式閭猶記吊林宗。老夫久矣植其杖〔二〕，此士孰能招以弓。耄矣心知難再面，亂山千疊暮雲濃。

〔一〕堪：原作「增」，據翁校本、馮本改。

〔二〕矣：翁校本、馮本作「已」。

梅月爲蚤虱所苦各賦一絶

劣如針粟大〔一〕，出没似通靈。不但能膏吻，元來善隱形。

稍出牀敷上，忽逃衣縫中。説文真有理，字汝曰跳蟲。右蚤。

汝圖膏血飽，吾惜體膚傷。景略捫差快，宜師撲不妨。

觜利鋒鋩毒，形微膽智麤。延緣司諫領〔二〕，遊戲相君鬚。道鄉戲了翁〔三〕，有「衣領從教虱子緣」之句。「屢游相鬚」用荆公事。右虱。

〔一〕如：原作「知」，據翁校本改。

〔二〕延：原作「近」，據翁校本改。

〔三〕道鄉：原作「道卿」，誤。按，《詩話總龜》卷三七所記，爲鄒志完戲龔彦和事，鄒志完即鄒浩，號道鄉，因改。至於後村自注所云「道鄉戲了翁」，則恐爲記憶之誤。

天台楊景清以所進春秋發微示余輒題小詩其後

奏篇久矣徹凝旒，誰信栖栖負笈游。新義書之於簡策，微辭知我者《春秋》。即今未勸邇英講，他日應煩掌故求。歷數先儒多晚達，前孫明復後康侯。

教授方君孺人劉氏哀詩二首

古昔尊年德，今誰問孝廉。空煩推轂薦，不合相輪尖。郟叟行歌樂，臺卿自誌謙。嗟予老而秃，何以發幽潜。

伯姊真賢婦，閨門行可師。雖從合祔禮，似欠悼亡詩。璧已空遺挂，碑誰補色絲。嗟乎何及矣，托此識余悲。

西　齋

西齋殘月上窗扉，猶記挑燈共撚髭。欲見阿連惟有夢，老人無夢亦無詩。

題臨江郭君季韓文卷 端平初作，追録於此。

二劉三孔蕭條久，直至君家擅俊聲。揮麈舊曾參宿老，吹篪蚤合和諸兄。怪來度度觀詩好，聞說人人有集行。欲薦子虛無氣力，津亭折柳若爲情〔一〕。

〔一〕爲：原作「無」，據翁校本改。

送陳計議澈赴邊幕二首〔一〕

出久孟鄰争吊賀，去遲防墓畢封塋。枕戈肯把棋消夜，落筆皆誇檄愈風。烏幕樂哉賓與主，墨衰行矣孝移忠〔二〕。江東將相俱人傑，早向明時策駿功。

邊郵京遞近如何，警報全稀吉語多。上說君王自神武，下云宰相已安和。子方盛壯宜乘塞，吾迫龍鍾懶出窩〔三〕。若謁翹材問村叟，爲言顔髮轉蒼皤。

〔一〕計：原作「訃」，據翁校本改。

〔二〕墨衰：原作「衰」且下缺一字，據盧本改、補。

〔三〕迫：原缺，據翁校本補。

瀾湍送葬一首

幽室朝方閉，禪房夕已虚。反虞兒草草，受吊女呱呱。石小難鐫誌，庵荒少送車。老夫詩與誄，泉下亦知無。

送徐守寺正二首

楳埜先生子象賢，向來心印得單傳。諺云蠟燭真明矣〔一〕，罰止蒲鞭亦肅然。執贄客多樽有酒，詬租吏少篋無錢〔二〕。璽書底事催歸急，不許邦人借一年。

聞道君侯欲解麾，士農攀卧共依依。野人恨作滕民晚，州牧能如結輩稀。雖有荔枝懶包貢，亦無薏苡可囊歸。諸公萬一詢衰朽，爲説羊裘坐釣磯。

〔一〕明：原缺，據翁校本補。

〔一〕篋：原缺，據翁校本補。

送雷宜叔右司 追録

老戀明時未拂衣，留行無勇惜君歸。和於朝喜羣芳聚〔一〕，減却春因一片飛。壩岸柳禁頻折否，玄都桃恐再來非。東皇太乙方行令，寄語風姨且霽威。

〔一〕芳：原作「芝」，據翁校本改。

送卓漳州二首〔一〕

韡袴偏裨謁，旛花父老迎。跖徒方攫市，結輩忽專城。勤拊無捐瘠〔二〕，寬征有願耕。遥知南詔路，來往漸通行。

調發煩三郡，跳梁滿四郊。欲平緑林亂，先革白茅包。清晝狐歸穴，和風燕返巢。姑行龔遂策，不必待鋒交。

〔一〕州：原作「洲」，據翁校本改。

〔二〕捐：原作「損」，據翁校本、盧本改。

題王推官應麟詩卷

憶與南宮共說詩，傷心歲晚故人稀。昔如幽谷鶯相友，今作遼天鶴獨飛。絶喜王家生福畤，固應米老有元暉。不須更傍人籬落，名父親傳夜半衣。

問訊竹溪二首

舉子窮通占得失，詞臣進退繫污隆。拾青伊輩俱騰上〔一〕，飲墨夫誰不熱中。有太學生笑韓子，爲西崑者謗歐公。他時陸氏莊相望，始驗先生造士功。

幾度書來說乞身，果然跳出軟紅塵。推黄粱枕了無夢，對紫薇花他有人。杜老詩猶懷主相，瞿曇法貴等冤親。竹君樗叟俱强健，天遣相從寂寞濱。

〔一〕騰：原缺，據翁校本補。

方蒙仲秘書哀詩三首〔一〕

萬鴛駘裏一龍媒，朝發瑶池暮玉臺。介甫尤稱原妙質，資深亦嘆軾奇才。席前宣室思渠久，帆近蓬萊作麽回。此去不應重謫墮，海山笙鶴待君來。

方喜燃黎向石渠〔二〕，豈知僅擁兩輪朱。非爲郡失好太守，便恐世無行秘書。酒漬雙雞慚薄薄〔三〕，表論一鶚謾區區。即今交道尤難恃，試問原頭幾素車。

平生最受魯公知〔四〕，手簡村翁語極悲〔五〕。海内奇才都有幾，世間瑞物不多時。君歸上界騎麟去，客過新陵下馬誰。筆禿無花哀久矣，可堪拂拭作銘詩。

〔一〕哀：原作「衰」，據翁校本改。

〔二〕方、燃：原缺，據翁校本補。

〔三〕漬：原作「債」，據馮本改。

〔四〕受：原作「愛」，據翁校本改。

〔五〕村：馮本作「才」，翁校本作「材」。

聞竹溪得玉局祠二首

溪上人來暮叩關，殷勤一紙報平安。甘泉宿老求閑局，苦縣仙人有廢壇〔一〕。拜勑定拔新紫氅〔二〕，榜齋應許舊黄冠。僕嘗主此祠。冰銜怪得緘題異，自起呼童剪燭看。

諸將時時送捷書，未知西事近何如。劍關昔有豺狼守，焦穫今無玁狁居。全盛海棠多剪伐，久枯廟栢再扶疎。漢家似欠相如檄，豈特殊廷要掃除。聞報成都藝祖殿下枯木數枝再活，蒼翠可愛，父老以爲國家中興之兆，作亭覆之。

〔一〕苦：原作「若」，據翁校本、馮本改。

〔二〕拔：原作「據」，據翁校本、馮本改。

即事

病索人扶乃寢興，高樓咫尺少曾登。思慳惟有吟差長，睡少方知老可憎。榾柮成灰猶凛冽，茅柴似水亦瞢騰。暮年臨履常兢戰，未敢荒唐説葛藤。

挽林新恩君用〔一〕

汗血早曾空北野，蒼顔晚始對南廊。風雲志懶功名左，月旦評佳意味長。玉鏡相從歸吉兆，錦衣不待拜高堂。吾銘未必堪傳遠，留與賢郎自表岡。

〔一〕恩：原作「思」，據翁校本改。

方氏姪女哀詩〔一〕

少也矜華整，俄而掃艷穠。吾常才道韞，汝竟妻南容。薄味寧蔬素，流芳欠管彤。伯兄與邱嫂，净土必相逢〔二〕。

〔一〕哀：原作「良」，據翁校本、馮本改。

〔二〕逢：原作「連」，據翁校本、馮本改。

再贈月蓬道人六言二首〔一〕

謝公早有遠志，陶子晚知昨非〔二〕。帝允我乞骸疏，汝見吾衡氣機。
還笏去矣休矣，加璧其然豈然。人間有癡頑老，天上無愚懵仙〔三〕。

〔一〕六言二首：原無，據翁校本補。
〔二〕非：原作「飛」，據翁校本改。
〔三〕上：原重一「上」字，據翁校本删。

七十八咏六言十首〔一〕

大絳縣人五歲，小魯申公二年。《楞嚴》已難筆受，《尚書》尚可口傳。
年八十官三品，酒一斗詩百篇。羽化尸解等耳，宮錦漁簑偶然。
新貴九遷三接，故交百不一存。老子進爵曰子，小孫娶婦生孫。
傍人賀我過省，此老矍然失驚。不曾西山納卷，如何南宮奏名。俗比七十八爲過省。

早退似見幾者，晚繆可追悔哉。已戴華陽巾去，肯扶靈壽杖來。

竹林下沈酣者〔二〕，洛社中起舞人。與籍糟漢通譜，是灌花翁後身。

紅緑各萌春意，朱紫争叙年勞。鍾馗七老八大，無人與换藍袍。

心炎寵辱交戰，骨朽是非乃公。物議糞土伯始，史筆芳馨兩龔。見《王貢龔鮑贊》〔三〕。

慕赤松子辟穀，學黄冠師湌霞。更無半空鸞鶴，何異深山龜蛇。

泛愛親疎平等，任吟古律不拘。武公耄猶戲謔，白公老尚囁嚅。

〔一〕六言：原無，據翁校本、馮本補。

〔二〕林：原作「杖」，據翁校本、馮本改。

〔三〕鮑：原作「袍」，據翁校本改。參《漢書》卷七二《王貢兩龔鮑傳》。

挽意一徐樞二首

苦言玉座常追憶，堅卧蒲輪未易招。昔喜鳳來韶石奏，今愁鼇去海山摇。覆甌望絶民無福，亡鑑悲深帝輟朝。欲向蓋陵瀝卮酒，荒烟衰艸路迢迢。

長公宿草幾番春，猶幸天留一潁濱。士欲捧盤定盟主，上看折檻記忠臣。翟門昔有張羅歎，徐墓今無挂劍人。夫子雅言武公謔，尋思一一可書紳。

答王與立上舍

漢唐科目各招延，中者端如拾芥然。明水賦曾拘八韻，大廷策亦限三篇。竊窺古調諧軒律，留取高吟和舜絃。聖代作人添舍法，祝君走馬止三年。

答林祖武

向來思鈍費尋搜〔一〕，不覺呻吟到白頭。曾與廼翁分雪案，今看吾子突烟樓。晚多借月留雲作，却悔升天入海求。大有英才被詩賺，豈如黄冊取公侯。

〔一〕尋：原作「宣」，據翁校本改。盧本作「冥」。

春寒一首

撥盡寒灰轉凛然，抛書數息煖丹田。蛩吟近作勝前作，鯨吸今年减去年。薄粥聊糊魯公口，重裘猶聳孟生肩。幾時風日妍和了〔一〕，亂插山花籍草眠。余齒脱落盡，可食粥□耳。

〔一〕妍：原作「研」，據翁校本改。

挽陳檢□一首

坊表猶元老，郊恩自復齋。美材淹選部，拙宦忤銘臺。尚意冰銜改，安知玉樹埋。吾衰阻臨穴，挽友想餘哀。

首春九日壽溪三絶

隻手經營費拮据，十年栽接稍扶疎。猶嫌檜柏純蒼翠，白白紅紅間數株〔一〕。

陶子經邱又尋壑，龐公上塚亦攜家。可憐春事今年早，落盡桃花落杏花。

渴飲茅柴不計杯，有時跌倒在蒼苔。松風浩蕩俄吹醒，安用龍巾拭吐哉。

〔一〕間：原作「問」，據翁校本改。

題林文之詩卷二首

叔季詞人雜雅哇，喜君詩卷美無瑕。朋儕却走避三舍，句律新漸成一家〔一〕。肯學小兒烹虱脛，要看大手拔鯨牙。村翁豈敢持衡尺，直爲癡年兩倍加。

君豪自合相推遜，吾老猶堪共切磋。有許奇奇并怪怪，直將少少勝多多。風人所作葩而正，治世之音樂以和。他日薰絃要賡載，勿爲處士《五噫歌》。

〔一〕新漸：翁校本作「漸新」，馮本作「嶄新」。

送歐陽上舍夢桂 唐四門助教之後

許奉太夫人以往，歐迎大君子而行。無慙當日四門祖，起敬同時六館生。反哺兒憐親老大，將雛翁喜世昇平。劉詩未必如韓筆，聊見臨岐折柳情。許字稼翁，名禾之，奉母僦居學前。

失猫一首

周遭闇室工訶夜，偃息朝簷喜曝晴。踍跳似猴難攝伏，縱擒無鼠敢從横。儂貪夢蝶防閑弛，汝薄魚餐去住輕。赤脚蒼頭俱失察，主君姑息不須驚。

和外弟方遇立春

脱髪紛紛雪滿簪，逢春非復少年心。旋分菜把來窮巷，遥憶花枝滿上林。唐文宗詩。寒擁絮衣看謁懶，老耽綺語業緣深。竹居東道風光主，乞與甘棠蔽芾陰。

送海豐薛縣尉

境與潮陽接，傳聞盜已平。丁男無轉徙，弧卒有來迎。東作千村急，南官幾箇清。廉材遺訓在，努力繼家聲。

送方善夫赴鷺洲山長二首

奎畫煌煌天上來，遥知繫馬向堂堦。官銜怪得清如許，文館雖然冷亦佳。尚論鄉先宜合祠，舊傳潮學各分齋〔一〕。未應久作諸侯客，帝有薰琴待汝諧。

柴門病後少曾開，今日人扶出郭來。君奉潘輿貧亦樂，我貪漢槖老猶獃。明師不患無高弟，大匠何嘗有棄材。若見蓬仙煩問訊，掉頭一去幾時迴。

〔一〕傳：原缺，據翁校本補。

老病六言十首呈竹溪

賤臣通金閨歲，先帝憑玉几年。韋曲桑麻如舊，茂陵松柏參天。

恰則垂髫兩髦，俄然攬鏡千絲。昧老聃守黑義，動墨子染白悲。髮

昔似子期善聽，今如祈父不聰。怕有學人問話，向道老僧害聾。耳

射虱心法未親，讀蠅頭字不真。顧我八十餘老，見公兩三分人。目

存三四齒皆碎，落第二牙尤衰。渠能更斫鯨膾，何不姑食肉糜。口

蕭督數步聞臭，荀令三日猶香。老子年來鼻塞，不分鮑肆麝房。鼻

客來怕折枝揖，詔下尚扶杖覲。佩呂翁一瓢易，懸季子六印難。腰

七竅豈堪頻鑿，百骸漸覺不仁。若非右臂作字，廼公已是廢人。手

識鄭尚書曳履，嫌高將軍涴靴。難伴小兒上樹，且饒跛子看花。足

假合幻軀難靠，夭壽定數孰逃〔一〕？屈子《大招》奚益，淵明《自挽》最高。

〔一〕孰：原作「熟」，據翁校本改。

竹溪再和余亦再作

帝率耆英入社，攀留窮鬼忘年。華胥國在吾宇，桃花源有別天。

老醜難瞞青鏡，純白不生黑絲。露頂禿鶖堪笑，垂頭病鶴可憐。髮

海潮音入佛耳，薰風句達帝聰。我已陽喑不語，君無借聽於聾。耳

薄霧乍舒乍卷，空花是假是真。昔曾有刮膜者，世豈無明眼人。目

謹守三緘晚嘿，僅含兩齒早衰。先賢食粥乞米，獃漢炊沙作糜。口

紙帳參梅花觀，銅彝炷柏子香。適夢游旃檀國，覺來元在禪房。鼻

竹馬恍曾聚戲，金魚從美外觀。隨柱史青牛易，騎呂仙黃鶴難〔一〕。腰

掇英可以忘憂，採薇可以求仁。忙殺遮西日客，愧死攫白晝人。手

舍車出郊步屧，繫鞋入院不靴〔二〕。未妨扶九節杖，似曾踏八花磚。足

誰能遯而無悶，吾非惡此欲逃。林下寂寂人少〔三〕，花間纍纍塚高。

〔一〕呂：原缺，據翁校本補。

〔二〕靴：原缺，據馮本補。

〔三〕林：原缺，據盧本補。翁校本作「泉」。

寒食清明十首

時節澆松近，人家擘紙歸。但知題墓好，不笑乞墦非。
原沉向九泉〔一〕，推死已千年。有水皆争渡，無村不禁烟〔二〕。
老人七十八，佳節一百五。丁寧海棠花，更可數日不。
唐朝知制誥，多付與詩人。豈有飛花句，虚爲起草臣〔三〕。
當年傳畫燭，帝遣快行□。□□山齋卧，□□自結□。
只靠詩娱老，安知病著身。不能繫白日，且可買青春。
楊柳堤邊立，荼蘼架下行。不知一遺老，更看幾清明。
向來稱閣老，歸去作園翁。鬢髮已華皓，紫薇藥應紅。
村酒家家熟，溪船處處通。香山妄分别，學士與誰翁〔四〕。
輕薄墜鞭子，清狂謁水生。如何唐老杜〔五〕，也作《麗人行》。

〔一〕「泉」及下句「推」原缺，據盧本補。

〔二〕「村」原作「材」，「禁烟」二字原缺，據盧本改、補。
〔三〕草：原作「早」，據翁校本、馮本改。
〔四〕誰：原缺，據盧本補。
〔五〕唐：原缺，據翁校本補。

春旱忽雨五絶〔一〕

秧愁晴暴死，花怕雨催殘。野老非常懼〔二〕，天公不自安〔三〕。
民食何嘗飽〔四〕，春陰忽又晴。一之其可再，四者每難并。
雨似黄流決，雲如黑汁翻。未言豐九扈，已覺飽千村。
周匝荒原徧，延緣斷港通。馬鬃渠有力，龍骨爾何功。
鮭菜饁耕者，雞豚賽社公。不聞車軋軋，但見鼓鼕鼕。

〔一〕旱：原作「早」，據翁校本改。
〔二〕懼：原缺，據翁校本補。
〔三〕自安：原缺，據翁校本補。

〔四〕民食：原缺，據翁校本補。

迎居厚弟二首〔一〕

少日魚同隊，中年雁失群。寧師楚勝舍，不羨洛機雲。春夢謝池草，冰銜漢閣人〔二〕。向來麾節處，盡説小馮君。

昨日傳修覲〔三〕，明朝説祝鳌。予歸寧悻悻，子去亦遲遲。已草引年疏，重吟聽雨詩。如何無一字，端的報來期。

〔一〕弟：原作「第」，據翁校本改。

〔二〕人：原缺，據翁校本補。

〔三〕日：原缺，據翁校本補。

真珠花

匝地無人管，逢春作意開。得非廻合浦，又似下瑶臺。點點垂鮫淚，纍纍奪蚌胎。主君休愛惜，曾累伏波來。

挽鄭判官 一桂

族譜康成裔，先儒穀叔孫。漢廷無表薦，魯壁有書存。蓮幕翻留滯，萱堂廢凊温。吾衰慙宋玉，不解賦《招魂》。

何勋祖 著

教坛沧桑

Jiaotan Cangsang

四川大学出版社